À PROPOS DE L'AUTEUR

Ancienne parachutiste, Camille Lanvin aime les sensations fortes et les voyages, dont l'écriture fait partie. Elle a parcouru de nombreux pays avant de s'installer en Aquitaine, où elle vit avec son mari et ses deux enfants. Avec *La peau des hommes*, son premier roman publié chez &H, cette diplômée de psychologie et de sexologie nous offre un regard lucide sur l'amour et les relations humaines.

La peau des hommes

CAMILLE LANVIN

LA PEAU DES HOMMES

ROMAN

HARPERCOLLINS FRANCE
83-85, boulevard Vincent-Auriol, 75646 PARIS CEDEX 13.

www.harlequin.fr

ISBN 978-2-2804-1929-1 — ISSN 2271-0256

À Hugues, ce grand homme
parce qu'il laissait la femme en lui s'exprimer.

« J'ai serré très fort les yeux pour la retenir, pour la garder en moi, puis je les ai ouverts tout grands pour me présenter de nouveau devant le monde. »

L'Heure sans ombre, Osvaldo SORIANO.

PREMIÈRE PARTIE

1

Paris. 30 ans.

À cette époque, il me semblait que les hommes étaient comme des cafés crème, une terre noire, âpre et veloutée sur laquelle le regard pouvait s'abîmer à la contemplation, pour un instant égaré, un désir intemporel d'amour, de reconnaissance et d'identité charnelle, le tout surmonté d'une mousse légère et voluptueuse.

Je n'ai jamais aimé le café, ni la crème, mais j'aimais les hommes. J'aimais leurs peaux, leurs yeux, leurs mains de bûcheron, d'intellectuel, de professeur, de collégien, de vieillard, de nomade ayant bourlingué aux quatre coins du monde. J'aimais les hommes pour la chaleur qu'ils faisaient naître en moi, ce désir indomptable de les toucher, de les goûter, de les apprivoiser, de les connaître et de tenter, enfin, de les comprendre. Ces chênes aux racines épaisses, ces rocs immobiles et fiers de robustesse, d'orgueil et de responsabilités devenaient plus fragiles qu'un roseau devant le regard d'une femme. Devant l'amour. Les femmes ne m'ont jamais intéressée. Elles sont crues et directes, semblent fragiles alors qu'elles sont en réalité si fortes. Moi, je voulais m'approcher de ces corps taillés dans de la pierre, mais qui fondent sous les doigts telle de la crème glacée abandonnée au soleil. Une illusion de contrôle quand tout les mène à l'abandon.

Oui, j'aimais les hommes. Chacun d'eux était une île à la dérive, un univers encore vierge de mes caresses, un coffre-fort dont je détenais la clé. Mon cœur contenait assez de place pour tous les hommes de Paris, de France, d'Europe et même du monde entier. Mon cœur recelait de compartiments vierges destinés à recueillir leurs odeurs, leurs rires, le plissement de leurs yeux éblouis et la texture de leurs peaux, ce contact plus puissant qu'un millier de baisers. La peau. Le lien entre la surface et l'intérieur, entre ce que l'on montre et ce que l'on cache, blessures, cicatrices, morceaux du passé voilés par les vêtements. La peau comme la carte d'identité de chaque corps. J'aurais tout donné pour toucher chacun d'entre eux, ces mers calmes aux vagues éternelles. J'aurais donné chacun de mes jours pour les caresser l'un après l'autre, jusqu'à m'imprégner du grain de leur être. Pour les suivre partout, des méandres de leurs vies au fin fond de leurs âmes.

Parmi les hommes dont le regard m'a chamboulée, y en a-t-il eu un seul que je n'aie pas désiré sentir, humer, effleurer ? Mes journaux intimes collectionnaient jalousement ces morceaux d'intimité, à l'abri du regard de ma famille, dont le jugement m'aurait blessée. Car enfin, qui collectionne l'odeur des hommes comme les papillons sur une toile encadrée ? J'étais une erreur parmi la gent féminine, une singularité dérangeante, dégradante. Mes collègues accrochaient le bras de leurs époux quand elles me croisaient, de peur que je les leur vole. Quant à mes amies, elles comptaient les blonds, les bruns, les noirs, établissaient des statistiques. Quels prénoms avais-je le plus fréquentés ? Trois Benjamin, deux Yohan, quatre Pierre, zéro Victor. Tu n'aimes pas les Victor, Estelle ? Si, sans doute, mais je n'en avais encore jamais rencontré. Et soudain, je n'avais plus envie que de ça : rencontrer un Victor. Comment était la peau des Victor ? Avaient-ils les pommettes charnues, osseuses, blanches ou légèrement rosées ? Et que disaient leurs yeux ? Quels secrets ? Quels rêves ?

Je faisais l'amour à Loïc mais c'était à Estéban que je pensais. À Grégory, à Bastien et à Jean aussi. J'embrassais Anthony, je caressais Nicolas, je frémissais avec François. Je les aimais tous. Et tous m'aimaient. Me haïssaient aussi, pour ne pas choisir. J'étais tout entière à chacun sans être à personne. Mais comment aurais-je pu quand j'étais amoureuse d'eux tous, à ma façon ? Jean-Baptiste dit à Éliane dans *Indochine*, un film de Régis Wargnier : « C'est le monde que je veux, pas un petit coin de terre délimité comme une tombe. » Moi aussi, je voulais le monde. Le monde des hommes. Je ne voulais jamais cesser de les apprendre.

2

Mon père était amoureux de ce film de Truffaut : *L'Homme qui aimait les femmes*. Adolescente, j'ai passé des heures à suivre Charles Denner dans sa poursuite des jambes des femmes, à l'écouter détailler l'ourlet de leurs robes à hauteur de leurs genoux, suivis de leurs pieds fins enserrés dans des talons qui martelaient le pavé comme des métronomes sensuels. « Les jambes des femmes sont des compas qui arpentent le globe en tous sens, lui donnant son équilibre et son harmonie. » Je n'ai pas oublié, fascinée, les jupes volant au gré de chaque pas, dévoilant des bas, des mi-bas, des collants, des porte-jarretelles et, à travers eux, le galbe de la cuisse, le rose de la chair et enfin le soyeux du toucher, tendre et invitant. Charles Denner était fou des jambes des femmes. Moi j'étais folle de la peau des hommes.

Il y a une constance, dans la séduction, qui enivre. Tout passe d'abord par le regard, un regard qui frôle, qui se pose sur celui de l'autre avant de se détourner furtivement, qui interpelle, qui caresse. Qui ose la question du possible. Puis les yeux se croisent, les pupilles bleues, vertes ou noires s'agitent, demandent confirmation. Enfin le reste du visage s'anime, comme une invitation à aller plus loin. Le sourire, bouche fine aux commissures dentelées, ou charnue à la mâchoire immense, lèvre inférieure veloutée, rose ou caramel, dents blanches ou jaunies par les années et une consommation effrénée de café, de cigarettes et d'alcool. Incisives écartées et discrètes, ou larges et tranchées.

Ce premier échange muet comme l'approche d'un continent inexploré, d'un être dont un cœur bat sous le masque.

Le premier regard, innocent. Le premier sourire, charmé. Puis le premier rire, complice. Et tout devient possible. Le corps n'est-il pas le prolongement de l'âme ? Pourquoi toujours imaginer plus loin quand tout est là, dès la première fois ?

Il avait trente-cinq ans, peut-être plus. Moi, un mariage raté au compteur. J'étais venue acheter un téléphone portable. Il m'a renseignée. Est-ce lui qui m'a souri le premier ou moi qui ai osé les mots qui créent l'ouverture ? J'ai ri, il a ri à son tour puis nos corps se sont rapprochés pour mieux observer ce qu'il me montrait : les nouvelles applications, et cette faculté en plein essor de pouvoir faire des selfies en toutes circonstances. Je m'en fichais. Je sentais son odeur se mêler à la mienne, puis je voulais goûter sa peau. Est-ce que ses qualités d'amant étaient celles de ses forfaits : puissants, illimités et sans engagements ? Caressait-il le corps d'une femme comme il tenait le boîtier du téléphone, la paume ouverte, les bords enserrés entre son pouce, son index et son auriculaire ?

Embrassait-il doucement, suavement, le cou d'abord, les joues ensuite, puis la lèvre inférieure et enfin la bouche, ou y allait-il effrontément, sans prendre son temps, par peur d'en manquer ? Je voulais savoir. Mais il y avait les autres clients, la galerie marchande, sa femme et 13 heures qui sonnaient à l'entrée de la grande surface. Or, j'étais attendue au restaurant. J'ai acheté le téléphone. Le vendeur m'a fait une remise de trente pour cent et m'a offert la housse qui allait avec, ensuite il m'a proposé un café le temps de transférer mes données. J'ai décliné. Pas de café. Que des hommes.

Il avait mon numéro de téléphone. M'appellerait-il ? En avais-je envie ? L'instant était passé. Ne restait que le souvenir de cette heure à ses côtés, au creux de son odeur. Il était marié. En retrouvant sa femme le soir même, sans doute penserait-il à moi, à cette cliente culottée et déroutante qui avait flirté avec lui. Puis il embrasserait sa compagne, son corps lui rappellerait que c'était elle qu'il aimait et il m'oublierait. À la fin du mois, peut-être mon image lui reviendrait-elle en mémoire tandis qu'il ferait ses comptes, tombant sur la facture du téléphone que j'avais acheté mais ce serait déjà si loin. Moi aussi, je l'aurais oublié. Comme j'en ai oublié tellement. Seule ma peau se souvient. Elle n'oublie jamais.

3

Brice était fou. Militaire reconverti en moniteur de parachutisme, puis en technicien logistique pour différentes ONG, il sortait du cadre. J'aimais son rire et la manière dont ses yeux se plissaient quand il racontait une ânerie, la puissance de ses bras également, son humour et sa façon de parler de sexe à tout bout de champ, de n'en avoir rien à faire de la politique et d'être capable de boire de la bière oubliée au soleil au petit déjeuner. Il mesurait 1,65 mètre. Moi, j'aimais les grands, j'aimais pouvoir me blottir dans les bras d'un homme et poser ma tête entre le creux de son cou et la naissance de son torse. Brice souffrait de sa taille. Il m'expliquait qu'à cause d'elle les filles ne le prenaient pas au sérieux, qu'il aurait beau être le plus aimant, le plus doux et le plus musclé des hommes, il serait toujours trop petit. Je ne répondais pas. Il savait, moi aussi. Une femme l'attendait bien quelque part, une femme que sa stature ne gênerait pas. Pour l'heure, nous jouions aux amants, sa bouche parfois contre la mienne, parfois plus bas.

Avec Brice, je partageais le goût de la décadence, des corps qui se cherchent en boîtes échangistes, où la pudeur est abandonnée au vestiaire. Brice avait la douceur des gens complexés qui s'excusent éternellement de leurs défauts, mais il était aussi et surtout mon partenaire sexuel, celui qui m'écartait les cuisses pour venir y insérer sa langue. Alors, je fermais les yeux, je passais ma main dans ses cheveux, je m'agrippais à ses épaules et j'imaginais les autres, un océan bleu clair, empli de vagues et de sel collant à ma peau. J'imaginais le ciel et la terre, la mer et les étoiles, le plus haut, le plus loin, le plus grand. J'imaginais la fin d'un monde et le prolongement d'un autre, celui qui n'existe pas mais que l'on rêve pourtant de parcourir tout en le chassant le plus loin possible de soi. Surtout, je me rappelais l'homme que j'avais choisi pour la vie et perdu, mais qui était toujours en moi. Puis l'orgasme arrivait, comme le soulèvement du passé, des regrets et de la douleur. Enfin mon corps pouvait exulter, crier, hurler et mes ongles lacérer la peau de l'autre. Enfin je pouvais jouir et en redemander.

Nous étions en février. J'avais quitté mon mari depuis huit mois. Et j'étais devenue son pantin.

4

Adolescente, quand l'odeur des chevaux composait mon monde, j'aimais fermer les yeux, les doigts enfouis dans leurs crins et la tête posée sur leur encolure. Ensuite, je plaquais mes mains sur leurs robes, faisant voler la poussière incrustée dans leurs poils au passage, et je soufflais dans leurs naseaux. C'étaient en ces odeurs-là qui emplissaient mes sens, mélangées à celles de la paille fraîche et du crottin.

Puis il y a eu l'odeur de Ganaël.

C'était un lundi après-midi. Un 10 août, six ans auparavant. Je venais d'atterrir après avoir manqué de me tuer. Munie de mon parachute, j'avais sauté de l'avion et contemplé le ciel trop longuement, l'horizon, la terre en dessous, ses champs, ses vallées, toute cette vie qui palpitait d'une énergie inépuisable. J'avais vingt-quatre ans, douze sauts à mon actif et une notion encore très approximative du temps passant quand on chutait. Mais le vent fouettait si merveilleusement mon visage que j'avais fermé les yeux et m'étais laissée aller. Heureusement, j'avais fini par me rappeler où j'étais et étais sortie de ma torpeur. Mon altimètre affichait six cent cinquante mètres. Je chutais à soixante mètres par seconde. J'avais tiré sur mon extracteur en urgence.

Une fois arrivée au sol, à peine avais-je eu le temps de rassembler ma voile et de la mettre en boule sur mon dos que mon moniteur s'était jeté sur moi et m'avait enguirlandée d'une force que je ne lui soupçonnais pas. Il n'avait pas cru à mon histoire d'altimètre défaillant — normal —, s'était calmé puis m'avait ordonné de rentrer chez moi et de réfléchir à ce que j'avais fait. Mon extracteur traînait. Je l'avais ramassé et avais pris docilement le chemin du hangar.

C'était au moment de passer le portillon menant aux pistes que j'avais croisé Ganaël, ou plutôt son regard, d'un vert émeraude tirant sur le pastel, comme un tesson de bouteille poli par la mer. Ganaël avait vingt-trois ans, les cheveux châtain clair, le corps fin et la peau du visage encore baignée d'innocence. Surtout, ses yeux étaient là face à moi, intensément ouverts, telles une question sur le monde, une envolée sauvage. Un oiseau. Il avait eu le regard de la liberté et, moi, j'y avais vu l'amour.

Ça n'avait duré qu'une seconde, deux tout au plus. Ganaël m'avait regardée, je l'avais regardé, puis il avait continué son chemin. Il portait une combinaison blanche décorée de deux bandes bleu clair sur les épaules. Je l'avais suivi des yeux tandis qu'il avançait jusqu'à l'avion, ses fesses à peine dessinées dans son vêtement. Il avait le corps d'un enfant trop vite grandi. Et j'avais su. Ce n'était pas un coup de foudre, ce n'était pas physique. C'était au-delà. Ganaël était la source de ma lumière.

*
* *

Avais-je déjà aimé un homme ? Depuis mes vingt ans, je me battais pour devenir assistante réalisatrice, faisant les allers-retours entre le Sud-Ouest où je résidais et la région parisienne où quatre-vingt-dix pour cent des films étaient tournés. Ganaël est devenu mon monde.

Sa peau à lui, son odeur à lui, ses cheveux en bataille et ses grands yeux verts. Son sourire de Peter Pan, tous ces petits détails qui ont empli ma vie, vidant peu à peu mon quotidien de son ancien contenu.

Ganaël était militaire, comme son père et son grand-père avant lui. Sergent-chef dans l'armée de terre, il passait ses permissions à sauter en civil car, en réalité, il haïssait son métier et rêvait de devenir moniteur de parachutisme. Mais sa mère lui répétait que la sécurité de l'emploi était primordiale, et qu'il aurait tout le temps de se faire plaisir quand il serait à la retraite, soit après dix-sept ans de bons et loyaux services. J'étais intermittente du spectacle, je n'avais pas de CDI, ce qui faisait de moi une débauchée aux yeux de ma future belle-mère, une arriviste, la lie de la société. Mais c'est moi que Ganaël a fini par écouter. Il a compris que l'on pouvait partir au travail le cœur léger, sans avoir laissé sonner son réveil une vingtaine de minutes avant de trouver la force de se lever. Un an après notre rencontre, au bout de centaines d'heures passées dans mes bras à puiser le courage de rompre avec le cadre sécuritaire qu'offrait son statut, il a quitté l'armée.

L'été suivant, il est redevenu un civil. Nous nous sommes

mariés dans la foulée, le 13 août. Juste après, il a intégré la formation de moniteur PAC-tandem.

Cours d'anatomie, de physique, de météorologie, de biologie, de mathématiques, d'anglais. Le soir, je lui faisais réviser ses leçons, lui promettant de fougueux ébats s'il les connaissait par cœur. Les week-ends, nous les passions au club de parachutisme, Ganaël à enchaîner les sauts et moi à l'attendre la plupart du temps. Mon corps ne tenait pas plus de trois sauts par jour, alors que celui de mon mari pouvait en enchaîner jusqu'à quatorze ou quinze. Je lisais en l'attendant, je dévorais tous les romans qui croisaient ma route. Je fumais aussi et je contemplais le ciel. Je pensais régulièrement à ma carrière que je mettais temporairement de côté. Mais j'aimais Ganaël. J'étais enfin heureuse, folle d'un homme qui m'aimait en retour. Le cinéma attendrait. Je croisais si souvent le regard éteint des gens qui ont un boulot alimentaire, ce regard qui avait été celui de mon époux à l'époque où il était militaire. À présent, il était vivant. Et heureux. Trop, sans doute. Ganaël s'est mis à vénérer son travail. C'est à partir de là que tout a dérapé.

Sauter de l'avion avec lui était devenu plus intense que tous les orgasmes. Nos corps enlacés l'un dans l'autre quand nous faisions l'amour ne faisaient pas le poids. D'abord, il y avait cette peur accrochée à mon ventre qui ne me quittait pas et vrillait mes sens. Puis, Ganaël me prenait par la main, m'amenait au bord de la porte et m'aidait à la franchir. L'air s'engouffrait dans la cabine avec un bruit de succion terrifiant. En dessous, il y avait le vide, un vide immense. Je ne pouvais plus penser. Tout était pétrifié en moi. Mais, comme s'il sentait à chaque fois le moment précis où j'allais flancher, Ganaël serrait mes doigts entre les siens tout en accrochant mon regard, et je revenais, amarrée à lui comme à une bouée de sauvetage, ses pupilles soudées aux miennes. Il me protégeait, il m'aimait. Je n'avais plus peur de devenir un oiseau. Au contraire, je le désirais. Et je sautais.

Est-ce que c'est ça, un couple : du désir, de la passion, des frissons, de l'adrénaline et rien d'autre ? Très vite, j'ai compris que le nôtre n'était composé que de ces sensations. Or, on ne peut pas bâtir une famille dans de la lave en fusion. Ce que nous éprouvions l'un pour l'autre tenait plus de l'ivresse que de l'amour. Nous étions passionnés l'un par l'autre, passionnés et possédés. Notre relation était faite d'appartenance, de fusion et de ce besoin viscéral de nous toucher où que nous soyons. Notre ménage vivait au rythme de cette pulsion qui me donnait envie d'ouvrir le ventre de mon mari pour m'y lover, telle une partie de son être, après qu'il eut pétri mon corps si violemment que j'en avais des bleus sur la peau pendant plusieurs jours.

Son odeur, ses yeux, sa peau, son torse, tout m'enivrait et je plaquais Ganaël contre les murs pour l'absorber tandis que lui s'abandonnait. J'étais un homme dans un corps de femme et lui une femme dans un corps d'homme. Nous étions le yin et le yang à son plus parfait point d'osmose, les deux moitiés de Titan de Platon, l'un en l'autre comme la mère et son fœtus. Ganaël me possédait physiquement, m'embrassait, me pénétrait, me mordait et je le prenais tout entier dans ma bouche. Il n'y avait plus la place pour autre chose que nos corps joints. Partout et tout le temps, il nous fallait faire l'amour, quitte à manquer aux règles les plus basiques de la bienséance et à nous faire surprendre dans la rue, aux toilettes d'un bar, d'un restaurant, de la gare, de l'aéroport, à en avoir un accident de voiture et à nous faire arrêter par la police, tous les deux nus et enlacés sur le siège conducteur. Nous étions fous l'un de l'autre et ce désir était incontrôlable. Fesses, mains, cuisses, dos, hanches, épaules, nuque, il ne se passait pas une heure sans que nos peaux se rencontrent. Elles étaient notre seule nourriture, et nos familles, à bout de nos échanges buccaux, ne voulaient plus nous voir.

Décrire cet amour possessif, sans crever sous le poids des regrets et des remords… Me rappeler encore…

Ganaël avait les doigts engourdis et sans doute très mal à l'épaule. Pourtant, il n'avait pas bougé.

C'était trois mois après notre rencontre. Je l'avais suivi au paraclub de Soulac pour le week-end. Nous étions partis de chez lui à l'aube afin d'arriver avant 10 heures au club, avions sauté jusqu'à tard dans la matinée, puis déjeuné en compagnie de l'équipe du centre. À présent, j'étais harassée de fatigue.

Ganaël a pris place à une table en bois sur la terrasse extérieure du club afin de discuter avec l'un des moniteurs. J'ai posé ma tête sur son épaule, mais elle était trop haute et inconfortable. Sans cesser de parler, il a alors placé sa main en coupelle pour accueillir mon visage. Reconnaissante, je me suis lovée dans sa paume.

J'ai eu le temps de scruter le ciel, de me rappeler la nuit de la veille, ses caresses, puis je me suis endormie.

Je me suis réveillée trois heures plus tard. Le soir était tombé, il n'y avait plus personne au-dehors et il commençait à faire froid. Mais Ganaël n'avait pas bougé. Il n'avait pas voulu perturber mon sommeil, m'a-t-il expliqué. Ébahie, je me suis redressée, j'ai regardé l'homme qui était devenu la personne la plus importante au monde à mes yeux et, spontanément, je lui ai remis ma vie. Ce n'était pas une décision, plutôt une soumission instinctive. Jamais personne n'avait pris soin de moi comme Ganaël venait de le faire, jamais personne ne m'avait accordé autant d'importance, ni d'amour. J'étais la cadette d'une fratrie de trois. J'avais été aimée à égalité avec mon frère et ma sœur, ni délaissée ni portée aux nues. Ce jour-là, Ganaël a fait de moi une reine et, par ce couronnement, il en est devenu mon dieu, indétrônable.

Était-ce de l'amour ou un jeu de miroirs narcissique ? De l'ego ? Ni Ganaël ni moi n'étions conscients de posséder ce besoin malsain d'appropriation de l'autre. Il est impossible de connaître les profondeurs de l'océan à sa surface. Il faut plonger en lui pour les sonder. Ganaël me rendait belle, forte, unique. Comment aurais-je pu accepter qu'il me relègue au second plan ?

Juste après avoir réussi son concours de moniteur, Ganaël est devenu sportif de haut niveau, intégrant l'équipe de France de parachutisme. Son rêve. Réalisé grâce à moi.

Jamais encore je n'avais éprouvé de la jalousie. Les autres femmes pouvaient courtiser mon mari, je n'avais pas peur d'elles. Ganaël était mien et je savais qu'il ne trouverait jamais la même fièvre dans le corps d'une autre. Ce que je n'avais pas prévu, c'est que sauter d'un avion a commencé à déclencher chez lui une joie et une sensation d'harmonie plus fortes que celles que je lui procurais.

Ganaël est devenu un dieu du ciel et le parachutisme sa maîtresse, la seule avec laquelle je ne pouvais pas rivaliser.

Dès le premier jour pourtant, j'ai su qu'il était un oiseau. Qu'espérais-je donc en ouvrant sa cage ?

5

La jalousie corrompt. Elle rend fou, hagard, manipulateur, malade. Et elle empire quand elle ne peut pas s'exprimer. Si seulement Ganaël m'avait trompée avec une autre femme, j'aurais pu insulter celle-ci, la gifler, voire la rouer de coups avant de le frapper, lui, de rage, de douleur et d'anéantissement. Mais comment exprimer ma jalousie envers le ciel ?

Le deuxième hiver après notre mariage, il a fait particulièrement froid et nous avons manqué de fuel pour chauffer l'intégralité de la maison que nous louions. Je ne travaillais quasiment plus et Ganaël débutait en tant que moniteur de parachutisme, alors les fins de mois étaient difficiles. Depuis l'été, je faisais les courses la calculette à la main pour ne pas dépasser d'un centime le budget que nous nous étions fixé. Sauce tomate ou fromage râpé, désormais il fallait choisir. Cet hiver-là, Ganaël a proposé de chauffer le salon, la chambre et son bureau. Pourquoi son bureau ? me suis-je étonnée. Parce qu'il y stockait ses parachutes. La salle de bains passait après. *Je* passais après. Je pouvais sortir de la douche transie de froid, ma peau à moi n'était pas aussi fragile que la toile de ses voiles.

Ma haine a débuté ce jour-là. Parfois, tandis que Ganaël était au paraclub, j'ouvrais la porte de son bureau et je fixais ses parachutes. Ou, plutôt, je les fusillais du regard, rêvant de les découper en morceaux et de les jeter au feu ou, pire, dans le froid de l'hiver afin de voir Ganaël pleurer à son retour. Je haïssais ces bouts de tissu qui me volaient mon mari. Je voulais que Ganaël me revienne, qu'il soit entièrement mien à nouveau.

J'ai commencé à fumer un peu plus, à tomber, à me relever, à pleurer pour un rien, à rire plus fort aussi, et à embrasser plus longuement mon époux. Plus j'éprouvais d'accès de jalousie, plus ma dévotion à son égard décuplait, par culpabilité. C'est ainsi que petit à petit je suis devenue son toutou, abdiquant à chacune de ses demandes : récupérer ses clés oubliées chez un ami, lui apporter sa paire de baskets au paraclub, emmener la voiture au garage, passer voir sa grand-mère car lui n'avait pas le temps. La machine à laver, le balai, l'aspirateur, la tondeuse, le lave-vaisselle, l'éponge, Ganaël a oublié où se trouvaient tous ces objets et, moi, j'ai oublié que j'avais eu une vie épanouie, que je sortais avec mes amis et passais mes après-midi à parler cinéma.

Les lapins que Ganaël me posaient au restaurant, au cinéma ou à la patinoire — parce qu'il n'avait pas vu l'heure avancer ou qu'il avait tout simplement oublié que je l'attendais — sont devenus mes animaux de compagnie. À cause de lui, je vivais en apnée ; mais sans lui, je ne savais plus respirer. Je passais mes soirées à fumer en attendant qu'il rentre du paraclub, parce qu'il fallait que je le touche et que j'enfouisse mon cou dans sa nuque pour pouvoir à nouveau exister. J'étais devenue une droguée. Impatiente, nerveuse et malade, j'attendais ma dose de lui. La journée, j'écrivais mon désir de le quitter sur des bouts de papier que je brûlais ensuite. Mes amis s'inquiétaient. Ils me voyaient m'éteindre, cesser d'être le soleil que j'avais toujours été. Ce n'est pas de l'amour, m'expliquaient-ils, c'est de la possession maladive. Il fallait que je quitte mon mari, que je divorce. Je répondais que ce n'était pas lui qui était en cause, Ganaël était une belle personne, égoïste certes, comme la majorité des hommes, mais pouvais-je le lui reprocher alors qu'il vivait enfin son rêve ?

Il y a des comportements courus d'avance, des réactions du corps et du cerveau dictées par l'instinct de survie ou la faiblesse : fermer les yeux quand on nous jette un objet au visage, sursauter quand on a peur, tromper son mari quand il nous délaisse.

Ai-je trompé Ganaël pour qu'il me revienne, pour reprendre le pouvoir sur notre histoire ou pour obtenir ailleurs ce qu'il ne me donnait plus ? D'abord, j'ai offert mes sourires à d'autres, puis j'ai laissé ces autres poser leurs mains sur mes cuisses, en échange de leurs fausses marques d'affection. Ensuite, c'est allé plus loin.

À nouveau, j'étais belle, drôle, intelligente et sexy. À nouveau, j'étais le centre d'attention.

C'est à ce moment-là que j'ai commencé à m'accrocher à la peau des hommes pour ne pas sombrer. La première a été celle d'Olivier, un soir de mai.

6

Je ne m'étais pas rendue au Festival de Cannes depuis quatre ans. Fin mars, Vincent, mon ancien patron, m'a contactée. J'avais été sa secrétaire de direction pendant deux étés d'affilée. À l'époque, je n'étais pas encore assistante réalisatrice, et Vincent m'avait aidée à le devenir. À présent, il me proposait de me fournir une accréditation pour le Festival. Il ne pouvait pas m'héberger en revanche.

J'ai hésité, puis j'ai fait part de sa proposition à Ganaël qui m'a aussitôt incitée à l'accepter. Mon mari voyait bien que j'étais malheureuse, mais il ne modifiait pas ses horaires de travail pour autant.

Le lendemain, j'ai contacté une amie chef maquilleuse. Delphine avait également obtenu une accréditation pour le Festival de Cannes via le producteur du dernier long-métrage sur lequel elle avait travaillé. Or, comme elle avait du mal à trouver du travail et que son intermittence allait prendre fin, se rendre à Cannes lui était devenu vital, et ma venue une aubaine.

Nous nous sommes mises d'accord pour louer toutes les deux un mobil-home à Juan-les-Pins. Un compromis budgétaire qui s'imposait, les loyers du centre-ville de Cannes étant inaccessibles, même divisés en deux. Notre logement réservé, j'ai ensuite fait jouer mes relations pour obtenir quatre robes de soirée à des prix abordables.

La veille de mon départ, j'ai acheté un plus grand panier à linge, approvisionné les placards de la maison en briques de lait, pâtes et muesli et le réfrigérateur en galettes au fromage, steaks hachés et yaourts. Ganaël est rentré du paraclub à la nuit tombée. C'est seulement en apercevant ma valise posée dans l'entrée qu'il s'est rappelé que je partais le lendemain. Là, il m'a enfin demandé où j'allais être logée, avec qui et pour combien de temps. J'ai serré les dents. Je voyais son parachute brûler dans mon imagination.

Nous avons fait l'amour. Le lendemain, je me suis levée aux aurores. Ganaël est resté au lit. J'ai avalé mon petit déjeuner, seule, et suis montée dans la voiture de Delphine direction le Festival de Cannes.

Mai. Troisième jour du Festival. Il y avait un apéritif organisé pour les sociétés de production audiovisuelle au Village international. Vincent m'a apporté une coupe de champagne et une assiette de petits-fours. J'ai accepté la coupe et délaissé l'assiette. Contrairement à lui, je ne dépensais pas les calories aussi vite que je les ingurgitais. Vincent était tellement heureux de me voir qu'il me couvait d'attentions.

Une cinquantaine de personnes était présente. J'ai embrassé la foule du regard, reconnu quelques têtes et les ai saluées. Puis Olivier est arrivé.

Je ne savais pas vraiment qui il était. La politique ne m'a jamais intéressée et je regardais rarement les informations.

Je savais juste qu'il était membre du gouvernement. Soit. Un énarque de plus, sans doute aussi imbu de sa personne que Kim Kardashian.

Néanmoins, dire que je ne l'ai pas instantanément désiré serait faux. L'amour n'empêche pas le désir pour d'autres. Mais je l'ai désiré comme je désirais Lannick Gautry ou Pio Marmaï. Comme un rêve dans lequel il est doux de s'évader, tout en sachant qu'il est irréel.

Olivier n'était ni beau, ni grand, ni musclé. Il avait un début de calvitie, des lunettes rondes qui lui faisaient des yeux trop petits et un torse sec d'où émergeaient quelques poils malvenus. Et puis il était trop vieux pour moi, et bien trop timide et gauche. Mais, comme Ella, il avait ce que peu de gens ont : la séduction. Pas celle d'un don Juan qui courtise les femmes par besoin narcissique et faille identitaire, non. Olivier avait la séduction des aristocrates, faite de regards et de finesse langagière. Il savait enchanter les sens par les mots. Et je me suis laissé enchanter, comblée d'être ainsi manipulée tout en le manipulant en retour. Lequel de nous deux irait le plus loin ? Je me souviens d'un jeu entre lui et moi que j'ai instauré quelques mois plus tard : chacun notre tour, nous devions poser une question de culture générale à l'autre, qui avait cinquante minutes pour répondre, sous peine de gage. Pendant deux semaines, j'ai fait exprès d'envoyer mes questions à Olivier au beau milieu de ses réunions ministérielles.

Ce matin-ci, Olivier a salué les uns et les autres, moi y compris, a bu une coupe de champagne et annoncé les accords financiers passés avec la Belgique et l'Italie concernant les prochains tournages, avant de repartir. Je suis restée là, à scruter l'endroit où il s'était tenu, au cas où il y aurait laissé un morceau de lui.

Le soir même, j'ai cherché son profil sur Facebook. C'est là que j'ai découvert qu'il faisait partie de mes amis. La magie des réseaux sociaux... Je lui ai envoyé un message. Un pari à moi-même : faire preuve d'assez d'intelligence et de candeur pour qu'il me réponde. Pari remporté. Olivier m'a répondu dans la nuit. Personne ne dormait longtemps durant le Festival de Cannes. J'ai répondu à son message. Il a répondu à ma réponse, et ainsi de suite pendant quatre jours. J'ai acheté de l'anticerne.

Delphine passait ses journées à courir les réunions HMC (habillage, maquillage, coiffure) et les castings d'embauche. Chaque matin, nous déposions nos robes de soirée dans le coffre de sa voiture puis prenions la route pour Cannes et nous garions dans l'un des parkings attenant le Festival. La journée durant, tandis que ma colocataire cherchait du travail, je regardais des courts-métrages dans les salles quasi-vides du marché du film. Parfois nous déjeunions ensemble ; les autres jours, je rejoignais Vincent ou l'une de mes connaissances. À 18 heures précises, une heure avant la première projection officielle, Delphine et moi nous donnions rendez-vous au Village international, pour retourner ensuite à la voiture (après avoir chipé un ou deux verres d'alcool au passage).

Là se tenaient les véritables coulisses du Festival, et le plus beau de Cannes : un ballet inconnu du peuple comme des peoples, joué par les comme nous, professionnels du cinéma sans notoriété ni argent. Au milieu du parking, entre les rangées de voitures, pantalons et culottes tombaient pour faire place à des strings en dentelles et des robes moulantes couvertes de strass et de paillettes. Les hommes n'étaient pas en reste, en caleçons et chaussettes, à moitié cachés derrière le coffre de leurs voitures, ajustant leurs nœuds papillons.

J'aimais ce contraste, fruit d'une exigence de luxe. J'aimais jouer la princesse dans ma robe de velours tout en montant les marches du Festival alors que, trente minutes plus tôt, je me tenais en équilibre sur mes escarpins entre deux flaques d'huile à ajuster une tenue louée pour la semaine.

Après les projections débutaient les *befores* puis les *afters*, des cocktails mondains qui prolongeaient les réjouissances jusqu'à 4 heures du matin. À 5 heures, les pieds couverts de crème au beurre de karité pour reconstituer nos peaux écorchées, Delphine et moi nous glissions enfin dans notre lit commun, harassées de fatigue et déterminées à ne pas perdre une seule des cent vingt minutes de sommeil qui nous étaient imparties avant que le réveil sonne.

Jusqu'à ce mardi-là. Pendant la nuit, j'ai écrit à Olivier tandis que Delphine dormait. La veille, après cinq jours de conversation facebookienne, il m'avait donné son numéro de téléphone. Il avait un trou d'une heure dans son emploi du temps le lendemain, entre 21 h 30 et 22 h 30, et m'avait proposé de le retrouver au bar du Mercure. « C'est un horaire baroque, j'en conviens, s'était-il excusé, mais je n'en ai pas d'autres à vous proposer. » J'avais éclaté de rire. Qui utilisait cet adjectif ?

Je n'ai pas dormi cette nuit-là. J'étais mariée. Je ne cherchais pas une aventure. Alors quoi ? Je me suis levée avant que le réveil sonne et j'ai écrit à Olivier :

Cher Olivier,

J'étais sincère quand je vous ai dit que je n'avais aucune arrière-pensée en vous écrivant. Un premier pas vers quoi ? me demandez-vous. Je ne sais pas. Un homme politique m'a dit un jour : « L'important, c'est le but, peu importent les moyens. » Depuis, je n'arrive plus à voter. Vous, je vous fais confiance, sans me l'expliquer. Il n'y a aucun but à notre rencontre, juste le sentiment qu'elle doit être.

J'ai dit à Delphine que j'allais boire un verre avec un ami que je n'avais pas vu depuis longtemps. Je ne comprenais pas moi-même ma démarche, alors comment aurais-je pu la lui expliquer ?

Je suis arrivée au Mercure en avance. Je savais qu'Olivier serait en retard, mais, au cas où, j'avais pris de la marge. Je me suis assise à une table au fond du bar, loin de la double porte d'entrée, mais face à elle, afin d'avoir le temps d'observer mon rendez-vous arriver. Olivier est apparu dix minutes plus tard dans un costume clair, un cartable dans une main et des magazines professionnels dans l'autre. Je lui avais indiqué par texto le coin du bar où je m'étais installée. Il s'est avancé vers moi d'un pas rapide.

J'avais mis de la crème de visage teintée. Pas du fond de teint, je n'ai jamais aimé ça et je n'ai jamais su l'étaler non plus, mais de la crème teintée. Ça atténuait mes rougissements. Olivier s'est assis face à moi, j'ai avalé ma salive, il m'a saluée, j'ai répondu un bonjour raté. J'avais laissé ma voix sur Facebook.

Il était plus mince que dans mon souvenir, semblait plus fragile également, alors qu'il ne l'était assurément pas. Lui et moi étions faits du même bois, de cette pâte étirable à l'infini qui jamais ne se brise.

Nous avons discuté de tout et de rien, de rien surtout. C'était si gauche après la fluidité de nos échanges virtuels. Mais que raconter quand nous ne savions pas pourquoi nous nous rencontrions ? Nous avons parlé cinéma, théâtre, vie ministérielle, Festival de Cannes, vacances au Sri Lanka, parapente, équitation, plongée et soupe aux poireaux et noix de Saint-Jacques. Olivier a fini par me demander si j'étais en couple. Oui, je l'étais, mais plus vraiment. Mon cœur l'était encore, ma tête ne l'était plus et mon corps souffrait de ce clivage. Olivier m'a dévisagée. Je sais qu'il a compris pourquoi j'étais là, à boire ce verre avec lui, à cet instant précis. Mais il a eu la délicatesse de ne pas m'effaroucher en me le révélant. Je n'étais pas prête à entendre que mon mariage était fichu. Pire, qu'il n'en était pas un. À la place, il a usé de ses charmes pour me faire considérer les choses.

« Vous savez, Estelle, à partir du moment où l'on se pose la question de quitter l'autre, le choix est déjà fait. Mettre en application ce départ, en revanche, est une question de courage. »

Un ami m'avait dit cette phrase un jour : « Si tu hésites entre deux hommes, choisis toujours le deuxième, car c'est trop tard pour le premier. » Pouvait-on vivre dans le doute ? Je n'étais pas heureuse, je le savais. Tout comme je savais que je passais à côté de ma vie en restant avec

Ganaël, que ce n'était pas moi, cette femme pendue à son bras. Mais n'allais-je pas commettre la pire des erreurs en quittant l'homme que j'aimais toujours ? L'homme à qui j'avais dit oui pour le meilleur et pour le pire ?

Vingt minutes plus tard, Olivier m'a saluée. Il était en retard pour son prochain rendez-vous.

Nous nous sommes revus à Paris le mois suivant. J'étais de passage dans la capitale pour le tournage d'un court-métrage. Je n'avais toujours pas quitté Ganaël. Olivier m'a donné rendez-vous au Café français sur la place de la Bastille.

Il est arrivé, aussi élégant qu'à l'accoutumée. Pas beau, mais empli d'un tel charme. Son aura prenait toute la place, sans écraser, contrairement à celle de Ganaël qui me laissait exsangue à chaque fois qu'il s'en allait. Nous avons pris un verre, puis Olivier m'a proposé de me raccompagner à mon hôtel. Je me suis raidie. Il l'a senti et m'a adjuré de lui faire confiance.

Nous avons marché jusqu'à sa voiture. Olivier a ouvert la portière avant droite et l'a tenue le temps que je monte. Le CD de musique classique qu'il écoutait s'est enclenché quand il a démarré. Je me suis moquée. Il a monté le son et m'a conseillé de fermer les yeux afin de ressentir la sonate qui se jouait.

Une fois arrivés en bas de mon hôtel, il est descendu de voiture et m'a à nouveau tenu la portière ouverte. Je n'avais pas envie de le quitter. J'étais bien. Je ne me rappelais même plus la dernière fois où je m'étais sentie aussi bien. Mais l'instant était écoulé. Je suis sortie de sa voiture. Olivier a saisi ma main et l'a baisée tel un vrai *gentleman*.

« Ai-je fait preuve d'assez de correction à votre égard, mademoiselle Estelle ? »

J'ai rougi, bafouillé un oui, l'ai remercié pour le verre et me suis engouffrée dans le hall de l'hôtel.

Olivier m'a écrit cinq minutes plus tard :

Vous êtes très belle, Estelle, mais il y a plus en vous. C'est le plus qui m'intéresse.

7

Je n'ai pas quitté Ganaël pour Olivier. D'ailleurs, il n'y a jamais rien eu entre Olivier et moi. C'était strictement sensuel. Comme une caresse à distance. Olivier a été le souffle qui a gonflé ma voile, face à l'océan.

À partir de cette soirée à Paris, mon politicien et moi nous sommes écrit régulièrement. Olivier avait un humour intemporel et beaucoup de recul par rapport à son poste. Lucide mais pas désillusionné, il se moquait de lui-même et de la stupidité administrative, me parlait chauffeur, conseil de l'ordre des arts et des lettres, et m'envoyait des photos de Cécile Duflot prises discrètement sous la table avec son smartphone lors de ses réunions de cabinet. Moi, je lui narrais la sensation de l'air sur le visage pendant la chute et cette seconde élargie où l'on tire sur l'extracteur pour ouvrir son parachute. Je lui racontais le futile pour ne pas lui avouer l'essentiel : que je souffrais mais que je n'arrivais pas à faire mes bagages car mon cœur luttait. Certains soirs, Ganaël ne rentrait même plus à la maison. Dormir au paraclub lui faisait gagner du temps, m'expliquait-il. Je me recroquevillais en boule dans le lit glacé, des chaussettes aux pieds pour ne pas sentir le froid des draps. Je n'étais pas encore assez forte pour regarder mon mari droit dans les yeux et lui dire que je partais. J'avais beau me noyer dans le vide de ma routine, je ne nageais pas encore vers la surface. Je la contemplais, c'était déjà ça. Olivier le sentait et m'insufflait sa force.

Mon cher ami,

Je deviens accro à nos conversations et c'est une mauvaise chose. Ou peut-être pas. Nous créons notre propre réalité, je ne l'oublie pas. La mienne est sombre en ce moment et vous m'apportez de la lumière. Je ne veux plus être ce pantin, cette femme sans vie. Mais où est-elle, ma vie ? Où dois-je aller ? Hier, je riais intérieurement de voir cet homme politique déployer des trésors d'imagination pour me séduire et me rallier à sa cause, alors qu'au fond de moi j'avais pitié de ses tactiques manipulatrices et de la prison dorée dans laquelle il se cognait. Il méprise l'UMP mais fait alliance avec le maire de la ville. La gauche a tort, selon lui, mais il fait également alliance avec elle. Et le diable se trémousse sur sa chaise et rit... Travaillez bien. Je vous embrasse,

Votre intime étrangère.

Ma chère,

N'oubliez jamais cette citation de Mark Twain : « Ils ne savaient pas que c'était impossible, alors ils l'ont fait. »

Le dernier jour du Festival de Cannes, j'avais écrit à Olivier pour lui demander s'il préférait les sandales rouges ou noires.

Il y a un C dans Cannes, autrement dit on y admet les scandales plus facilement que les sandales, alors faites attention à vous.

J'avais rougi.

Il avait raison. Flirter avec lui aurait créé un scandale qui aurait détruit ma carrière professionnelle. Puis lui comme moi savions pertinemment que notre attirance n'était ni sexuelle ni amoureuse.

Je repensais souvent à ce moment depuis. Olivier voulait faire tanguer mes bateaux, comme il disait, mais, à trop tanguer, on chavirait. Valais-je mieux que cette vie avec mon mari ? Et pouvais-je y arriver, seule ? Je me tenais au bord de la falaise. J'allais sauter, je le savais. C'était trop tard pour reculer. La question était : allais-je faire un magnifique plongeon ou me fracasser le crâne à l'arrivée ?

Olivier a été licencié à la fin de l'été. J'ai été la première à qui il l'a annoncé, parce que je ne faisais pas partie de sa vie. Ça lui était plus facile de livrer sa peine à une inconnue, fût-elle intime.

J'étais de passage à Paris avant de m'envoler quelques jours pour les Cévennes voir ma grand-mère. Olivier m'a invitée à dîner. Au moment de nous dire au revoir, il m'a offert un cadre contenant la photo d'un chardon prise sur le mont Yucatán.

« Un souvenir, m'a-t-il expliqué. Vous serez toujours mon chardon, Estelle, parce que vous êtes piquante. »

Nous étions dans sa voiture. J'ai défait ma ceinture, me suis rapprochée de son visage et ai posé mes lèvres sur les siennes. Nos langues ne se sont pas touchées, nos peaux à peine effleurées, mais ça a été plus beau qu'un matin d'automne au-dessus des nuages. Ça a été réel et inexistant.

Ce soir-là, je me suis endormie avec l'odeur d'un homme qui n'était pas le mien. Et j'ai bien dormi.

8

Je suis revenue des Cévennes fermement décidée à quitter mon mari. Mais à peine l'ai-je retrouvé que Ganaël m'a sauté dessus pour me faire l'amour. Et j'ai repoussé ma décision. Je me haïssais. J'étais pire qu'une femme battue car je n'avais pas la peur comme excuse, seulement la dépendance charnelle, sexuelle et olfactive. Il fallait que je tue Ganaël pour me libérer de lui ou que je laboure son corps afin de lui ôter cette identité chimique dont j'étais contaminée jusqu'à la moelle. Il fallait que je me tue, moi.

Quelques semaines plus tard, je suis partie à Sarlat pour six jours, en compagnie de Vincent, le temps de la durée du festival du film qui y avait lieu chaque année. C'est ainsi que j'ai rencontré Benoît, l'écrivain qui venait de décrocher le prix Renaudot.

Benoît était égoïste. À ses yeux, les autres n'étaient que des reflets de sa propre image, des miroirs où projeter ses peurs et son besoin d'être aimé, consolé et rassuré. J'étais son soleil, ce corps rond et chaud contre lequel il se lovait pour se recharger, loin de la foule, du bruit, des médias et de ses hordes de « fans » qui l'anéantissaient autant qu'elles le maintenaient en vie. Benoît était un égocentrique malheureux, un petit garçon qui cherchait l'amour de sa mère dans le regard de chaque femme. Dans le mien. Alors je le prenais dans mes bras et je caressais ses cheveux comme on caresse un petit chien qui dort, pour l'empêcher de faire de mauvais rêves.

Benoît ne faisait pas l'amour. Il se découvrait, émerveillé et tendu, à l'instant même où son sexe entrait en moi, comme si c'était la première fois et qu'il n'y en avait pas eu des dizaines d'autres auparavant. Repu, il parcourait ma peau pendant des heures avec ses longs doigts de pianiste. Chacune de ses caresses était intimidée, hésitante et suave. Moi, je cessais d'exister pour m'abandonner à lui, devenant cette femme symbole de toutes les femmes, cette mère enfant putain qui le couvrait de baisers pour mieux l'empêcher de sombrer. Car comment aurait-il pu résister à la pression des prix littéraires sans moi ? Sans mes mots pour le porter là où ses gestes ne l'emmèneraient jamais ? Je faisais du parachutisme, de la plongée, de la moto et de l'équitation. Benoît parcourait en long, en large et en travers les quatre-vingts mètres carrés de son appartement du 1er arrondissement de Paris, près du centre Beaubourg et de sa bibliothèque où s'entassaient thèses et revues des grands esprits parisiens. Benoît ne vivait plus dans son corps depuis de nombreuses d'années.

Un jour, je m'étais retrouvée seule en Indonésie, perdue, sans carte bleue ni argent liquide sur moi. Il me restait du forfait pour un seul texto. J'avais écrit à Benoît, lui résumant ma situation. Il m'avait répondu que j'étais une héroïne de ma destinée, tout droit sortie des romans de Zola, et que, comme telle, le monde me happait sans que je parvienne à le saisir. Bref, il n'avait pas levé le petit doigt. Heureusement, un ami m'avait retrouvée le lendemain. Les héroïnes de Zola avaient dû elles aussi avoir faim…

Oui, Benoît était égoïste et notre relation une illusion, l'enlacement de deux corps glissant vers le précipice. Car, au fond, je n'ai jamais voulu tromper Ganaël. Je n'aimais pas Benoît et je n'éprouvais aucun désir sexuel à son égard non plus. Mais j'avais besoin de me sentir aimée. J'avais besoin qu'un homme me dise que j'étais belle car je ne savais plus exister par moi-même. En me faisant reine, Ganaël m'avait amputée de ma faculté à être moi, simplement. Désormais, il me fallait être adulée.

La première fois que Benoît et moi avons fait l'amour, j'étais encore la femme de Ganaël, fidèle et vertueuse.

9

Sarlat. Il faisait froid depuis le début de la semaine et le vent giflait les visages. Ce jour-là, je portais un short en coton, des collants chair et des bottines noires agrémentées de pompons. Je ne sais pas pourquoi j'ai accosté Benoît, et encore moins pourquoi je l'ai embrassé. Parce qu'il transpirait la solitude ? Nous nous sommes retrouvés dans le même bar et avons bu un verre ensemble, suivi d'un deuxième. En quittant l'établissement, je me suis hissée à sa hauteur. Benoît a écarté ses lèvres, j'y ai inséré ma langue. À peine notre baiser a-t-il pris fin qu'il m'a proposé d'aller à son hôtel, mais j'ai refusé, arguant que j'avais juste voulu le goûter, puis je suis partie.

Le lendemain, j'avais une réunion professionnelle dans le centre-ville. J'ai aperçu Benoît entrer dans la librairie où il dédicaçait son livre pour la matinée. Je ne l'ai pas salué, mais, ma réunion à peine achevée, je me suis rendue dans cette librairie et j'ai fait la queue pour qu'il me signe son roman. Quand ça a été mon tour, Benoît m'a demandé : « C'est pour ? » sans même relever la tête. J'ai répondu : « Un baiser. » Il s'est instantanément redressé, le regard illuminé, puis il a inscrit son numéro de chambre d'hôtel accompagné d'un : « Je t'attends » en guise de dédicace sur la première page du roman. Je suis partie déjeuner.

Le réalisateur parlait, le producteur renchérissait sur ses mots, les autres acquiesçaient ou réfutaient ses propos, moi je n'écoutais pas. Je n'avais jamais trompé mon mari : c'était la phrase qui tournait en boucle dans ma tête. Alors qu'est-ce qui m'avait pris d'embrasser un autre homme la veille ? Et, pire, de revenir le séduire le lendemain !

Le repas s'est achevé, je suis allée fumer une cigarette au-dehors, qui s'est transformée en une deuxième puis en une troisième. Avais-je envie de Benoît ? Sans doute. Mais pourquoi lui ? Il n'était pas plus beau ni plus charismatique que les autres hommes qui m'avaient draguée jusque-là. Au contraire. Mais il était timide, ce qui signifiait qu'il ne me ferait aucun mal et serait doux. Ça signifiait également que je n'allais pas avoir l'orgasme du siècle. Alors pourquoi tromper Ganaël ?

J'ai allumé une quatrième cigarette. Une mère et sa fille sont passées devant moi. Elles portaient des chapeaux et de longs châles qui cachaient la moitié de leurs corps. Mais leur joie de vivre, visible sur leurs joues fraîches et leurs cheveux emmêlés par le vent, était éclatante.

Je pouvais faire un historique du couple, de sa création, du pourquoi de ses origines, du statut infériorisé de la femme depuis des millénaires, du mariage par convention puis par amour, du devoir de fidélité, de l'infidélité conjugale récurrente dans la réalité, etc., cela ne m'aiderait pas à résoudre mon problème. Je pouvais également me référer aux autres pour prendre ma décision, ce serait tout aussi faux. Il n'y avait que moi pour sentir qui j'étais et ce que je voulais. Ce qui était sûr, c'est que si tout était bien allé avec Ganaël, j'aurais passé mon chemin. La question de mon infidélité ne se serait même pas posée.

Dans la Bible, Dieu demande à Abraham de sacrifier son fils Isaac, soit ce qu'il a de plus précieux au monde, pour lui attester son amour. Faisait-on pareil aujourd'hui en demandant à la personne aimée d'être fidèle ? Était-il là, le véritable amour : dans le sacrifice charnel ? La tromperie n'était-elle que du sexe compensatoire comme d'autres dévorent une tablette de chocolat ?

La vérité, c'est qu'il n'y avait ni sacrifice ni sexe compensatoire dans mon cas, juste mon cœur qui désirait viscéralement trouver ailleurs l'attention et la tendresse que Ganaël ne lui prodiguait plus.

D'autres gens sont passés devant moi. Des couples, des familles, des célibataires. Il était bientôt 15 heures. Il fallait que je me décide.

Quand on ne trouve pas l'équilibre intérieur, on trouve le déséquilibre extérieur. Je le savais. Pourtant, j'ai écrasé mon mégot et je me suis dirigée vers ma voiture.

10

Plus jeune, j'avais trompé l'un de mes petits amis. Il s'appelait Pietro, un Italien, et il était beau comme une statue romaine (avec, contrairement auxdites statues, un sexe parfaitement proportionné). Un mois après notre premier baiser, j'avais eu une relation sexuelle avec un autre. Un désir soudain, vil et stupide, enflammé par l'alcool ingurgité durant la soirée. Pietro ne l'avait jamais su. Je ne lui avais rien dit. Six mois plus tard, il était parti étudier aux États-Unis. À l'aéroport, il m'avait quittée en me disant que j'étais une belle personne et qu'il éprouverait toujours une profonde tendresse à mon égard. Sur le coup, je m'étais détestée et puis, dès le mois suivant, j'avais oublié. Sans réellement me pardonner.

Étaient-ce mes vingt ans qui étaient la cause de ma légèreté ?

À l'époque, je changeais d'amoureux comme on zappe de chaîne. Et je trouvais ça beau, ce ballet des hommes. Je les aimais néanmoins, à ma façon. Ou, plutôt, je croyais les aimer. Mais leurs peaux n'étaient pas en moi, ni leurs odeurs. Il n'y avait que la surface, la joie de tomber sans cesse amoureuse.

*
* *

Le jour où j'ai trompé mon mari, Pietro et mes vingt ans étaient loin derrière moi. J'étais une femme mariée. Une femme qui avait choisi un homme et un seul, et lui avait juré fidélité devant Dieu.

Je suis sortie de ma voiture et j'ai marché jusqu'au hall d'entrée de l'hôtel. La femme à l'accueil m'a dévisagée. Je me suis précipitée vers l'escalier, les joues en feu.

Pour gagner du temps, je n'ai pas pris l'ascenseur. J'avais trois étages à monter, soit quarante-cinq marches pour réfléchir encore un peu à ce que je m'apprêtais à faire.

En arrivant sur le palier du troisième étage, j'ai reçu un texto de mon mari :

Pardon mon ange pour tout ce que je te fais subir.
Je t'aime.

Je me suis figée. C'était comme dans un film : la seconde de pause, entre deux cascades, où le héros a le temps de penser au chemin qu'il emprunte. Ganaël m'aimait. Il m'aimait la nuit et me faisait souffrir le jour. Nous étions le jour. Il s'excusait. Pour la combientième fois ? Je ne savais plus si c'était vraiment de l'amour. Peut-être juste de la passion. Ganaël était passionné par moi comme il l'était par son parachute. Avec lui comme avec moi, il fusionnait lors d'une étreinte brève et intense. Il nous baisait.

J'ai serré la mâchoire, le cœur douloureux. Moi aussi, j'allais le baiser. Avec un autre. Puisque ce n'était que de la passion, je ne lui devais rien. Aucune fidélité. J'ai éteint mon téléphone et rejoint la chambre de Benoît.

*
* *

Je me rappelle encore les cinq secondes qui se sont écoulées entre le moment où j'ai frappé à sa porte et celui où la poignée s'est tournée. J'étais terrorisée, je voulais à la fois fuir et me perdre dans les bras de Benoît. Surtout, je ne voulais pas le toucher, ni poser mes mains sur sa peau et encore moins avoir un échange intime avec lui. Je voulais… Je ne savais plus ce que je voulais. Qu'il fasse de moi le centre de son monde juste un instant.

La porte s'est ouverte sur son sourire, et j'ai cessé de désirer déguerpir. Benoît n'a pas maté mes seins, ni mes fesses, ni mes lèvres. Il n'a pas fait d'allusions graveleuses et n'a pas non plus sorti un panier de capotes et d'huile lubrifiante d'un placard. Non. Il a souri, comme il aurait souri à une amie. Puis il s'est excusé pour la tapisserie si sombre de la chambre. En vérité, il était aussi intimidé que moi. Aussi gauche.

Il a refermé la porte de la chambre derrière moi.

— Tu es venue, s'est-il émerveillé, soulagé.

J'ai bredouillé un « oui ».

— Je ne pensais pas que tu viendrais, a-t-il ajouté de la même voix de petit garçon récompensé.

Moi non plus, je ne le pensais pas.

Il s'est assis sur le lit.

— Je suis heureux que tu sois là. Tu occupes ma tête depuis hier. Et ce matin, quand je t'ai vue, je n'arrivais pas à contenir ma joie. Je voulais te dire…

Je pouvais encore partir. J'étais morte de peur. Et empruntée. Ganaël avait moulé mon corps de façon indélébile. Il m'avait façonnée selon ses désirs, ses goûts, ses fantasmes et ses addictions. Il m'avait fait sienne comme je l'avais fait mien. Je n'étais plus une matière brute qu'un Pygmalion aurait pu façonner à sa guise. Je n'étais plus vierge.

Benoît a pris mes mains dans les siennes et les a portées à ses lèvres. Elles étaient fines. Il a embrassé mes paumes.

— Je voulais te dire que j'avais juste envie de sentir ton corps contre le mien.

J'étais jeune. Et belle. Combien d'années me restait-il avant qu'on cesse de me dire ces choses-là ? Et quelle importance ?

Je ne me suis pas déshabillée entièrement. La chambre était inondée par la lumière du jour, et j'étais bien trop intimidée pour offrir ma nudité au regard de Benoît.

Il n'a pas eu besoin de me caresser longtemps. À peine eut-il effleuré mon sexe de son index que j'ai joui. Je n'avais pas eu autant de plaisir depuis des mois. J'avais même oublié que je pouvais jouir si fort, et si vite. Après, je suis restée allongée sur le dos, et Benoît est venu sur moi. J'aurais été incapable de le chevaucher. Il a joui à son tour, les yeux fermés et le visage heureux. Son orgasme était aussi poétique que ses romans.

Nous sommes restés enlacés dans les bras l'un de l'autre, à moitié nus sur le lit, sa capote pendant sur son sexe ramolli. Aucun de nous n'osait bouger, par peur de briser l'instant. Nous ne parlions pas non plus. Nous étions juste là.

Je ne me rappelle pas avoir prononcé le moindre mot en me rhabillant, ni en quittant la chambre.

Une fois dans la rue, j'ai pris conscience de mes joues rougies et de ma peau brûlante. J'avais trompé mon mari et je ne ressentais aucune culpabilité.

Benoît m'a écrit le soir même.

Tu as la peau douce, tellement douce. Ta délicatesse était tout ce que je désirais.

La culpabilité est venue les jours suivants.

11

Ce n'est pas l'amour qui diminue avec le temps. C'est le désir de vivre pour soi qui revient, après avoir tout sacrifié à l'autre.

À quel moment la dépendance prend-elle fin ? Quand part-on soi-même ? Le jour où l'on fait ses valises, ou celui, bien antérieur, où l'on a regardé l'autre en se demandant comment on allait faire pour vivre sans lui ?

Parfois je me réveillais au beau milieu de la nuit pour contempler Ganaël, puis humer sa peau. J'avais des sueurs froides qui naissaient pour un rien, cette trouille aussi qui m'arrachait le cœur. Je ne pouvais pas emporter mon mari avec moi. Il fallait que je le laisse, que je nous détache. Je savais pourtant combien j'allais le faire souffrir en lui avouant mon infidélité, mais je ne pouvais plus continuer à faire semblant.

Ganaël ne s'est douté de rien après mon après-midi passé avec Benoît. Deux jours plus tard, je suis rentrée chez nous, j'ai préparé à dîner, mon mari est rentré à son tour, m'a embrassée fougueusement, a pris place à table puis m'a raconté le renforcement en cordura qu'il avait fait faire la veille sur son sac de parachute tout en se servant des lasagnes. Ensuite seulement il m'a demandé comment s'était déroulée ma semaine. J'ai répondu à côté, vexée de passer encore une fois après son parachute. Je lui ai sauté dessus avant la fin du repas en revanche, pour me réapproprier son corps, mon foyer.

Tout s'est écroulé le mois suivant. La culpabilité me rongeait. Je regardais mon époux et je lui en voulais de ne pas voir ma souffrance. Je m'étais clouée toute seule sur une croix. À présent, je voulais qu'il vienne me sauver. Mais comment aurait-il pu ? Ganaël m'avait laissée le tromper, un autre m'avait fait jouir, un autre avait eu accès à mon corps. Il n'était plus l'unique et il ne s'en était même pas rendu compte.

Je me souviens qu'un jour, avant notre mariage, Ganaël m'avait dit : « Il y a des hommes qui sont milliardaires, cosmonautes, qui vont vers les étoiles et marchent sur la lune, mais aucun d'eux ne t'a, toi. Aucun d'eux ne connaît la crispation de ton visage et de tes poings quand tu jouis. »

Il y en avait un autre qui savait, à présent. Et je haïssais Ganaël pour ne pas se cramponner au piédestal où je l'avais placé cinq ans auparavant.

Ça m'a pris trois semaines avant de le lui dire. Nous étions fin octobre. J'ai attendu qu'il rentre du travail, prenne une douche, dîne et enfin, le regard ancré dans le sien, je lui ai avoué ce que j'avais fait, la voix étranglée de larmes. Ganaël a serré les poings. Ensuite, il s'est levé de table, m'a demandé d'aller dans la chambre et de ne plus en sortir. Lui est allé dans le jardin.

Il est resté dehors toute la nuit, et moi à la fenêtre de la chambre, à le regarder lutter contre le froid autant que contre sa propre douleur. Le lendemain matin, il est rentré dans la cuisine au moment où je préparais du thé. Livide, il s'est assis face à moi, m'a déclaré qu'il me pardonnait mais qu'il me quitterait si jamais je recommençais. Ensuite, il est parti travailler.

Je me rappelle que, sur le coup, j'ai ressenti un soulagement sincère. Je m'étais attendue à bien pire. Enfin de compte, Ganaël ne m'avait ni quittée ni giflée ou même fichue dehors. Il m'avait juste ordonné de ne pas recommencer. Quel apaisement !

Quelle conne... Et comme l'être humain peut se montrer nombriliste, dans les pires moments !

Suite à cet événement, mon mari s'est encore plus renfermé dans le travail et, moi, j'ai pris sa réaction pour de l'indifférence. Il souffrait, mais j'étais trop accaparée par ma propre douleur pour voir la sienne : celle d'avoir été trompé.

12

On aimerait toujours que les gens réagissent tel que nous réagirions. Et, quand ils dérogent à notre attente, nous sommes contrariés et leur en voulons. J'étais une impulsive, une battante. Je voulais que Ganaël crie, frappe, me jette contre un mur, m'embrasse, m'offre des fleurs, me kidnappe puis m'emmène à l'autre bout du monde afin de sauver notre couple. Je voulais qu'il extériorise ses sentiments, quels qu'ils soient. Mais mon mari était d'un calme, une eau tranquille qui dissolvait lentement les particules nauséabondes qui l'entouraient. J'aurais dû voir qu'il n'allait pas mieux que moi, or je n'ai vu que sa passivité. Puis le regard de Johanna sur lui.

Je m'arrête d'écrire un instant.

Comment avouer que j'ai manipulé mon propre époux pour qu'il me trompe ?

J'ai poussé mon mari dans les bras d'une autre, par culpabilité, par vengeance et par douleur. Je l'ai amené à me tromper pour que nous soyons à égalité dans le vice. Peut-être ai-je également cru, ou désiré croire, qu'il ne me tromperait pas, parce qu'il était plus fort que moi, plus vertueux, et que, malgré tous ses actes égoïstes, il m'aimait, moi et moi seule ?

Je sais aujourd'hui que c'est pour cette raison que Ganaël m'a fait souffrir les deux années suivant notre séparation. Pour cette raison aussi qu'il était incapable de revenir avec moi, malgré tout l'amour qu'il éprouvait toujours à mon égard. Ganaël ne m'a jamais pardonné de l'avoir manipulé. Et quelque part, je ne me le suis jamais pardonné non plus.

Nous étions samedi soir. Johanna, une nouvelle adhérente au paraclub, plus jeune que moi et parfaitement proportionnée physiquement, tournait autour de Ganaël depuis plusieurs semaines. « L'inaccessible attire », avait-elle écrit sur son profil Facebook. Je n'avais pas eu besoin qu'elle me fasse un dessin pour comprendre de quoi, ou plutôt de qui, elle parlait. J'avais surpris son regard sur mon mari la semaine passée. Ganaël n'avait rien remarqué, bien sûr. Ce que les hommes mettent des jours, voire des mois à comprendre, les femmes le sentent instantanément. La question était : allait-il ou non succomber ?

L'un des moniteurs organisait une soirée à son domicile le soir même. Johanna y serait, je le savais. Elle avait tellement de succès auprès de ces messieurs…

Je me suis installée sur la balancelle de notre véranda et, tout en fumant, j'ai contemplé le soleil disparaître à l'horizon. À chaque cigarette, je m'ordonnais de prendre une décision. Mais elles se finissaient toutes sans que j'y arrive.

Ganaël est rentré du boulot. Il m'a demandé ce que je faisais là, assise dans le noir, visiblement pas prête. Les mots sont sortis d'eux-mêmes. Après, c'était trop tard pour les retirer.

— Je ne me sens pas bien, ai-je bredouillé, je ne vais pas t'accompagner ce soir.

En m'entendant prononcer cette phrase, j'ai retenu un haut-le-cœur. Puis de la bile m'est montée à la bouche. Je l'ai ravalée.

— Tu es sûre ? s'est-il inquiété.

J'ai regardé droit devant moi. Si je le regardais, lui, j'allais flancher. Ou le gifler. Pour ne pas comprendre ni deviner, une fois de plus. Pour me laisser gérer notre couple et sa déchéance quand lui se contentait de voûter les épaules. Pourquoi était-il si mou, si lâche et stupide ? Ganaël m'avait pardonné, mais son linge sale s'empilait chaque jour un peu plus dans le panier et je passais toujours mes soirées en tête à tête avec sa chaise vide.

J'ai écrasé le mégot dans le cendrier.

— Oui, j'en suis sûre.

Il est parti se doucher. J'ai allumé une nouvelle cigarette. Je fumais comme un pompier depuis plusieurs jours, mais il ne l'avait même pas remarqué. Comment aurait-il pu ? Il n'était jamais là.

Il est revenu vingt minutes plus tard vêtu d'un jean propre et d'une chemise blanche. Il était beau. Mon amour. L'homme que j'aimais plus que ma propre vie et qui allait me tromper avec une autre.

Il m'a embrassée, m'a demandé une dernière fois si j'étais certaine de ne pas désirer l'accompagner. J'ai acquiescé. Il est parti. J'ai regardé le ciel. Les étoiles commençaient à pointer le bout de leur nez. J'étais complètement folle et je me haïssais. Autant me suicider tout de suite, j'éviterais aux gens de souffrir à cause de moi.

J'ai envoyé un message à Astrid, ma meilleure amie, disant :

Gan va me tromper.

Astrid m'a appelée dans la foulée. Elle m'a demandé si j'étais barge, maso, parano. Non, rien de tout cela, ai-je bredouillé. J'étais une femme infidèle qui ne trouvait pas la porte de sortie et offrait le choix à son mari de la tromper ou de lui rester fidèle. Astrid n'a rien répondu. J'ai raccroché. Et fumé encore. À 2 heures du matin, une fois mon paquet vidé, je suis allée me coucher.

J'ai entendu Ganaël rentrer trois heures plus tard. J'ai fait semblant de dormir. J'aurais été incapable de bouger le moindre muscle, de toute façon. Il s'est glissé dans le lit. J'ai attendu qu'il s'endorme, puis je me suis levée et j'ai fouillé dans les poches de son jean à la recherche de son téléphone. Jamais encore je n'avais fouillé dans ses affaires. J'ai fini par trouver ce dernier planqué dans l'une de ses chaussures. Je me suis assise à même le sol du couloir, tremblante. Il n'y avait pas de code pour déverrouiller l'écran. Il me suffisait de passer un doigt dessus. J'y ai glissé mon index, puis j'ai cliqué sur l'icône des messages. Il n'y en avait aucun de Johanna. Je me suis rendue dans l'historique du téléphone. Le dernier texto que Ganaël avait envoyé datait de l'heure précédente, à 4 h 18 précisément. Et il avait été envoyé à Johanna.

13

Il est impossible de décrire la haine que j'ai lue dans le regard de mon mari quand je lui ai avoué que je lui avais tendu un piège et qu'il était tombé dedans. D'autant plus que ce n'était pas ça que j'avais voulu lui dire. Les mots étaient partis avant que je les maîtrise, parce que la colère me semblait plus facile à exprimer que la peur de ne plus être aimée de lui.

De la femme délaissée qui voulait quitter son époux pour vivre ses rêves, je suis devenue la salope manipulatrice qui devait faire amende honorable. Ganaël s'est mis à cacher son téléphone portable pendant qu'il se douchait afin que je ne fouille plus dedans. Car, désormais, c'était ce que je faisais. Je fouillais dans les poches de ses vestes, de ses pantalons et de son sac à dos. Je fouillais même dans ses affaires de parachutisme et dans sa voiture. Je devenais quelqu'un que je haïssais, et plus je me haïssais, plus Ganaël s'éloignait de moi, plus je fouillais dans ce qui lui appartenait.

Puis Ganaël a pris l'habitude d'aller courir avec Johanna le dimanche matin, pour se venger. Je savais qu'il ne se passait plus rien de physique entre eux ; néanmoins, je crevais de jalousie. J'aurais pu interdire à mon mari de la revoir ou l'obliger, elle, à quitter le paraclub. Mais je me sentais incapable d'être comme toutes ces femmes qui mettent leurs époux au pas. En fin de compte, ce que j'avais reproché à Ganaël, sa mollesse, m'était tout aussi applicable. La culpabilité me rongeait, alors j'encaissais.

Décembre est arrivé. Ganaël et moi refaisions l'amour. Certes, tout était encore très faux entre nous mais, devant sa famille, les apparences étaient sauves. Elle ne se doutait de rien.

Il avait acheté un CD de Bruno Mars qu'il avait caché dans un tiroir de son bureau. Je n'aurais jamais dû le découvrir, mais j'avais besoin de scotch et mon rouleau était vide. J'adorais Bruno Mars. J'ai attendu Noël avec impatience. Ganaël m'avait pardonné, c'est ce que j'ai aussitôt pensé en découvrant le CD. Ganaël m'aimait toujours et il allait me le faire savoir par cette attention. Nous fêtions Noël chez ses parents cette année-là. Les jours suivants, j'ai couru les magasins à la recherche d'un cadeau qui ferait écarquiller ses yeux de bonheur.

Ganaël se rendait au cours de salsa du jeudi soir depuis le mois passé. Tous les deux étions inscrits au cours intermédiaire du mardi soir, mais, depuis cinq semaines, mon mari se rendait également au cours débutant du jeudi. Il m'avait expliqué désirer revoir les pas de base et, avec le recul, je sais que ça a réellement été le cas au début. Néanmoins, à partir de décembre, Ganaël a commencé à rentrer trente ou quarante minutes après la fin du cours, alors que nous habitions à dix minutes à peine des locaux de danse.

J'ai prié pour me tromper, une fois de plus. J'étais à ses pieds depuis des semaines, Ganaël ne pouvait pas me faire ça. En réalité, je ne voyais pas que ma soumission à son égard le faisait me haïr chaque jour davantage. Ganaël ne reconnaissait pas la femme qu'il aimait, et celle qui se trouvait face à lui l'écœurait. Lui aussi m'écœurait, mais je m'obstinais. Je refusais de renoncer au couple que nous avions été.

Noël est arrivé. Il y avait cinq cadeaux pour moi sous le sapin. Je les ai ouverts un à un, le plus petit en dernier. Trop petit pour contenir un CD. Et pas assez rectangulaire.

Le mois suivant, je suis partie deux jours à Paris. Deux nuits. Je suis rentrée le mercredi soir. Mais c'était trop tard.

14

Ganaël m'attendait sur le quai de la gare, un bouquet de roses dans les mains. Mon cœur s'est serré en l'apercevant. Le bouquet contenait des roses rouges et blanches, comme celles qu'il m'avait offertes le jour de notre mariage. Je suis descendue du train. Mon mari m'a rejointe et m'a enlacée longuement. Je me suis forcée à sourire pour mieux refouler mes larmes.

Sur le chemin nous ramenant chez nous, il m'a demandé comment s'était passé mon séjour à Paris et si j'avais dit oui au réalisateur et signé le contrat. Il parlait vite, fort et beaucoup trop. Surtout, il ne me regardait pas.

Nous avons dîné ensemble, fait l'amour en levrette — moi aussi, j'étais incapable de soutenir son regard —, puis sommes allés nous coucher. J'ai attendu que Ganaël dorme, puis je me suis relevée et suis retournée au rez-de-chaussée. Il était 1 heure du matin passée. Je me suis assise à la table de la cuisine, mal à l'aise, et j'ai parcouru la pièce du regard. Tout était à sa place, parfaitement rangé. Trop rangé. Ganaël avait même vidé le lave-vaisselle, ce qu'il ne faisait jamais habituellement. J'ai allumé une cigarette à la fenêtre du salon, le temps de réfléchir. Je savais déjà, mais mon cerveau cadenassait l'information.

J'ai fini ma cigarette et ai scruté les alentours une nouvelle fois. C'est là que je me suis aperçue que son sac de sport n'était pas posé dans l'entrée, là où il traînait toujours. Je me suis sentie défaillir et j'ai dû poser mes mains à plat sur le rebord de la fenêtre pour ne pas chanceler. Il fallait que j'arrête de m'inventer des histoires. Ça ne voulait rien dire. C'était juste un sac de sport. Je me suis avancée et j'ai fouillé dans le salon, puis dans son bureau, dans la buanderie et enfin dans le garage. Son sac n'était nulle part en vue, et j'avais de plus en plus de mal à respirer. Tremblante, je suis retournée dans la cuisine où je me suis servi un grand verre d'eau. De la sueur coulait le long de mes tempes. J'avais froid, chaud et, surtout, j'avais envie de vomir. J'ai lavé le verre, l'ai mis à sécher et me suis retournée. C'est là que j'ai aperçu ses clés de voiture. Mon corps s'est figé, mes yeux grands ouverts sur le vide. J'ai supplié le génie tout là-haut de me faire peur pour rien. Mon instinct me jouait des tours, c'était forcément ça. J'étais partie à Paris pour le boulot. De son côté, Ganaël avait énormément bossé et il avait simplement oublié de sortir son sac de sport de sa voiture, voilà tout. Et puis, Johanna était de l'histoire ancienne, et le CD de Bruno Mars un cadeau à une simple copine, comme Ganaël me l'avait juré.

La nuit s'enfonçait dans le silence et ses ombres se refermaient sur moi. J'ai attrapé les clés de sa voiture et je suis sortie dans le jardin. Cette dernière a émis un bip en s'ouvrant. J'ai tourné le regard vers la fenêtre de notre chambre, à l'étage, mais rien ne bougeait. J'ai ouvert la portière avant — pas de sac —, arrière — pas de sac —, le coffre — … sac. Mon cœur s'est mis à cogner comme un dératé. Je n'entendais plus que lui, ses battements, graves, douloureux et incertains. J'ai prié une nouvelle fois le ciel, supplié Dieu, ses anges, ses démons, promis monts et merveilles à Jésus, Allah, Bouddha et tous les autres. J'étais prête à tout pour ne pas trouver ce que mon esprit malade me susurrait à l'oreille.

Vacillante, j'ai saisi la fermeture Éclair du sac et j'ai tiré dessus. Les chaussures de Ganaël sont apparues ainsi que son survêtement, à côté d'une bouteille d'eau à moitié vidée. Je me suis apaisée, mais le bourdonnement est aussitôt revenu à mes tempes. Et en dessous ? De la bile m'est montée à la bouche. Je l'ai ravalée. Mon dos dégoulinait de sueur.

J'ai plongé ma main dans le sac, sous sa serviette. Mes doigts ont buté sur une boîte en carton. J'ai manqué de m'évanouir. Mais ça pouvait être n'importe quoi, me suis-je dit, n'importe quoi. J'ai attrapé la boîte et l'ai sortie du sac.

Je n'ai pas eu besoin de lire le mot écrit en gros dessus pour réaliser ce que c'était. Mais ça ne voulait toujours rien dire, me suis-je répété. Peut-être Ganaël en avait-il achetés il y a longtemps, pensant les utiliser un jour, et en fin de compte ne l'avait pas fait. J'ai ouvert la boîte et ai regardé à l'intérieur. Les préservatifs étaient attachés par deux. L'un était seul.

Je n'ai jamais réussi à tenir ma cigarette. Mes doigts tremblaient tellement qu'elle tombait par terre.

Ganaël s'est réveillé et a découvert que je n'étais plus dans le lit. Il est descendu, m'a trouvée assise sur la balancelle de notre véranda, le regard dans le vide, livide, une cigarette fumante posée dans le cendrier à côté de moi. Il a tourné le regard vers sa voiture, ouverte, et a compris que je savais.

15

Astrid m'a aidée à déménager. Parisienne d'origine, elle m'a rapidement trouvé un deux pièces meublé dans le 3e arrondissement de Paris. Je n'avais emporté que mes affaires personnelles. Les meubles, la vaisselle, la déco, la dvdthèque et même la voiture, j'avais tout laissé à Ganaël. Nous nous étions mariés sous le régime de la séparation des biens, et je ne voulais pas perdre le peu de force qui me restait à pinailler avec lui pour savoir à qui appartenait quoi.

Mes cartons montés dans mon nouvel appartement, Astrid et moi avons descendu la bouteille de vin qu'elle avait achetée pour l'occasion. Puis mon amie est partie dîner avec un collègue, en me faisant promettre de l'appeler si j'avais un coup de blues.

Il m'a fallu moins d'une heure pour déballer mes cartons et un peu plus d'une autre pour accrocher les quelques tableaux et photos que j'avais emportés, puis relaver la salle de bains. Après quoi j'étais chez moi.

J'ai inauguré la moquette de la chambre avec ma morve. Il aurait fallu la force de dix hommes pour me relever de l'endroit où je m'étais écroulée, tout en cris et en larmes.

J'avais des litres de tromperies, de mensonges, de manipulation et de culpabilité à évacuer.

La première nuit dans mon nouveau chez-moi, je l'ai passée à contempler le plafond. Allongée sur le dos, le visage bouffi par les larmes, les yeux rougis et le nez encore coulant, j'ai admiré les moulures. En réalité, je revoyais la scène de mon départ. Ganaël m'avait laissée partir. Il m'avait accompagnée sur le quai de la gare, m'avait serrée dans ses bras, embrassée passionnément, mes larmes mélangées au goût de sa salive, puis il avait relâché son étreinte et m'avait observée, de loin, monter dans le wagon. Désormais, nous étions deux entités séparées. Le chef de gare avait sifflé le départ. La porte du train s'était refermée derrière moi, Ganaël avait continué de me suivre des yeux, je l'avais fixé en retour, le train avait accéléré et puis j'avais cessé de le voir. Mon mari. Qui m'avait laissée partir. Moi, sa femme, celle qu'il avait choisie pour le meilleur et pour le pire. La mère de ses futurs enfants. La femme qui l'avait trompé et qu'il avait trompée.

C'est moi qui avais rompu. Moi qui, ce matin-là, avais dit stop, je pars, je te quitte, c'est trop tard, on est allés trop loin et on s'est fait trop de mal. À présent, je voulais effacer ce moment et faire machine arrière, revenir à cette minute où j'avais prononcé ces mots, revenir à celle plus loin encore où j'étais entrée dans la chambre de Benoît. Car tout avait réellement commencé là. Ou avant encore, à ce premier lapin que Ganaël m'avait posé, à ce jour où le parachutisme était devenu plus important que moi.

J'ai fini par me lever car ma vessie pleine me faisait

souffrir. C'était comme le rappel de la vie : ce mélange infini de bonheurs et de douleurs.

Les jours suivants, j'ai attendu que Ganaël m'appelle, en vain. Je l'en aurais supplié pourtant, supplié qu'il vienne me chercher, un bouquet de fleurs dans les mains et un air miséreux sur le visage. Mais nous étions fin juin. La saison estivale avait commencé, ainsi que celle des entraînements. Ganaël ne m'appellerait qu'une fois ceux-ci terminés, quand il se retrouverait seul après avoir passé les deux mois d'été avec son équipe, à dormir dans les paraclubs où ils s'entraîneraient.

En attendant, il était en moi, dans chaque cellule de ma peau. Les remords aussi. Et si ? Et si je n'avais pas été aussi impulsive ? Et si on avait essayé de sauver notre couple, d'aller voir un psychologue conjugal et de déménager dans une autre ville, loin de Johanna et de l'autre ? Et si je lui avais pardonné de m'avoir trompée une deuxième fois ? Mais ça n'aurait rien changé. Ganaël ne voyait plus son ange en me regardant, seulement un être pervers qui l'avait manipulé. Je n'étais plus son parfait amour. Je n'étais plus rien.

J'ai pleuré tous les soirs cet été-là. Paris la belle était emplie de gens qui s'enlaçaient et de promesses d'amour sifflées dans le vent. J'avais mal. La nuit, je rêvais de Ganaël et je le cherchais dans le lit, la paume de main ouverte à tâter l'air en espérant y trouver son corps. Au matin, j'écoutais de la musique triste tout en fumant sur le balcon. J'étais partie. Pour nous offrir la possibilité d'être heureux, loin l'un de l'autre. En attendant, je m'effondrais, habitée de lui comme un arbre vérolé. J'avais emporté son corps avec moi, sa peau, son odeur, sa langue ainsi que la forme de son visage, de ses pommettes à son menton, ce morceau de vie que j'avais tant aimé et que j'avais passé des heures à caresser, assise sur ses genoux, mon regard ancré dans le sien. Ganaël avait été mon univers. Seule, je ne savais plus rien faire. Sa semence avait empli mon être quand lui n'avait fait que se vider, pendant des années, se vider en moi. J'avais tout intériorisé. À présent, je ressassais les souvenirs, pétrie de cette culpabilité qui me collait à la peau comme une odeur nauséabonde.

Parfois, je rêvais que mon mari était mort, qu'il avait raté un atterrissage et s'était tué sur le coup, ou qu'il avait percuté un autre parachutiste en l'air. La nuque brisée, la vie emportée et son essence disséminée dans le ciel. Ça aurait été tellement plus facile. Enfin, j'aurais pu sortir toute cette souffrance de moi, hurler et frapper les murs de mon appartement à m'en briser les phalanges, m'en prendre à l'injustice de la vie. J'aurais pu légitimer ma douleur face à mes proches, celle qui me broyait les poumons, l'estomac et la rate. J'aurais pu faire de mon mari un dieu éternellement parfait, comme un symbole guidant ma vie, et renaître à l'amour puisque je n'aurais pas eu à me séparer de lui.

Mais Ganaël n'était pas mort. Je l'avais quitté.

J'ai peu à peu perdu toute sensibilité les jours suivants. Je me levais et me reconnaissais chaque matin un peu moins. C'était comme une anesthésie générale qui n'aurait eu aucune prise sur mes organes, uniquement sur mon cœur. Je riais, je nageais, je mangeais, je dormais, je buvais, je fumais, je pleurais, je buvais encore, mais je ne ressentais plus rien. L'hiver suivant la mort de mes grands-parents, ma mère avait pris des antidépresseurs. Je me rappelais encore parfaitement ses regards lors de cette période, présents et pourtant absents, détachés, pas pleinement elle.

Cet été-là, je me suis antidépressurisée toute seule. Comme une marionnette que quelqu'un d'autre aurait fait parler. J'avais enclenché le pilote automatique. Alban a été le premier à me reconnecter.

16

Ou plutôt ses cheveux, cette touffe totalement indisciplinée, ni frisée ni fourmillante, à la Pierre Richard. J'avais été invitée à une soirée de lectures scénaristiques sur une péniche amarrée vers le pont Alexandre III. Alban faisait partie des membres du jury. J'ai lu son nom sur le programme et me suis aussitôt rappelé le scénario qu'il avait envoyé à Vincent, mon ancien patron, à l'époque où je travaillais pour lui, un bijou. Plusieurs membres du jury sont arrivés, dont un homme, la trentaine, particulièrement séduisant, vers lequel je me suis instantanément dirigée. Autant joindre l'utile à l'agréable… J'ai demandé à mon bel inconnu s'il connaissait Alban Fodère. Son sourire s'est agrandi.

— C'est moi-même.

Alban. Nous nous sommes embrassés pour la première fois place de la République. Je revenais de la piscine municipale. Une habitude que j'avais prise dès la semaine suivant mon arrivée à Paris pour tenter de noyer mon chagrin dans les deux mille cinq cents mètres cubes d'eau du bassin. Je portais une robe blanche tressée de fleurs vertes et sentais le chlore. Alban a humé mes cheveux, mon cou, a goûté ma peau chlorée, puis mes lèvres.

J'ai fêté le 14 Juillet dans ses bras. En surface, je souriais intensément.

Alban et moi nous sommes côtoyés tout l'été, sans jamais discuter intimement. Nos conversations étaient détournées par le jeu imaginatif de nos esprits. Nous parlions films, romans, festivals et programmes télévisés. Kant, Shakespeare et Churchill faisaient également partie de nos compagnons de langage. Alban ne donnait jamais à moitié. Il vivait passionnément et ouvrait tout son être au mien quand nous étions ensemble. Je le savais amoureux d'une femme qui en aimait un autre tout en lui ouvrant son lit. À demi-mot, je découvrais ses histoires d'amour ratées, douloureuses et belles dans leurs essences impossibles. De mon côté, je cadenassais mon cœur pour ne pas en faire sortir Ganaël. Je n'étais pas prête à parler de lui, et encore moins à livrer mon secret, la vérité concernant notre rupture.

Alban était une barque dérivant sur un fleuve qui pouvait l'engloutir ou le laisser poursuivre indéfiniment son chemin sans jamais accoster. Il rêvait les yeux grands ouverts et m'emmenait dans les salles infréquentées du Reflet Médicis regarder des vieux films en noir et blanc. J'aimais ça, cette intemporalité des corps, des lieux, des heures et des instants partagés. Cette possibilité d'être ici et là-bas en même temps. J'avais quitté Ganaël mais, dans le monde d'Alban, tout était encore possible. Et mon mari me reviendrait, plus fort, plus grand et plus amoureux.

⁂

Alban et moi n'avons jamais fait l'amour ensemble. Nous nous sommes embrassés, nous sommes beaucoup vus, puis moins, puis à nouveau régulièrement, nous sommes enlacés souvent, mais ça n'a jamais été plus loin. Au fond, nous n'étions pas amoureux l'un de l'autre, même si nous nous sommes murmuré des mots d'amour. Le temps d'un été, je l'avais rejoint sur sa barque et, comme lui, je me laissais flotter sur ses mots.

17

C'est avec Romain que mon corps s'est ouvert pour la première fois après Ganaël. Romain, ou l'homme qui a tenu mes étoiles et la somme de mes rêves au creux de ses mains pendant quinze ans.

Romain s'était introduit dans ma vie un soir de Noël, alors que j'allais avoir seize ans. À cette époque, je passais plus de temps avec les chevaux qu'avec les hommes. Mes soirées, mes mercredis après-midi et mes week-ends leur étaient consacrés. Sans selle ni bombe, je montais sur leur dos et partais au grand galop dans la montagne, les cheveux volant au gré de leurs foulées. Seule avec la nature, ses odeurs, ses bruits et sa vie sauvage, je me sentais devenir la Terre Mère et faire corps avec le Tout.

Ce Noël-là, mes parents m'ont offert un livre écrit par une journaliste française relatant un trek équestre dans les plaines du Kirghizistan. Romain apparaissait sur l'une des photographies. La journaliste et lui avaient cheminé un bout de temps ensemble. J'avais lu le livre puis m'étais renseignée sur leurs auteurs. C'est ainsi que j'avais découvert les écrits de Romain, sa vie aussi, ainsi que sa folie, ce mélange de liberté et de goût du risque jeté à la face du monde, comme une possibilité de vivre authentique, sans fioritures ni artifices. À cette époque, je ne savais pas que l'on pouvait passer son quotidien à voyager aux quatre coins du monde, et ne revenir en France que pour publier des pages noircies à l'autre bout du globe. Je rêvais de liberté, du vent, de la pluie, des arbres, de flots libres et changeants. Le monde emplissait mes pensées du matin au soir, et même dans les salles de classe, aux heures où les mathématiques et l'allemand auraient dû occuper mon esprit, il demeurait là, comme un appel infini, une attente qui sera satisfaite, car elle ne pouvait que l'être, sous peine de mort de l'âme. Romain est devenu mon bateau, la possibilité, par son exemple, de larguer les amarres.

En attendant, mes seize ans m'avaient seulement permis de parcourir les pages des livres qu'il avait écrits et de rêver de le rejoindre.

Cinq ans plus tard, j'avais rencontré Romain lors d'une conférence à Paris. J'y étais allée en apnée, le visage empourpré à l'avance du bonjour que j'allais lui dire. Car j'irais forcément lui parler. Je dialoguais avec lui dans ma tête depuis tellement d'années.

Romain avait fait rire l'auditoire, l'avait subjugué, comblé, embrasé, éveillant en lui des désirs de nomadisme. Romain avait été lui, sans embellissements. Et moi, j'étais restée debout près de la porte de sortie, à attendre le bon moment pour l'accoster, que la foule s'écarte et que le niveau sonore soit assez bas pour qu'il entende les faibles décibels qui sortiraient de ma gorge ; car ma timidité était, à l'époque, une tare handicapante.

*
* *

Quelques semaines plus tard, j'avais revu Romain chez lui. Il m'y avait invitée. J'avais pénétré dans son appartement comme on s'introduit dans une église, sur la pointe des pieds et le cœur battant d'un rêve qui se colore de réalité. Il y avait des livres et des pierres partout, des morceaux d'ailleurs, d'autrefois, d'avant, de là-bas. Et encore des livres et des pierres. De quoi avions-nous parlé ? Je ne m'en souviens plus. J'avais vingt et un ans, une expérience quasi-nulle des hommes et je me tenais debout face à l'incarnation physique de mes désirs existentiels.

L'année suivante, Romain a été le parrain de mon expédition en Amérique du Sud. Je l'avais revu trois fois entre-temps, le cœur toujours intimidé et gauche. Je naviguais entre mes études, mes articles de journaux et mes débuts en tant qu'assistante réalisatrice. Romain demeurait mon idéal. Car je n'étais pas encore une femme, juste une *moi* en gestation.

C'est en entrant dans son lit que j'ai compris.

Je n'avais plus de nouvelles de lui depuis une soirée où il m'avait rejointe à Paris chez l'ami où je logeais pour la semaine, trois ans auparavant. Le temps que je prépare deux verres de vin dans la cuisine, Romain était passé par la fenêtre et m'avait attendue sur le toit de l'immeuble. Un oiseau, un singe, un loup, pas un homme. Ce soir-là, il avait essayé de m'embrasser, mais j'avais détourné le visage. C'était avant Olivier, Benoît et mon adultère. J'étais encore mariée à Ganaël et, à cette époque, je n'avais pas encore compris que la fidélité à soi était la seule vraie vertu.

Après ce baiser manqué, Romain avait bu, beaucoup. Je m'étais tue, ne sachant pas quoi lui dire. Je n'avais pas compris qu'il y avait un homme sous le géant et que c'est avec naturel que j'aurais dû me comporter.

Romain était reparti et j'étais restée seule à contempler Paris, mal à l'aise. J'avais refusé un baiser à l'homme qui peuplait mes rêves depuis mon adolescence alors que mon mari ne peuplait plus ma vie depuis si longtemps.

Trois ans plus tard, ce n'est pas Romain qui m'a contactée mais sa petite amie, Vinciane, avec qui il sortait depuis un peu plus de deux ans. Vinciane m'a exprimé son vif désir de me rencontrer. En fouillant sur le Net, elle avait découvert qu'elle et moi écrivions pour les mêmes magazines et que nous avions de nombreuses connaissances en commun. Et puis Romain lui avait tellement parlé de moi, a-t-elle ajouté.

Je ne me suis doutée de rien. Je souriais le jour, pleurais la nuit. Je m'antidépresseurisais un peu plus chaque matin. Ganaël devait être en Australie ou en Arizona, à s'entraîner avant de s'envoler à la mi-août à Dubaï pour les championnats du monde. Il m'avait envoyé un seul message datant de la semaine passée. Trois phrases :

> Bonjour, Estelle, j'espère que tu vas bien. Le propriétaire m'a rendu le chèque de caution pour la maison. Je te virerai la moitié de la somme sur ton compte demain. Gan.

Mon compte bancaire avait effectivement été crédité, et mon cœur amputé du centuple.

J'ai accepté l'invitation de Vinciane.

Romain et elle habitaient rue des Martyrs, dans le 9e arrondissement de Paris. Un signe, sans aucun doute. J'ai monté les cinq étages menant à leur appartement et me suis arrêtée face à une porte dont le chambranle était de travers. Vinciane m'a accueillie. Elle était maquillée comme un soir de spectacle, les lèvres rouge vif, le trait d'eye-liner couvrant l'intégralité de ses paupières, jusqu'à deux ou trois centimètres après elles, et les joues poudrées. Mince, très mince. À vrai dire, je n'avais encore jamais rencontré de femme aussi mince. Ce n'était pas de l'anorexie, même si elle ne mangeait visiblement pas, c'était de l'absence de consistance physique, comme si elle avait refusé cette incarnation-ci, mais avait néanmoins fait le minimum vital pour avoir un corps. Filigrane, sans relief ni courbe d'aucune sorte, juste l'essentiel assemblé avec une fragilité qui perçait à travers ses vêtements. Il me semblait que lui faire seulement la bise risquait de la heurter.

Nous avons bu. Du vin blanc d'abord, du rouge ensuite. Romain avait coupé des dés de fromage et des tranches de saucisson. Il y avait aussi des olives et des amandes. Leur salon était tout en bois et leur table ridée comme une grand-mère mongole. Le chêne était torsadé de nœuds qui couraient sous les plats. J'aimais ça, cette absence de rattrapage des défauts du vivant ; car, si tout était parfait, pourquoi continuer à avancer ? J'ai vu Romain descendre une bouteille puis deux. Vinciane buvait à peine et ne mangeait pas non plus, hormis une olive de temps à autre. Elle fumait beaucoup en revanche, tout comme Romain et moi. La pièce s'est assombrie de la fumée ainsi que de leurs mots. Ils avaient emprunté un chemin désenchanté et couraient sur une pente morbide à se préoccuper de leur postérité littéraire. C'était la vie qui devait primer, le présent. Or, ce présent-ci, avec eux, ne me plaisait pas. Une fois la troisième bouteille vidée, je les ai remerciés pour la soirée et me suis levée afin de prendre congé. Vinciane m'a saisie par le bras et m'a exprimé son vif désir de me montrer le reste de l'appartement avant que je ne m'en aille.

Je n'ai rien vu venir, ni la visite de la chambre où elle m'a fait asseoir sur le lit afin de mieux contempler son herbier mural — encore des morts —, ni sa proposition d'ôter mes chaussures afin de me mettre à l'aise. Pourquoi les ôter alors que je m'en allais ? C'est en découvrant Romain entrer dans la chambre et fermer la porte derrière lui que j'ai compris. J'ai aussitôt pensé aux sous-vêtements que je portais, roses et élimés. Ils devaient dater de ma rencontre avec Ganaël. Pourquoi n'avais-je pas enfilé un ensemble de lingerie neuf ?

J'ai fixé Vinciane, puis Romain. Et soudain, j'ai lu dans leurs regards la seule émotion qui pouvait me faire dire oui : cette douleur qui faisait écho à la mienne et me happait toute entière. Ils étaient désenchantés. Leur vie avait pris un goût amer, elle les anéantissait autant qu'elle les laissait indifférents. Vivre, mourir, quelle importance ? murmuraient leurs regards. Ils n'avaient plus rien à perdre, que des actes encore non réalisés à tester. Moi non plus, il me semblait que je n'avais plus rien à perdre. Et cette possibilité de trouver l'évasion dans le désenchantement, d'être heureuse en me désolidarisant de mes émotions, comme eux s'étaient désolidarisés des leurs, m'a subitement séduite.

L'image de vampires est passée devant mes yeux. Le monde de la nuit pouvait être attractif et libérateur. Et en cet instant, je le désirais, ce monde.

J'ai dit oui. Ou, plutôt, j'ai ôté mes chaussures, me suis allongée sur le lit et ai laissé Vinciane déboutonner ma chemise puis glisser ses doigts sous mes sous-vêtements. Elle m'a léchée. J'ai tenté de l'imiter, sauf que non seulement je me suis découvert une inaptitude totale à cet acte mais en plus je n'ai pas aimé le faire. Ses lèvres étaient minuscules, comme une porte de maison de poupée. Ma langue cherchait un rocher où s'accrocher mais il n'y avait rien pour elle, juste une fente, fine, polie et inintéressante. Et puis comment devait-on lécher ? De haut en bas ou de bas en haut ? J'étais hétéro, je savais gérer un corps d'homme, pas un sexe de femme. Je me suis tournée vers Romain et j'ai découvert que l'incarnation physique de mes fantasmes était en plus dotée d'un membre magnifique, large et viril, à la peau claire.

Étais-je leur victime ou leur bourreau ? Étions-nous tous les trois des vampires ou des manipulateurs manipulés à tour de rôle ? J'ai cru profiter de ce que Vinciane et Romain m'offraient pour enfin connaître cette relation intime que j'avais tant fantasmée avec mon écrivain aventurier. Or, au moment de jouir, Romain m'a abandonnée pour se libérer en Vinciane. Sa compagne. Illico, je me suis rappelé que je n'étais qu'un sex-toy géant utilisé dans l'espoir de ragaillardir leurs joutes sexuelles endeuillées de la passion des premiers temps.

Nos ébats achevés, nous avons partagé un joint ensemble, enlacés tous les trois sur le lit, tout en comparant nos tatouages. Un moment tendre et vrai, à l'inverse de ce qui avait précédé. L'ivresse de la nuit était partie, ne restait que l'errance.

Vinciane et Romain m'ont accompagnée à la station de taxis et m'ont payé la course pour rentrer chez moi. Culpabilisaient-ils ou avaient-ils besoin de se sentir maîtriser l'acte jusqu'au bout ? Je me suis engouffrée à l'intérieur du véhicule. Je me fichais de savoir si leur couple allait résister à l'intrusion d'une tierce personne en son sein. Je voulais fuir. Les fuir.

Je n'ai pas recontacté Romain, ni Vinciane. Je n'ai pas pu. Les mots ne sont pas sortis, les mots de dégoût, d'indifférence et de honte. Comment avais-je osé faire ça ? Comment avais-je osé forcer mon corps à goûter un sexe qui le repoussait ? Et Romain, l'avais-je réellement désiré ? Cette nuit-là, il s'était mis nu et à nu devant moi. À présent, je comprenais enfin qu'il n'était pas celui que j'avais toujours cru qu'il était.

Je n'avais aucune nouvelle de Ganaël non plus. Je suivais les résultats de ses entraînements sur Internet, je regardais régulièrement ses photos sur Facebook, des photos de lui riant avec ses coéquipiers, faisant la fête, buvant, quand moi je m'asséchais. Il fallait que j'arrête de fumer, ou de vivre puisque j'étais déjà morte.

18

Ma mère, que j'avais souvent au téléphone, me considérait avec inquiétude. Comment pouvais-je pleurer un homme que j'avais quitté ? Si j'étais partie, c'était bien pour une raison. Ma mère était pragmatique. Soit on était bien avec quelqu'un et on restait, soit on ne l'était pas et on passait au suivant. L'amour à la Roméo et Juliette, très peu pour elle. *If you can't be with the man you love, love the man you're with* : telle était sa devise. Est-ce qu'elle avait aimé mon père comme j'avais aimé Ganaël ? Avait-elle connu cette pulsion destructrice qui force notre être à aller au-delà de ce qu'il peut endurer, vers un quotidien malsain et sans fin ? Où en étais-je, moi-même, face à ces souvenirs qui me crucifiaient l'âme, toutes ces nuits à chercher le téléphone de Ganaël dans chaque recoin de la maison afin de pouvoir fouiller dedans ? J'avais changé de ville, mais était-ce vraiment derrière moi ?

C'est Astrid qui m'a présenté Lucas. Il y avait une fête organisée chez lui début août. Je n'avais pas envie de sortir, mais mon amie a débarqué dans mon appartement, m'a poussée sous la douche, a sorti un slim noir et un débardeur beige de mon placard et m'a obligée à les enfiler.

— Escarpins rouges et veste en jean, ça te fera du bien d'avoir l'air sexy. Et pour l'amour de Dieu, Estelle, va chez le coiffeur !

J'ai enfilé la tenue, et nous avons pris le métro. Lucas habitait à côté du parc Monceau, un appartement d'une cinquantaine de mètres carrés agrémenté d'une terrasse très fleurie. Un vrai palace. On pouvait écarter les bras en croix dans sa cuisine sans toucher les murs.

C'est lui qui a ouvert la porte. Astrid nous a présentés. Il m'a fait la bise.

Lucas avait un côté métrosexuel qui faisait hésiter quant à son orientation, au premier abord. Homo ou hétéro ? Homo, me disait sa chemise moulante bleu pastel, sa minceur, ses cils épilés et ses longs doigts fins. Hétéro, disait le regard qu'il a posé sur moi.

Je ne connaissais personne ; Astrid, tout le monde. Je me suis servi un verre de punch et suis allée fumer une cigarette sur la terrasse, seule. Lucas m'a rejointe peu de temps après.

Sourire, faire semblant, avoir l'air heureuse, enjouée, délurée. Plus tard, Lucas m'a avoué avoir instantanément eu envie de me masser. J'avais cette douleur accrochée à la peau qu'il voulait m'ôter, m'a-t-il expliqué, cette fragilité derrière mon masque hautain qui l'a happé.

Une semaine après cette soirée, Lucas m'a invitée à dîner chez lui. Je suis arrivée en jean moulant et talons compensés, après être allée chez le coiffeur.

Il m'a fait la conversation tout en cuisinant et sans se départir de son sourire. Le repas a été exquis. Le bain aussi. Comment suis-je passée du salon à la baignoire, je ne saurais le dire. En revanche, je me rappelle parfaitement ses mains qui ont frotté ma peau avec une éponge en corail. L'eau est devenue froide. Lucas m'a sortie de la baignoire, m'a enveloppée dans une grande serviette brodée de fleurs rouges et portée dans le salon, sur un matelas qu'il avait étendu à même le sol, entre bougies et encens. Angus et Julia Stone composaient le fond sonore. J'ai fermé les yeux tandis qu'il m'enduisait le corps d'huile essentielle. Ses doigts tressaient des frissons sur ma peau. Enfin, je quittais cette planète, tous mes sens envolés vers une terre composée de lait et de douceur. Une terre où Ganaël n'existait plus.

La suite est nébuleuse. La seule chose dont je me souviens, c'est son ventre. Ganaël avait un ventre plat et musclé où il était impossible d'y enfoncer ne serait-ce qu'un ongle. Lucas possédait un gabarit similaire à celui de Ganaël — même taille, même corpulence — ; en revanche, son ventre était mou, sans abdominaux. Nous avons fait l'amour, et je ne me souviens que de son ventre. Ce n'était pas le bon et, parce que ce n'était pas le bon, rien n'allait. Lucas m'a caressée, mais la magie s'était envolée et mes sens refermés. Je ne voulais plus être avec lui. J'ai attendu poliment qu'il finisse, puis je me suis endormie.

— Ça s'appelle de l'égoïsme, Estelle, m'a déclaré Lucas quelques jours plus tard, tandis que je lui relatais un souvenir peu glorieux de mon mariage. Un homme qui t'abandonne au milieu de l'autoroute, à côté de votre voiture en panne, sous prétexte que ses potes l'attendent pour aller sauter, ça s'appelle de l'égoïsme.

— Il avait une formation au paraclub, moi je ne travaillais pas, ai-je rétorqué.

— Il était rémunéré ?

— Non, c'était bénévole.

— Et sa bonté allait jusqu'à te planter pour gérer seule la dépanneuse tandis qu'un copain le récupérait pour aller sauter ?

Je n'ai pas répondu. Je ne voulais pas entendre ses mots, et encore moins le sentir me forcer à haïr un mari que j'aimais toujours. Sauf qu'à présent je doutais et remettais en question tout ce que Ganaël et moi avions vécu. Mon interprétation des événements surtout. Mais mon prince charmant ne pouvait pas être un sale égoïste et mon conte de fées ne pas en avoir été un.

Septembre est arrivé et Ganaël m'a enfin appelée. Six jours précisément après la fin des championnats du monde. Sa saison était achevée, il avait quitté ses coéquipiers, ses amis. À présent, il était seul. Son nom s'est affiché sur l'écran de mon téléphone et je l'ai aussitôt haï de me donner raison, une fois de plus. Je l'ai haï autant que j'en ai pleuré de colère et d'amour. Ganaël revenait et j'étais prête à me mettre à genoux devant lui pour sentir à nouveau ses bras autour de moi. Et puis, je l'ai méprisé plus intensément pour me faire redevenir misérable. Comment pouvais-je encore aimer mon mari après l'indifférence dont il avait fait preuve à mon égard durant tout l'été ? Lucas avait raison : Ganaël était un égoïste qui prenait et aimait quand ça l'arrangeait. Et moi, j'étais le petit chien qu'il sifflait puis renvoyait dans son panier à sa guise.

J'ai décroché le téléphone. Ganaël m'a demandé si j'allais bien puis, illico, il m'a annoncé les résultats de ses championnats du monde. Son équipe avait terminé première ex aequo avec celle des Russes. Je le savais déjà, j'avais suivi les résultats sur Internet. Un silence s'est fait de part et d'autre du combiné. Enfin, il a bafouillé que je lui manquais et qu'il avait besoin de moi. Salaud... J'ai serré les poings, retenu ma colère et ma douleur autant que mon amour pour lui, et lui ai rétorqué que c'était trop tard, qu'il aurait dû me dire ça il y a deux mois. Il n'a rien ajouté, j'ai raccroché.

Lucas et moi sommes partis à La Rochelle pour le week-end. J'avais envie de voir les bateaux, de sentir les embruns. Sur le port, Lucas a passé sa main dans mes cheveux et m'a embrassée au milieu des mouettes et des poussettes. Mais je n'étais plus avec lui. Ganaël était revenu, Ganaël emplissait à nouveau toutes mes pensées et chaque cellule de ma peau. Devais-je le revoir ? Pour quelle raison ? Retourner avec lui, lui pardonner, l'humilier, l'insulter, lui dire que c'était officiel et que je voulais divorcer ; ou me jeter sur lui pour lui faire l'amour ? Oui, je le haïssais, oui, il était égoïste et, non, je ne voulais plus le revoir. Enfin si, je le désirais ardemment, mais je ne céderais pas. Je voulais un homme qui n'existait que dans ma tête.

*
* *

J'ai tenu bon une semaine puis j'ai annoncé à Lucas que je devais me rendre à Toulouse. Il a encaissé l'information sans un mot. Ensuite, il est allé s'asseoir sur sa terrasse et a allumé une cigarette. J'ai fait de même. Un long silence a suivi. Il cherchait ses mots.

Enfin, il a déclaré :

— Tu vaux mieux que ce qu'il est en train de faire de toi, Estelle. Ça fait un peu plus de deux mois que tu te bats pour te libérer de lui. Ne retombe pas dans ses filets.

— J'ai besoin de lui dire en face tout le mal qu'il m'a fait.

— Tu n'es pas prête. Tu n'es pas assez forte.

— Je ne l'aime plus.

Il a fixé l'horizon.

Ce soir-là, Lucas m'a fait l'amour avec une tendresse infinie. Je savais pourquoi. Il m'imprégnait de lui pour que mon être repousse celui de Ganaël. Mais mon corps n'était pas manipulable, et ce ventre qui me frôlait n'était pas celui que je désirais.

J'ai pris l'avion pour Toulouse le lendemain.

19

Ganaël avait minci. Il portait son sweat-shirt gris de l'équipe de France et un jean trop grand qui lui tombait sur les fesses. Surtout, il portait ce parfum, celui que j'avais humé pendant mille huit cent vingt-cinq jours. Ce parfum qui m'avait toujours donné envie de le posséder à peine je le retrouvais.

Nous avons dîné dans un restaurant japonais. Je trempais mes makis dans la sauce, consciencieusement, l'un après l'autre. Je me focalisais sur les mots de Lucas pour ne pas flancher : me rappeler que mon mari était égoïste, qu'il m'avait laissée partir et ne m'avait pas appelée de l'été. A contrario, ne pas me rappeler la façon dont il passait sa main sur ma nuque tout en me disant que j'étais belle.

Ganaël a payé l'addition puis il m'a raccompagnée à ma voiture. Hormis ses championnats, nous n'avions parlé que de futilités et n'avions absolument pas abordé le sujet de notre couple. J'avais trop peur de ses mots, et lui sans doute des miens.

Je me suis arrêtée à côté de ma voiture. Ganaël s'est approché de moi et, avant même que je ne réalise, sa main était dans mes cheveux.

— J'avais oublié qu'ils étaient si fins.

J'ai fermé les yeux pour qu'il ne me voie pas pleurer. Penser à Lucas, être forte, ne pas tomber dans son piège. Ganaël était une drogue, je devais le considérer comme tel et, comme tel, je devais lutter contre.

Sa main est descendue sur ma nuque puis il a appuyé adroitement dessus pour me rapprocher de lui, ses lèvres déjà baissées vers les miennes. Je me suis dégagée vivement.

— Non !

Il m'a fixée, stupéfait et malheureux à la fois. Le vert de son iris avait pris une teinte sombre et fuyante. Perdu, il m'a dévisagée, tous les muscles de son corps tendu, puis il a bredouillé :

— Je t'aime, Estelle. Je t'en supplie, reviens.

C'est monté d'un coup, la colère que je refoulais en moi, comme une porte de prison enfin ouverte. J'ai explosé :

— Tu m'aimes maintenant que tes championnats sont finis, c'est ça ? Mais cet été, est-ce que tu as été là pour moi ? Tu ne m'as même pas appelée pour savoir si j'allais bien et si je n'étais pas en train de crever de t'avoir quitté, Gan ! À présent, c'est facile de me dire que je te manque et que tu veux que je revienne mais c'est trop tard, tu m'entends ? Trop tard ! J'ai refait ma vie et je suis avec quelqu'un d'autre.

C'était ignoble d'ajouter ça, d'autant plus que c'était faux. Je n'aimais pas Lucas. Il n'était qu'une béquille. Mais j'avais tellement besoin de lui faire mal.

Je suis montée dans ma voiture et j'ai démarré en trombe. Ganaël est devenu tout petit dans mon rétroviseur.

*
* *

J'étais fière en retournant dans les bras de Lucas. Je n'avais pas cédé. Je me suis endormie sur-le-champ. Et réveillée au beau milieu de la nuit, en sueur. Le regard que Ganaël m'avait lancé sur le parking me hantait. C'était de l'amour qui y brillait. Comment avais-je pu être aussi odieuse avec lui ? On aurait dû discuter. Après tout, c'était vrai que ses championnats lui prenaient beaucoup de temps. Quant à ses entraînements, ils le laissaient vidé le soir. Ganaël m'aurait appelée s'il avait pu, j'en étais certaine à présent. Et, quand bien même, ça n'avait jamais été son truc, le téléphone.

Il faisait nuit noire au-dehors. Je me suis levée, emmitouflée dans le plaid du salon et suis allée fumer une cigarette sur la terrasse de Lucas. Personne n'a vu mes larmes couler cette nuit-là.

Les jours suivants, je me suis éloignée de Lucas. Désormais, il n'était plus l'homme qui m'avait ressuscitée, mais celui qui m'avait empêchée de retrouver mon mari. Un ennemi, donc. À cause de lui, j'avais tout gâché.

Astrid m'a mise en garde. À nouveau, je me renfermais et passais plus de temps à fumer qu'à bavarder durant les soirées. Je l'ai rassurée, j'allais bien. J'étais juste morose.

Et puis Clément m'a appelée. Le meilleur ami de Ganaël. Il a pris poliment de mes nouvelles, après quoi il m'a avoué que mon mari allait très mal. Depuis trois semaines, il ne parlait plus, ne mangeait plus non plus et son teint était devenu blafard. Il savait que c'était à cause de moi, ou plutôt de notre séparation, et, sachant que Ganaël était infichu d'exprimer ses émotions, il avait préféré m'avertir car il s'inquiétait sincèrement. J'ai raccroché, bouleversée. Qu'avais-je fait ?

Deux jours plus tard, je suis partie tourner un court-métrage dans la banlieue parisienne. Ça m'arrangeait, car je n'étais plus capable de regarder Lucas en face. À chaque seconde qui s'écoulait, je luttais pour ne pas courir retrouver mon mari.

Le 29 septembre, je suis rentrée chez moi et j'ai découvert Ganaël assis devant la porte de mon immeuble. Il n'avait pas de fleurs à la main, mais il était là, tel que je l'avais rêvé durant tout l'été.

Il m'a demandé de monter un instant afin que l'on discute. J'ai été incapable de lui dire non. Il voulait me parler du divorce, mais je n'entendais rien. Mon cœur, mon sang, mes tripes, toutes mes fonctions vitales étaient passées en mode accéléré, et leur mécanique détraquée hurlait dans mes oreilles.

Je savais très bien ce qui allait se passer. Je savais que je devais bloquer ma porte tout autant que mon cœur à mon mari. Ou les rouvrir en grand au contraire, je n'étais plus très sûre. En fait, je ne savais plus rien, sauf que j'avais tout donné la première fois et que je n'étais pas assez forte pour le repousser une seconde fois.

Ganaël s'envolait le lendemain pour les États-Unis. Je lui ai offert un verre de vin. Il m'a taxé une cigarette.

Une fois le verre vidé, je lui ai demandé de partir. Il a baissé les yeux.

— Je peux dormir là ? Je décolle tôt.

Je ne voyais pas le rapport. J'ai bredouillé un non et suis

partie dans la cuisine. Ganaël m'a attrapée par le bras et m'a forcée à me retourner.

Il n'a même pas pris le temps de me déshabiller. Il voulait récupérer son bien, je l'ai aussitôt compris à son regard qui n'avait plus rien de doux ni d'aimant.

Je suis tombée par terre, à même le parquet. Il m'a écarté les cuisses. J'ai crié quand il m'a pénétrée. Je n'étais pas prête. J'étais surtout terrifiée par sa violence.

Il m'a fait mal. J'ai crié encore, il a plaqué sa main sur ma bouche pour me faire taire, alors j'ai fermé les yeux. Le pire, c'est que, malgré tout, je le désirais. J'étais trempée et je voulais qu'il m'embrasse comme avant. Mais mon mari ne m'a pas embrassée, il m'a juste baisée.

Le parquet râpait la peau nue de mes fesses. Ganaël a joui rapidement. Je me suis relevée, ai reboutonné mon pantalon et suis allée me doucher.

Je n'avais pas de canapé dépliable, juste mon lit. J'ai enfilé une culotte et un T-shirt, et me suis glissée sous les draps. Ganaël a gardé son boxer et s'est allongé à côté de moi, sans me toucher. J'ai fixé le noir de la nuit, blême.

Quand je me suis réveillée, le lendemain matin, ma tête était posée sur son torse et ses mains enlaçaient mon corps. Je n'ai pas bougé, ai fait semblant de dormir. Je voulais que le temps s'arrête. Son réveil a sonné. Il s'est dégagé doucement puis il a quitté la chambre. J'ai hésité. En fin de compte, je me suis levée à mon tour et lui ai préparé un café. Il était pressé, l'a bu d'un trait.

Sur le pas de ma porte, il s'est tourné vers moi et a bredouillé :

— Ton corps m'avait manqué, Estelle. Et tes seins sont toujours aussi beaux.

Je me suis demandé combien d'autres il en avait caressés cet été, et s'il avait mis une capote avec leurs propriétaires. Parce qu'il m'avait bien violée, non ?

Il est parti. Je me suis effondrée.

J'ai quitté Lucas le lendemain. Je l'avais trompé, je ne pouvais plus rester avec lui. J'ai écrit à Ganaël à son retour des États-Unis pour lui dire que je l'aimais toujours et que je voulais qu'on se remette ensemble. Ganaël m'a rétorqué froidement que c'était trop tard, qu'il était avec Laure depuis une semaine et que, contrairement à moi, elle était fidèle.

20

Florent courait après le temps. Il y avait une tasse sur son bureau portant l'inscription :

« *Failure is not an option.* »

Cette inscription résumait sa vie à elle seule. Florent travaillait jusqu'au 31 décembre au soir et se levait tôt le lendemain pour prendre de l'avance sur ses heures de travail. Et cependant, il voyageait sans arrêt. Il partait en Écosse, revenait, repartait en Australie, puis au Sri Lanka, à Singapour, à Bornéo. Le dimanche, il se levait à 9 heures, allait courir, s'étirait vingt minutes puis repassait ses chemises asiatiques aux couleurs flashies devant la série *24 heures chrono*. Après quoi, à 13 heures, il déjeunait d'un plat léger, tajine de légumes ou ratatouille et riz complet, puis partait au bureau à 14 heures pour y rester jusqu'à 20 heures.

Il n'y avait pas de temps pour improviser dans sa vie. Ni pour aimer. Pas moi, en tout cas. Moi, je n'étais pas la bonne. Nous l'avons su dès le début, mais sans doute cela nous faisait-il du bien à tous les deux de jouer au couple quand tout nous en éloignait. En réalité, ma folie me faisait recréer avec lui mon quotidien avec Ganaël, tandis que la sienne lui faisait croire qu'il avait enfin trouvé une femme assez malléable pour accepter son ordinaire codifié. Un simulacre de couple basé sur un fantôme et de sérieuses névroses. Bref, nous allions droit dans le mur. Mais nous y allions avec courtoisie et politesses.

Pendant cinq semaines, j'ai fait semblant de penser à Florent, de le désirer et de le combler d'attentions, de baisers, alors que mon corps tiquait froidement au moindre de ses gestes. Lui, de son côté, a fait semblant de croire à mon désir, alors qu'il le savait feint. Florent parlait trop vite, ou pas assez, était trop carré dans sa façon de vivre, ne reléguant rien au hasard quand je chérissais l'inattendu, fumait dans sa voiture et ne m'envoyait jamais aucun message coquin. Quant à faire l'amour, c'était durant la tranche horaire de 20 heures à 22 heures, avant d'aller nous coucher. Je l'aimais, mais d'une amitié profonde. Et j'avais beau sermonner mon corps, à chaque fois que Florent m'enlaçait, ce dernier me rappelait que ce n'était pas lui le bon et qu'il ne le serait jamais. Mon désir ne s'ouvrait pas. Quand nous faisions l'amour, c'était mon imagination qui mouillait mes lèvres, non ses caresses. Chaque jour, je fuyais Florent un peu plus, autant que je m'immolais face à ce que j'avais perdu.

En fin de compte, nous nous sommes quittés d'un commun accord, vers la mi-décembre. Je n'arrivais plus à faire semblant, lui non plus.

Toutefois, au mois de mars suivant, nous sommes partis ensemble à Bali. Des vacances prévues avant notre séparation. Nous étions restés bons amis, alors pourquoi nous priver de ce moment déjà financé après tout ? Et puis Florent n'avait retrouvé personne depuis notre rupture (moi, il ne valait mieux pas en parler), il n'y avait donc aucune gêne à partager la même chambre.

Le quatrième soir des vacances, j'ai bu, deux verres qui m'ont laissée K-O après une journée où le soleil avait particulièrement tapé. Il faisait plus de trente-cinq degrés à l'ombre. Je suis allée me coucher. Florent m'a rejointe un peu plus tard dans la soirée.

Ai-je réellement oublié où j'étais et avec qui, ou l'alcool m'a-t-il fait aller là où ma tête rêvait de cheminer sans plus y réussir ? Florent s'est glissé dans le lit. J'ai senti son corps chaud, puis ses muscles et enfin sa peau salée. J'ai embrassé son torse, léché son ventre puis plus bas. Surpris, Florent m'a repoussée, mais son sexe se promenait déjà au fond de ma gorge. Je me suis occupée de lui longuement, passionnément, comme un souvenir qui écartèle le cœur. Je retrouvais mon bébé, celui que j'avais abandonné neuf mois auparavant. Florent a joui. Je me suis endormie. Le lendemain, j'ai cru avoir rêvé cette scène, jusqu'à ce que son regard ahuri me fasse comprendre qu'elle avait bel et bien existé. Alors j'ai éclaté de rire. J'ai ri de ma déchéance qui me faisait prendre un autre homme dans ma bouche au beau milieu de la nuit. J'ai ri pour ne pas pleurer.

Florent est tombé fou amoureux d'une autre femme un an plus tard. Lui qui n'était pas porté sur le sexe m'a confié passer désormais ses week-ends à faire l'amour avec elle.

Même ses chemises devaient attendre le lundi soir pour être repassées. J'étais heureuse pour lui. Pour un peu, je commençais à trouver beaux ses costumes asiatiques aux nœuds papillon roses.

21

L'automne s'était installé. La France sépiatisée, puis grisée à la venue de l'hiver. J'ai commencé l'année seule. J'avais revu Ganaël la semaine passée. Il revenait d'un entraînement en Arizona et m'avait proposé de nous retrouver à la gare d'Austerlitz pour discuter de certains détails pratiques concernant la procédure de divorce.

J'avais enfilé un pantalon noir moulant, un haut caramel échancré et attaché mes cheveux en un chignon haut. J'avais également mis du rouge à lèvres carmin pour accentuer le noir du trait d'eye-liner au-dessus de mes yeux. J'avais minci depuis que j'avais quitté Ganaël et je me sentais belle. À nouveau, je pouvais me contempler dans le miroir et y apprécier l'image qu'il me renvoyait, loin de celle, ternie, des derniers mois passés à ses côtés.

Au café, nous nous étions assis l'un en face de l'autre. Ganaël m'avait raconté son stage, ses coéquipiers, puis décrit son nouvel entraîneur. Moi, je lui avais relaté ma vie à Paris, mes nouveaux amis et mes projets. Nous avions à peine parlé du divorce. Les meubles, il n'avait qu'à les garder, je n'en voulais pas, avais-je fini par dire, la voiture non plus.

L'heure avait passé, Ganaël devait partir. Je l'avais

raccompagné sur le quai. Au moment de nous quitter, il m'avait déclaré que j'étais magnifique et qu'il me désirait toujours autant. Qu'il avait beau faire l'amour avec d'autres, c'était mon corps qu'il voyait toujours danser au-dessus du sien, mes hanches qui se mouvaient encore entre ses mains et mes seins qu'il suçait dans son imagination. J'avais eu envie de le gifler. Quel salaud était-il de me dire ça, après la façon dont il s'était comporté avec moi la dernière fois ! Mais ma main n'était jamais montée jusqu'à sa joue. C'étaient mes lèvres, en revanche, qui y étaient montées.

Tremblante, je m'étais approchée de lui, j'avais humé son odeur, le nez enfoui dans son cou, puis je m'étais hissée sur la pointe des pieds et j'avais embrassé mon mari à la commissure de ses lèvres, là où la peau est si fine qu'elle glisse comme de la soie. Il avait frémi. Le chef de gare avait sifflé le départ du train. Ganaël avait sursauté, récupéré son sac à dos et couru vers son wagon.

Je l'avais suivi des yeux tandis qu'il courait, pensant : « C'est l'homme de ma vie qui s'en va », comme à la fin d'un film. Il courait avec ses jambes trop grandes et le pull-over que je lui avais offert pour son anniversaire deux ans plus tôt.

Il ne s'était pas retourné. Pourquoi l'aurait-il fait ? Il venait de fixer de lourds barreaux à ma cage.

J'ai fêté le nouvel an avec Astrid et d'autres amis. Au petit matin, je suis rentrée chez moi à pied, seule, par les quais. L'air était frais. Mes yeux piquaient mais étaient grands ouverts. Ganaël me reviendrait, je le savais puisque nous nous aimions toujours. Notre couple n'était pas mort et notre divorce qu'une mascarade psychologique pour donner le temps à mon époux de me pardonner. Car là était le problème : Ganaël ne me pardonnait pas ce que j'avais fait et, à présent, il me faisait payer mes actes passés. Moi, je lui avais tout pardonné. Et j'allais l'attendre, patiemment. Attendre qu'il se rende compte que j'étais la bonne, la seule, l'unique, ce qu'il avait su autrefois mais, depuis, avait oublié. Et, s'il lui fallait coucher avec d'autres femmes pour me revenir, alors je le laisserai coucher avec elles. Car il me reviendrait, l'homme de ma vie. En attendant, j'allais vivre. C'était ma résolution pour la nouvelle année.

Puisque j'aimais un homme à la folie mais que je ne pouvais pas être avec lui, alors me restait la beauté de tous les autres. C'était une illusion de plus, mais je me pensais enfin libre. Pourtant, ce matin-là sur les quais, j'ai réellement cru avoir trouvé la porte de sortie.

22

Philippe n'aimait plus sa femme. Ils faisaient chambre à part depuis deux ans et n'avaient pas dû avoir de rapports sexuels depuis tout ce temps. Mais ils avaient un enfant, une petite fille de cinq ans, alors ils restaient ensemble et jouaient au couple devant leurs amis. Je l'écoutais me parler de sa femme et de cet amour auquel il avait cru et qui n'était plus. Quand il l'avait rencontrée, Magalie riait, portait des robes à fleurs et se rendait au marché à vélo tous les samedis matin. Plus jeune que lui de quinze ans, elle le subjuguait par sa vitalité et sa façon de croquer la vie. Était-ce lui qui l'avait enfermée dans ce quotidien qui l'avait anéantie, ou elle qui n'avait été qu'un joli tableau, une nature morte en réalité, qui n'attendait qu'un mari et un enfant pour cesser de se fatiguer à briller ?

Je m'étais inscrite à un stage de moto de trial dans son école. Philippe est tombé amoureux de moi dès le premier jour du stage, et moi un peu de lui aussi, ou plutôt de l'idée de lui. Son corps m'indifférait, son âge aussi. L'âge est sectaire. Il ne correspond à rien, pensais-je. Il avait cinquante-deux ans, moi trente et un. Et alors ? Philippe est tombé amoureux de mon innocence, de ma folie ainsi que de ma joie de vivre, et d'être, comme il était tombé amoureux de celles de Magalie. L'aveuglement fait reproduire les mêmes erreurs…

J'avais loué un mobil-home pour la semaine. Les Alpes étaient fraîches en cette saison, mais ma valise regorgeait de pull-overs.

Le deuxième jour du stage, j'ai fini les fesses dans le lavoir, poussée par l'un de mes moniteurs alors que je m'y étais rendue pour me laver les mains. Philippe a ri, puis il a commenté intelligemment « l'incident » et, moi, j'ai rougi.

Le soir même, il a frappé à la porte de mon mobil-home.

Nous avons parlé longuement cette nuit-là, assis sous les étoiles, une tasse de thé à la main. Philippe m'a raconté sa vie, ses trois femmes, ses cinq enfants, dont une fille non reconnue, et puis sa dernière, qu'il aimait plus que tout au monde. Plus que les autres. À l'époque des premiers, s'est-il justifié, il n'avait pas le temps. Puis il était obnubilé par sa carrière, alors ses enfants étaient passés après. Ça me rappelait quelqu'un…

Philippe m'a raconté tout ce qu'il ne racontait plus à personne depuis des années, son cœur s'étant refermé suite aux trop nombreuses nuits passées dans la chambre d'amis de leur maison. Je l'ai écouté, questionné et ai appuyé là où la bienséance l'interdisait. Mais la bienséance m'a toujours indifférée. À la fin, il a passé son bras autour de mes épaules et je l'ai laissé faire, parce qu'il avait tellement besoin de tendresse. Est-ce que Ganaël serait comme lui, à cesser d'être nombriliste seulement une fois la cinquantaine passée ?

Philippe est passé me voir à mon mobil-home tous les soirs de la semaine, après la journée d'école. Personne n'en a jamais rien su. Nous faisions si bien semblant. Deux élèves me tournaient autour comme des parieurs sportifs, et Philippe me révélait, amusé, les commentaires qui circulaient à mon sujet. J'en riais avec lui. Tous savaient que j'étais célibataire, mais je n'en désirais aucun. Ils avaient peut-être mon âge mais, dans ma tête, j'en avais vingt de plus cet hiver-là.

Le dernier soir, au moment de nous dire au revoir, Philippe a posé sa main sur la porte de mon mobil-home et ne l'a pas retirée. Nos regards se sont croisés. J'ai compris. J'ai demandé à mon corps. Il a dit oui. Mon cœur aussi. Il y avait de la place pour lui en moi, m'ont-ils tous deux assuré.

Je me suis déshabillée, ai pris place sur le lit et attendu que Philippe me rejoigne. Il a caressé mon ventre, mes seins, mes hanches et m'a dit que j'avais un corps fait pour l'amour. Pourtant mes mains n'ont pas réussi à le toucher. Elles ne savaient pas encore faire ça : donner de l'amour inconditionnellement sans désir véritable. Je voulais tant lui apporter un moment de bonheur, pourtant. Alors j'ai fermé les yeux et pensé à Ganaël. J'ai imaginé que c'était lui qui me faisait l'amour, là, dans la moiteur du mobil-home, au milieu des Alpes.

Je suis repartie le lendemain, tourmentée. Était-ce bien ou mal ce que j'avais fait ? Si mon corps et mon cœur avaient acquiescé à ce rapport sexuel, n'était-ce pas le signe de leur désertion ?

J'ai revu Philippe un an plus tard. Il avait réintégré la chambre conjugale et retrouvé sa verve de jeune homme.

Nous nous sommes pris dans les bras l'un de l'autre, puis il m'a offert une hirondelle qu'il avait taillée dans un morceau de bois pour me remercier. *Swifa*, j'étais sa *swifa* désormais, son hirondelle berbère.

23

Février est arrivé et j'ai poursuivi ma découverte des cafés crème dans ce Paris mélodieux. J'allais d'un pas léger, confiante et intéressée par les autres, puisque je me sentais capable de donner et de prendre sans me renier. Je voulais aller au bout de ce jeu d'évasion, tout vivre et tout connaître, tomber amoureuse encore et encore. Après tout, qui possédait cette chance de tester indéfiniment les hommes, sans conséquences ni limite de temps ? Mon horloge biologique tournait, mais je n'avais pas à m'affoler : j'avais déjà rencontré l'homme de ma vie, simplement il n'était pas prêt. En attendant, une étude sociologique s'offrait à moi.

C'est ainsi que je suis devenue une responsable des ressources humaines. Les corps se frôlaient, les regards s'offraient, les sourires illuminaient les visages. Et je gérais les hommes.

Les semaines ont passé. Je voyais Olivier de temps à autre, Alban, Florent, Lucas. Je rencontrais d'autres potentiels hommes de ma vie que l'univers m'envoyait tels des cadeaux célestes. J'en aurais fait mon métier si j'avais pu. L'amour emplissait à nouveau mon cœur, la douceur, le romantisme et la simplicité des rencontres.

Les philatélistes collectionnent les timbres. À partir d'un seul, d'un carré de quelques centimètres de côté, ils peuvent tout dire : l'époque, le lieu, le contexte, le prix ainsi que le nombre de modèles existants. Pourquoi ne pouvais-je pas collectionner les hommes de la même façon ? Physiquement, charnellement, intellectuellement, d'âme à âme. Je voulais recenser leurs odeurs, leurs regards, leur grain de peau, leur tour de taille ainsi que le timbre de leur voix. Leurs désirs aussi, leurs rêves, leurs espoirs et leurs déceptions. Je voulais connaître l'étendue de leur gamme, comme les couleurs d'un arc-en-ciel, afin de mieux pallier leurs manques. Les sportifs étaient-ils les plus sages, ou détruisaient-ils leurs corps à tant le solliciter ? Et les bureaucrates, l'aimaient-ils, ce corps oublié et engoncé dans des costumes cravates trop serrés ? Mollesse des peaux, muscles saillants, ventres graisseux, abdominaux atrophiés, cuisses charnues, fesses plates, seins blancs, jambes bronzées, pieds abandonnés. Quel corps reflétait quel esprit ?

La séduction ouvrait toutes les portes, libérait les carapaces, faisait éclater les serrures, la retenue, la bienséance. La séduction ouvrait les âmes et faisait circuler l'amour. Sous le charme des mots et le trouble des regards, je savais enfin qui était la personne face à moi. Je sentais son être comme je touchais sa peau. Et tous avaient tellement de choses à dire, de blessures, de secrets à révéler et de sentiments à partager. Tous vivaient dans un ailleurs, déconnectés d'une partie d'eux-mêmes, de leurs genoux, de leur ventre, de leur nuque ou de leurs mains qu'ils cachaient sous les manches de leur chemise, car trop grosses, trop petites, trop tachées.

Moi aussi, je me cachais sous des sourires éclatants. Mais je me libérais aussi. Je riais, la bouche grande ouverte, les lèvres écartées et les dents apparentes. Je riais du plus profond de ma gorge et je vibrais de toute la vie que j'avais retenue en moi les années passées. Pendant cinq ans, je m'étais emmurée dans une ville sombre et mourante qui comptait ses prestations chômage comme on compte les années de vie qu'il nous reste. Désormais, je voulais éclater de sensations, comme une grenade mûrie en plein champ, une figue gorgée de jus et de chair.

Brice a été le premier qui a libéré mes désirs sexuels. Le Brice de 1,65 mètre qui était complexé par sa taille. À l'origine, c'était un ami de Ganaël, mais il ne le voyait plus depuis que son parachute avait pris toute la place.

Il était venu dîner chez nous deux ou trois fois au début de notre couple et me faisait toujours rire avec ses histoires extravagantes, des prouesses sexuelles principalement. Brice était libertin et ne s'en cachait pas. Il aimait faire jouir les femmes. Un soir que nous étions sortis en boîte de nuit, Brice, Ganaël, un couple d'amis et moi, Brice m'avait rejointe sur la piste de danse puis, discrètement, il avait attrapé l'un des glaçons de son verre et l'avait passé le long de mon dos, sous mon débardeur, de ma nuque au bas de ma colonne vertébrale. J'avais frémi de froid, brûlante. Les yeux de Brice avaient parlé pour son corps et j'étais aussitôt partie aux toilettes me calmer. La pensée de tromper Ganaël ne m'était pas venue à l'esprit, mais celle d'un plan à trois avec Brice, oui. Sauf que Ganaël n'était pas comme ça. Moi non plus, du moins pas à cette époque.

Les jours suivants, je m'étais fait jouir en imaginant une telle scène, Brice, mon mari et moi. Brice comme excitateur, Ganaël comme mon seul et unique amour. Il n'y avait aucune confusion sentimentale en moi.

Et puis j'avais oublié. Brice était parti à l'étranger pour son travail et je ne l'ai plus revu. Jusqu'à ce mois de février.

Je n'étais jamais allée dans un club échangiste. Hormis mon plan à trois avec Vinciane et Romain, ma sexualité avait été on ne peut plus classique : des relations monogames consécutives avec quelques loupés de tromperie. Je n'avais jamais fait l'amour à plusieurs, ni en public, ni attachée. Jamais je n'avais regardé d'autres personnes avoir des rapports sexuels.

Brice a frappé à ma porte au début du mois de mars. Il revenait d'Afrique centrale, était bronzé, joyeux, musclé et débordant d'humour.

Nous avons dîné chez moi. Je lui ai raconté ma séparation avec Ganaël, lui ne m'a rien révélé sur ses missions humanitaires. En revanche, à minuit passé, il s'est levé de table, m'a dévisagée des pieds à la tête puis m'a demandé si je possédais quelque chose de plus sexy qu'un jean. Je lui ai désigné ma garde-robe du regard. Trente secondes plus tard, il en a sorti une robe bleue fendue à mi-cuisses, des bas chair et des bottes en cuir.

— Je peux savoir où on va ?

— Non, autrement tu ne me suivras pas.

J'ai fini mon verre. J'avais compris, mais j'ai fait semblant que non. Comme beaucoup de gens, je me demandais à quoi ressemblait ce monde interdit et si j'étais une libertine ignorée. Tout le monde parlait de sexe à tout bout de champ, des romans à l'eau de rose aux blagues salaces que ces messieurs se racontaient entre eux. Pourquoi ne pas aller là où les conventions l'interdisaient ? La seule évocation du mot « club échangiste » m'excitait autant qu'elle me faisait peur.

Je me suis habillée, Brice m'a attendue dans le salon, puis nous avons quitté mon appartement.

La porte du club était gardée par un homme portant un costume sombre. Brice a annoncé que nous étions deux. Sa main emprisonnait la mienne. L'homme nous a scrutés de la tête aux pieds, ensuite seulement il nous a fait entrer. J'avais les jambes qui flanchaient et le cœur qui cognait si fort que je n'entendais rien à ce que Brice me racontait.

Mon ami a payé l'entrée, le vestiaire, l'alcool. Je n'ai pas quitté sa main.

Le bar était plongé dans la pénombre et la piste de danse éclairée d'une lumière rouge tamisée. J'ai bu, Brice a caressé mon visage.

— Tu es belle.

Je savais pourquoi il me disait ça, et pourquoi j'étais là avec lui, surtout. Brice avait été jaloux de Ganaël quand il m'avait rencontrée. Aujourd'hui Ganaël m'avait perdue et lui m'avait, je lisais cette pensée dans son regard. Peut-être ne m'aurait-il pas sentimentalement, en tant que *sa femme*, mais au moins me possèderait-il sexuellement. Posséder. Pourquoi les humains avaient-ils ce besoin viscéral de conquête en eux ?

Si Ganaël apprenait que j'avais suivi Brice dans un club échangiste, je savais ce qui se passerait : je deviendrais une traînée à ses yeux. Alors pourquoi étais-je là ? Même si Brice ne lui révélait jamais notre soirée, malgré le désir si vif de son ego de le faire, moi je saurais. Pourrais-je à nouveau aimer mon mari, après ça ? Au fond de moi, je savais que mon histoire avec lui était morte, mais je continuais à lutter. J'étais seule et je voulais me croire entourée d'amour.

J'ai bu, un peu, beaucoup. Brice m'a proposé d'aller visiter le club, les chambres qui se tenaient derrière le bar surtout. J'étais déjà mouillée, d'appréhension et d'envie. Les hommes passaient près de moi tout en m'observant, leur peau frôlait la mienne tandis que leurs mains me fouillaient déjà dans leur imagination.

J'ai suivi Brice. Nous sommes passés devant une roue en bois où une femme était attachée. Les cuisses écartées, un homme la léchait tandis qu'un autre l'embrassait. J'ai senti une lame de couteau transpercer mon vagin. De répulsion, de peur et de désir aussi. Brice a resserré ses doigts autour des miens et m'a entraînée dans le couloir.

Les ombres dansaient sur les murs, les lieux étaient plongés dans le noir et les corps s'effleuraient sans que l'on puisse discerner les visages. J'étais terrorisée, excitée, perdue. Je dansais dans un tableau du XIXe siècle, au milieu de mes lectures et de ces films de débauche que je regardais parfois le soir. Ce n'était pas moi, ni réel, juste un jeu, une illusion de plus.

Une chambre était disponible. Composée d'un unique grand lit et d'un meuble empli de préservatifs et de gels lubrifiants, elle attirait la confiance, seule, au fond de l'étage. Brice a refermé la porte derrière nous. Je me suis détendue. Il m'a allongée sur le lit et m'a caressée lentement. Ses mains étaient douces et ses doigts habiles. Il a ôté mon tanga, trempé. Sa langue a absorbé ce que mon corps avait sécrété. Je me suis enfoncée dans les coussins, la tête basculée en arrière, puis j'ai relevé les yeux vers le plafond. C'est là que je les ai aperçus, ces regards qui nous fixaient à travers les ouvertures dans les murs. Je me disais bien aussi que cette pièce était trop normale pour appartenir à un club échangiste.

J'ai fermé les yeux et me suis laissée aller à la langue de Brice.

24

Qu'ai-je apporté à Brice et que m'a-t-il apporté ? Je l'ai revu trois fois les jours suivants et les trois fois je l'ai suivi en club échangiste. Je n'avais plus peur. J'observais les gens, les corps, les attentes, les désirs. Je ne touchais personne en revanche. J'avais ma réponse : je n'étais pas libertine. Un détachement total était nécessaire pour jouir des mains de n'importe qui. Un clivage entre l'objet ou l'être procurant la jouissance, et la jouissance elle-même. Or, je n'étais pas capable de ce détachement ou, plutôt, je ne le désirais pas. Brice, contrairement à moi, donnait son corps, sa langue, ses baisers et sa douceur avec une dévotion totale. J'admirais cette universalité des soins qu'il prodiguait, sans préférence ni jalousie. Sa non-exclusivité était-elle le signe d'une maturité exemplaire ou d'un blocage affectif profond ? Je n'avais pas la réponse. En revanche, ce dont j'étais sûre, c'est que son monde n'était pas le mien. Moi j'étais exclusive et possessive.

Il y a un fantasme pourtant, un seul, que j'ai désiré réaliser. Un fantasme qui monopolisait mon désir depuis mon adolescence. Quand j'avais quinze ans, mes parents nous avaient emmenés à Venise, mon frère, ma sœur et moi. Le deuxième jour des vacances, un bal masqué avait été organisé. Nous nous y étions rendus, le visage caché par des loups vénitiens. Les femmes portaient de belles robes et les hommes des costumes à queue-de-pie. Tous mes sens s'étaient enflammés et, bien vite, j'étais devenue ivre face à ce bal de couleurs.

Soudain, un jeune homme particulièrement élégant s'était approché de moi et avait humé mon odeur au creux de mon cou. J'avais frémi. Sa main avait alors saisi la mienne et il m'avait entraînée sur la piste de danse. Sa peau avait été chaude et son regard de braise, d'un marron profond, comme celui d'un aigle.

Je n'avais jamais vu son visage. La danse achevée, mes parents m'avaient récupérée et jamais plus je n'avais revu le garçon. Mon fantasme était né cette nuit-là, mélange de désir, de souvenirs et d'imagination. De frustration aussi.

Brice avait le droit de faire ce qu'il voulait de moi. J'étais son appât pour les autres femmes et, dès qu'elles étaient hameçonnées, je m'éclipsais. Ce soir-là pourtant, il est resté assis à côté de moi au bar, sans draguer. Il m'a offert un cocktail, puis m'a demandé quel était mon plus grand fantasme, celui que je rêvais secrètement de réaliser. La réponse m'est venue spontanément :

— Faire l'amour avec un inconnu. Un homme dont je ne verrais jamais le visage.

Brice m'a regardée malicieusement, ensuite il a commandé deux autres verres.

— Très bien, a-t-il décrété. Si la prochaine personne qui t'accoste te propose un plan à trois, on oublie ton fantasme. En revanche, si elle te propose un plan solo, tu fermes la bouche et tu m'obéis.

Les probabilités étaient à égalité. Il y avait autant d'hommes qui désiraient avoir un rapport sexuel en duo que de couples en trio. Brice a levé son verre vers le mien pour me signifier de trinquer. J'ai scruté les gens autour de moi, hésité, puis je me suis rappelé mon jeune homme. Pendant tout le reste des vacances, je l'avais cherché dans la foule vénitienne, mais aucune silhouette n'avait eu sa carrure ni son odeur. Et j'étais rentrée en France amputée d'un premier amour raté.

J'ai trinqué avec Brice. S'il y avait une personne avec qui je pouvais vivre ce fantasme, c'était bien lui. Parce qu'il m'aimait, à sa façon, et était, quoi qu'on en pense, bienveillant à mon égard.

Nous avons bu nos verres en silence, mais tous les deux étions connectés l'un à l'autre, intensément.

Avant que j'aie fini mon verre, un homme s'est approché de moi et m'a demandé si je désirais passer un moment d'intimité avec lui, seule. J'ai refusé. Il est reparti. Illico, j'ai fermé les yeux, le corps tétanisé de trouille. La main de Brice s'est posée sur ma cuisse. Le pacte était scellé.

Brice a organisé mon fantasme à mon domicile. Je suppose qu'il a fait appel à un professionnel mais je ne l'ai jamais su. Je ne lui ai jamais posé la question. Nous avons descendu une bouteille de vin à deux, après quoi, lentement, il m'a déshabillée puis bandé les yeux.

J'étais allongée sur le canapé, je frissonnais. Brice caressait mes cheveux. Soudain, quelqu'un a sonné à la porte. Brice m'a ordonné de ne pas bouger. J'ai obéi. J'ai même cessé de respirer. Il a ouvert la porte et un homme est entré chez moi. Son pas était lourd et les talonnettes de ses chaussures claquaient sur mon parquet. La porte s'est refermée, des corps ont marché jusqu'au salon, des corps m'ont frôlée puis l'un s'est dévêtu. Enfin, Brice a attrapé ma main et l'a serrée dans la sienne.

— Je suis là.

— Ne me lâche pas, l'ai-je supplié, apeurée.

Il ne m'a pas lâchée. Au contraire. De son autre main, il m'a caressé les seins puis embrassée avec passion tandis qu'un homme prenait place entre mes cuisses. Un inconnu. J'ai senti son sexe contre le mien, long, tendu et enveloppé d'une capote. Sur le coup, j'ai sincèrement désiré qu'il n'en ait pas mis. Elle ne faisait pas partie de mon fantasme. L'homme m'a pénétrée. J'ai déversé un torrent de cyprine sur le tissu du canapé. Brice a serré plus fermement mes poignets tandis que je lacérais ses bras. J'ai crié plus fort.

Puis tout s'est fini.

Brice s'est relevé.

— Je reviens, a-t-il murmuré.

J'étais en sueur, haletante. J'ai entendu l'homme se rhabiller, des pas dans le couloir puis la porte d'entrée s'ouvrir et se refermer. Je n'ai pas ôté le bandeau de mes yeux. J'avais trop peur. C'est Brice qui l'a retiré pour moi. Brice qui m'a serrée dans ses bras ensuite, puis qui m'a demandé si j'allais bien.

Les jours suivants, j'ai dévisagé chaque homme que j'ai croisé dans la rue en me demandant si ça avait été lui. Ou lui. Ou peut-être lui. J'avais promis de ne jamais chercher à connaître son identité. C'était comme posséder un journal intime dont j'avais perdu la clé. Sauf que je ne pouvais pas forcer le cadenas. Il était là en moi, en totale ignorance. Et il le demeurerait.

25

C'était la troisième fois que mon mari m'appelait et que je ne décrochais pas. Mon téléphone a affiché un appel en absence, puis un message. J'ai déverrouillé l'écran et consulté mon répondeur. Ganaël me disait qu'il avait encore rêvé de moi. J'ai effacé son message. Je ne voulais pas le savoir. Mais c'était trop tard, l'information était passée.

Il m'a à nouveau appelée le lendemain. J'ai décroché. Il a fait semblant de prendre de mes nouvelles et moi d'être indifférente à sa voix et de vivre ce coup de fil comme n'importe quel autre.

Il avait rompu avec Laure. En réalité, il n'avait jamais été amoureux d'elle, a-t-il admis. Mais il avait eu besoin de se raccrocher à une autre femme et de me faire du mal, comme je m'étais moi-même accrochée à Lucas et le lui avais fait savoir. Je n'ai pas prononcé un mot. J'entendais sa souffrance ainsi que son amour pour moi qu'il refoulait orgueilleusement tout en m'avouant qu'il pensait à moi à chaque fille blonde qu'il croisait dans la rue. Et pas que. Il pensait également à moi à chaque fois qu'il versait du lait d'amande dans ses céréales, qu'il se douchait — parce qu'il n'y avait plus le gel douche Le petit Marseillais à l'amande douce dans le bac de douche —, qu'il passait devant le cinéma de la ville, etc. Le problème, c'est qu'il m'a surtout avoué qu'il pensait à moi à chaque fois qu'il se masturbait. J'avais encore dans la bouche le goût amer de notre dernière nuit passée ensemble, et j'en venais à conclure que ses sentiments à mon égard étaient uniquement dus à du désir sexuel. Ganaël avait besoin de mon corps pour atteindre le nirvana. Il n'y avait rien d'autre à comprendre, et cette pensée me torturait. Je repensais à tout ce que m'avait dit Lucas, notamment qu'un homme qui aime sa femme ne la laisse pas partir. Mais était-ce toujours aussi simple ?

J'entendais le bruit de la rue au-dehors. J'imaginais Ganaël en train de rentrer à pied chez lui, sa combinaison roulée en boule dans son sac à dos et son corps perdu dans un de ses sweat-shirts larges à capuche. Il m'a demandé si j'allais bien. J'ai acquiescé. Oui, j'allais bien, oui, j'étais heureuse et, non, je ne regrettais pas d'être montée à Paris. Puis j'ai raccroché.

Le mois suivant, à mon retour de Bali, je suis partie un week-end au club de parachutisme de Nîmes. Je ne m'y étais jamais rendue. Un ami y travaillait en tant que moniteur *free-lance*, une connaissance devrais-je plutôt dire, un homme que j'avais rencontré trois ans auparavant et qui m'avait sérieusement courtisée. Les bras couverts de tatouages et le visage mangé par une barbe de trois jours, Jovan était l'incarnation vivante de la *sexy attitud*. Bali, ses fleurs, sa beauté sauvage et les costumes à nœuds papillon de Florent ont fait place à l'aérodrome de Nîmes, son kérosène, son avion et sa horde de parachutistes fumeurs, buveurs et machistes. Jovan me couvait comme une louve, voyant bien que j'étais très intimidée. Jamais encore je ne m'étais retrouvée dans un paraclub sans Ganaël. Il avait été mon moniteur, mon tuteur, mon binôme. Mon protecteur aussi, face à tous ces hommes aux gabarits hors normes, militaires pour la plupart. Et puis, je n'avais pas sauté depuis presque deux ans. Je suis montée dans l'avion l'après-midi même de mon arrivée, la boule au ventre et le moral tour à tour joyeux et lamentable. Mes émotions jouaient aux montagnes russes, et mes pensées oscillaient du suicide à l'orgasme.

À 3 000 mètres d'altitude, les sept parachutistes ont enfilé leurs casques, vérifié que leurs caméras étaient allumées et leurs sangles bien attachées. J'ai fait de même, retrouvant des gestes que j'avais cru oubliés. Deux minutes plus tard et 1 000 mètres plus haut, l'avion a ralenti, l'un des parachutistes a ouvert la porte latérale et les plus proches ont sauté. J'ai bloqué ma respiration. Tout était là : le bruit, le froid, le souffle aspirant de la porte, le désir et la peur. Me revenaient toujours les mots de Blanche de Richemont au moment de sauter de l'avion : « Les passionnés vivent en apnée mais c'est ainsi qu'ils respirent. Ils aimeraient n'avoir jamais connu la tempête et pourtant l'espèrent encore. » Un mètre me séparait de l'endroit qui me faisait le plus peur au monde et deux de celui qui me procurait les sensations les plus intenses. La porte de l'avion, cette zone interdite qui vrillait tous mes sens. Et il n'y avait plus la main de Ganaël dans la mienne pour m'aider à la franchir.

Le largueur m'a fait signe. Je me suis avancée, terrorisée. J'étais devenue sourde à tout, hormis à cette frousse lancinante qui me martelait les entrailles. J'ai sauté. Et me suis instantanément rappelée pourquoi je m'infligeais une telle peur.

J'avais oublié la consistance de l'air sur le visage et la mousse des nuages, la sensation de voler sur un coussin de coton. J'avais oublié que j'étais chez moi là-haut, que l'horizon était si vaste et la terre si belle vue du ciel. Quarante-cinq secondes de liberté, quarante-cinq secondes à chuter dans cette immensité sans loi, le cerveau bombardé d'adrénaline.

J'ai atterri sur un genou, faute d'entraînement. Jovan m'attendait sur la zone de posé. J'ai sauté dans ses bras. Ce n'était pas Ganaël, mais je n'étais pas seule. Il y avait des ersatz. Et pas de Johanna à l'horizon.

Le soir, Jovan et moi avons dormi ensemble, mais il ne s'est rien passé. Nos corps ont dit non dès les premières caresses échangées. Le mien surtout. Jovan avait beau être sexy comme l'enfer, rien ne s'éveillait en moi. J'avais peut-être retrouvé l'odeur du kérosène, mais ce n'était pas la bonne peau. Encore et toujours…

Je me souviens qu'à mes dix-huit ans j'étais partie au Vietnam après avoir vu *Indochine*, le film de Régis Wargnier. À mon tour, j'avais voulu avoir l'Asie en moi, sauf que c'était trop tard. J'avais atterri à Hanoï et m'étais aussitôt rendue à la baie d'Ha Long, mais l'Indochine n'existait plus. Le Vietnam avait pris sa place.

Je me suis endormie, roulée en boule de mon côté du lit. Le parachutisme était ma baie d'Ha Long et Ganaël mon Indochine. Je courais après des images aussi mortes que mes souvenirs.

***

Il y avait une fête organisée à Avignon le lendemain. Après avoir dormi sur un matelas défoncé au milieu du club house, avoir sauté toute la journée sous un soleil de plomb, le front dégoulinant de sueur à chaque atterrissage (malgré le froid printanier), et m'être lavée en tongs dans des douches insalubres, j'ai revêtu un jean, un débardeur et ai rejoint les autres dans une R5 à la peinture écaillée direction le paraclub d'Avignon. J'étais jeune, je commençais à faire ma place en tant qu'assistante réalisatrice, j'avais une liberté absolue et le cœur brisé. J'avais surtout les mots de Ganaël lors de son dernier appel dans ma tête. J'ai pris un cacheton, de quoi, je ne sais même pas. Jovan m'a retrouvée allongée dans l'herbe trois ou quatre heures plus tard, mes lunettes de soleil enfoncées sur le nez. Je lui ai dit que le soleil était trop fort pour mes yeux. Il était plus de 3 heures du matin. Il m'a ramenée à la voiture. Je n'ai pas ôté mes lunettes du trajet, toujours éblouie par les rayons qui brillaient derrière mes paupières. Il y avait des marguerites multicolores aussi, que je faisais pousser sur la dune du Pyla.

J'ai tripé jusqu'à tard dans la nuit. Les marguerites envahissaient mon regard. Bleues, violettes, roses, orange, je m'appliquais à les faire pousser les unes après les autres. J'étais heureuse. Et ça rendait tellement bien, toutes ces couleurs au-dessus de la dune. C'était si doux également. Il me suffisait de me concentrer pour que les pétales sortent du sable, suivis de la tige, des feuilles et enfin des racines. J'étais devenue mère nature. Plus grande encore, j'étais Dieu. Je créais la vie.

J'ai vomi à peine éveillée et, deux heures plus tard, j'ai repris le train direction Paris. J'avais l'odeur du kérosène dans les narines et l'impression d'être une rescapée de la guerre, les cheveux emmêlés, les vêtements salis, non lavée, affamée et le teint blafard. Le contrôleur est passé devant moi sans même me demander mon billet. Je me suis rendormie sur ma banquette, un filet de bave à moitié essuyé pendant à la commissure de mes lèvres.

26

Paris avait la grandeur de mes désirs, tant dans ses allées immenses aux trottoirs lustrés que dans ses ruelles encombrées d'échoppes, de couleurs mal assorties et de gens aux looks improbables. Paris était vif, et y mourir semblait aussi contradictoire qu'inévitable. Les lumières ne s'éteignaient jamais, les conversations n'en finissaient pas, les voitures, les scooters, les vélos, les skate-boards qui y défilaient comme autant de soldats dépareillés. Je ne pouvais pas sombrer au milieu de cette foule, je ne pouvais pas m'anéantir quand tout m'appelait à vivre.

J'avais cessé d'aller à la piscine. En revanche je me rendais régulièrement au cinéma, seule, l'après-midi. C'est en allant voir le dernier film de Volker Schlöndorff un jeudi que j'ai rencontré Paul.

Étudiant en médecine, surdoué, il vivait en marge de la société, et se trouvait décalé, inadapté et gauche partout où il allait. Les choses simples présentaient pour lui des difficultés insurmontables, tandis que les complexes se résolvaient dans son cerveau à la vitesse de l'éclair. Moqué par la plupart des gens de son âge, il souffrait de solitude, et se voûtait chaque jour un peu plus. Paul avait neuf ans de moins que moi. Un gosse, qui m'a fait l'amour avec une grâce que j'ai rarement connue depuis.

D'abord, ce sont ses doigts qui ont rencontré les miens au cinéma, par hasard. Nous partagions le même accoudoir. Paul m'a souri, sa manière à lui de s'excuser. Je lui ai rendu son sourire. Il avait des yeux ronds, brillants et espiègles. Des yeux de lutin. La conversation s'est engagée d'elle-même, puis le verre après la séance, et le dîner après le verre. Paul et moi parlions la même langue, celle des rêveurs.

Est-ce mon corps qui a reconnu un être de la même espèce, un ami, un pair ? Je me suis retrouvée allongée nue dans son lit, sereine et pleine de désir, tandis qu'il découvrait chaque parcelle de mon corps.

Son frère s'était suicidé dix ans auparavant. Un soir, alors qu'il rentrait du collège, Paul avait découvert des policiers dans son salon. La suite, il n'avait pas pu me la raconter. Son frère était parti sans même laisser un mot. Comment pouvait-on se tuer sans songer à ceux qui restent ? demandaient encore ses yeux.

Il y a des vies où les morts prennent toute la place. Je voyais dans son regard que Paul n'arrivait plus à franchir le pas de la confiance, de la joie et de l'amour. Il avait beaucoup à donner, mais il n'y arrivait pas. Pour lui, ouvrir ne serait-ce qu'un tout petit peu son cœur lui aurait été aussi fatal qu'un barrage cédant sous le poids d'un trop-plein d'eau. Il aurait été emporté par les flots de sa douleur, noyé sans avoir pu entrevoir la surface alors qu'il rêvait d'y nager avec la femme de sa vie.

Et moi ? C'est Paul qui m'a fait comprendre que j'étais

comme lui. Paul et ses vingt-deux ans, Paul et son immaturité.

Un soir, tandis que nous discutions chez lui, il a pris ma main et m'a appelée « mon ange ». Je me suis raidie et lui ai demandé sèchement de ne plus utiliser ce qualificatif à mon égard. Il a éclaté de rire.

— En fin de compte, il n'y a pas que moi qui suis prisonnier du passé !

J'ai écarquillé les yeux.

— N'importe quoi !

Il a insisté :

— Tu m'empêches de t'appeler « mon ange » pour ne pas risquer de mélanger la voix de ton ex à la mienne, c'est ça ? Et tu oses me dire que tu as tourné la page ?

— On a le droit de ne pas désirer cracher sur ses souvenirs, me suis-je offusquée.

— Tu ne cracherais pas dessus en laissant un autre homme t'appeler « mon ange », Estelle. Le problème, c'est que tu crois que ça lui est dû, parce que tu lui appartiens toujours.

Je me suis relevée, furieuse, et je suis allée fumer une cigarette sur son balcon. Paul ne pouvait pas comprendre. Il se fourvoyait, et c'était pour cette raison que je ne désirais pas avoir cette conversation avec lui. Ni avec moi. J'avançais. La preuve, j'étais enfin passé première assistante réalisatrice sur un long-métrage, j'avais des amants, je partais en voyage régulièrement et j'avais repris le parachutisme. Enfin non, j'y étais retourné un week-end seulement et j'avais fini droguée, baveuse et nauséabonde. Mais c'était un début. J'étais forte. Je vivais. Et Ganaël me reviendrait. J'étais toujours *son* ange, même s'il l'avait oublié. Je ne serais l'ange de personne d'autre.

Je n'ai pas refait l'amour avec Paul après cette soirée. Je me suis même éloignée de lui. Moi non plus, je n'étais pas prête à entendre certaines choses, ou à ouvrir certaines portes.

Le mois suivant, j'ai appris que Ganaël avait une nouvelle petite amie. Elle s'appelait Émeline, était belle, douce, sportive, en un mot : parfaite. Ganaël continuait pourtant de m'appeler pour me raconter des broutilles dont je n'avais que faire. Je savais bien qu'il me téléphonait uniquement pour entendre le son de ma voix. Mais plus il m'appelait, moins je savais quoi penser. Étais-je folle, ou était-il, lui, encore plus perdu que moi ? Qui aimait encore l'autre, en fin de compte, et où était la limite du désir sexuel, de la revendication possessive et de l'amour ?

Je pensais souvent aux marguerites multicolores que j'avais fait pousser sur la dune du Pyla. Je mourrais d'envie de retourner les voir.

27

J'ai rencontré Grégory deux semaines plus tard, lors d'une représentation théâtrale. La seule fois de ma vie où je me suis rendue seule au théâtre. Il s'est assis à côté de moi. Rapidement, j'ai été incommodée par son parfum, bien trop fort. Un mélange de sensualité et de lourdeur qui me faisait penser aux mannequins du calendrier *Dieux du stade*. Un homme ne portait pas innocemment un tel parfum.

Durant une heure et demie, j'ai admiré les comédiens déambuler sur scène, déclamer leur texte et faire rire le public. Mais je n'étais pas avec eux. Mon corps tout entier, gêné autant qu'attiré, était tourné vers mon voisin. À la fin de la représentation, il s'est levé et m'a tendu sa carte de visite. J'ai souri, ironiquement ; il a fait de même, sûr de lui. J'ai saisi sa carte sans un mot et suis partie.

« Grégory MAURIN, architecte », y était-il inscrit.

Je lui ai écrit le soir même, bien qu'il soit dit et redit dans tous les magazines féminins qu'il faut faire patienter sa « cible » afin de mieux la conquérir.

Règle n° 1 : ne pas donner de nouvelles avant trois jours.

Règle n° 2 : avoir l'air déjà engagée.

Règle n° 3 : ne surtout pas avoir de rapport sexuel dès le premier soir.

Bref, ne pas sembler avoir laissé son cœur quelque part dans les méandres du visage de l'autre, là où le désir rencontre la possibilité d'une histoire. Et pourquoi pas ? Pourquoi faudrait-il cacher ses émotions ou détourner le regard quand un homme qui nous plaît nous admire ? Toujours refouler, diminuer, feindre. Je n'étais pas en recherche d'un mode d'emploi, mais d'une vie. J'étais inconstante, emplie de contradictions, timide, extravertie, folle et sauvage. J'ai écrit à Grégory à peine arrivée chez moi. Son parfum emplissait encore mes sens. Il m'a proposé de dîner ensemble le lendemain. J'ai bafoué la règle n° 2 — après avoir bafoué la n° 1 — et accepté son invitation.

Il avait réservé au Dragon bleu, un restaurant thaï magnifique, agencé de bassins à poissons et de tables nichées sur des îlots boisés, en plein cœur de Paris.

Il était grand, juste ce qu'il fallait pour que je puisse, pieds nus, l'enlacer et poser ma tête sur son torse. Ses yeux avaient un ovale parfait, comme si la nature avait voulu exprimer ce qu'elle pouvait faire de mieux. Sa mâchoire, en revanche, semblait perpétuellement hésiter entre le sérieux du chef d'entreprise et le doux de l'enfance, lui donnant un air têtu et maladroit, carré bien qu'arrondi au niveau des pommettes. Je portais un pantalon et un haut sobre, tout ce qu'il y avait de plus ordinaire. Je réservais les jupes aux beaux jours. Quant aux porte-jarretelles et autres appâts vestimentaires, j'avais essayé une fois et ne comptais pas réitérer le cataclysme. Même en hiver, il fallait que les températures deviennent négatives pour que je daigne enfiler une paire de collants. La liberté a ce culot de pouvoir rire à la face des autres. J'étais pourtant la première à reconnaître la beauté d'une femme portant des bas, mais alors je devenais un homme qui se délecte à l'avance du menu.

Grégory a commandé une bouteille de vin. J'ai joué la grande, sûre d'elle au possible et que rien ne choque. Il a très vite rangé au placard ses convenances, sa retenue et son vocabulaire chaste, pour me parler de ses dernières conquêtes, révélant une nature hyper sexualisée.

— Vraiment, impossible de la détacher du lit, celle-là. Elle me suppliait de l'y laisser, les cuisses si écartelées que j'aurais pu y passer mon poing.

— Ah. Et, euh… Tu l'as fait ?

— Bien sûr ! J'ai tiré les rideaux et suis parti bosser. En rentrant, j'ai vu une flaque sous elle, alors j'ai ôté les draps sans la détacher, j'ai tout nettoyé puis je l'ai nourrie à la petite cuillère. J'ai fait exprès d'en mettre partout pour la soumettre un peu plus. Et elle mouillait, la tigresse, elle n'en pouvait plus !

— …

À la fin de la soirée, j'étais devenue une experte en pratiques scatologiques et autres horreurs. Et j'étais certaine de ne plus jamais désirer revoir cet homme. Son monde m'écœurait ! Alors pourquoi ai-je répondu par l'affirmative quand il m'a proposé de finir la soirée chez lui ? J'ai pensé non, pourtant, sans hésitation. Mais quelque chose en moi, une curiosité malsaine ou une envie de m'avilir un peu plus, me poussait à le suivre. Je ne m'aimais plus depuis tellement de mois. D'années ? Si je ne lui disais pas non, deviendrais-je comme la femme dont il m'avait parlé, une esclave ? Je voulais me croire anthropologue, une philatéliste, or cet homme m'attirait comme la limite à ne surtout pas franchir. Le *jusqu'où aller trop loin*.

Son appartement était magnifique, sobre et aménagé avec goût, sans tableaux ostentatoires ni meubles avant-gardistes. La décoration s'accordait si peu avec ce qu'il m'avait montré de lui au restaurant. N'avais-je vu qu'une facette de sa personnalité, quand il y en avait d'autres bien plus raffinées en lui ? Pourquoi aurais-je le monopole de la multiplicité identitaire, après tout ?

Grégory nous a servi deux verres de vin, a mis un CD de Lou Reed, et baissé la lumière du salon. Je suis allée fumer une cigarette sur son balcon. Il m'a rejointe, m'a pris la cigarette ainsi que mon verre des mains, les a posés sur la table en fer forgé à côté de nous, puis m'a poussée contre la balustrade. J'ai ouvert la bouche pour protester. Il l'a refermée et a aussitôt déboutonné mon pantalon, avant de s'agenouiller à mes pieds et de venir se perdre en moi, le tout sans un mot. J'ai basculé la tête en arrière et ai fermé les yeux.

Grégory s'est occupé de mon sexe avec un tact immense, d'une façon experte et patiente. Et pourtant, je n'arrivais pas à jouir. Il l'a compris, s'est relevé et m'a murmuré à l'oreille :

— Pense à lui, ma belle, imagine que je suis lui, et laisse-toi aller.

Mon corps s'est instantanément embrasé, mes connexions neuronales vrillées d'un désir qu'elles connaissaient si bien. Comment avait-il deviné ? Où était l'homme grossier qui me racontait avoir attaché ses proies dans un délire scato qui me révulsait ? Grégory s'est à nouveau agenouillé et a repris ses aspirations là où il les avait laissées. Mais ce n'était plus sa langue que je sentais. Ganaël avait pris sa place.

J'ai poussé un cri, retenu mon souffle, attrapé ses cheveux, plaqué sa tête contre mon ventre, joui, de plus en plus fort, de plus en plus haut, et enfin j'ai hurlé, le corps parcouru de spasmes, ressuscité.

Fier de lui, mon hôte s'est relevé et a fini son verre. J'ai reboutonné mon pantalon tout en le dévisageant, médusée. Qui était-il donc ? Il s'est accoudé au balcon et m'a demandé de lui raconter.

— Quoi ?

— Ton histoire avec lui. Pourquoi tu l'aimes toujours.

C'était surréaliste. J'ai repris ma cigarette et l'ai achevée tandis que mes mots sortaient. Notre premier regard, notre amour fou l'un pour l'autre et notre désir physique permanent surtout, ce feu qui nous consumait sans relâche, nous laissant sexuellement exsangues et comme possédés par le corps de l'autre. Puis notre incapacité à vivre ensemble, ses absences, son égoïsme, mon infidélité, la sienne et encore la sienne. Toutes ces souffrances, enfin, que nous nous étions mutuellement infligées parce que nous n'arrivions pas à nous quitter. Encore aujourd'hui, tandis que nous étions sur le point d'être divorcés, je ne savais toujours pas si nous étions réellement séparés ou en transit vers une autre relation plus saine et enfin mature.

Grégory m'a écoutée en hochant régulièrement la tête. À la fin, il m'a prise dans ses bras et m'a caressé les cheveux.

— Pleure-le, petite, pleure-le une dernière fois et puis vis. Laisse-le partir et rouvre ton cœur. Tu es trop jeune pour renoncer. Et avec lui, c'est trop tard.

Je n'avais pas envie de pleurer, mais il a enfoui mon visage dans son polo et j'ai éclaté en sanglots. Je refusais que ce soit trop tard. « Tant qu'il y a de l'amour, il y a de l'espoir », dit le proverbe. Ou peut-être est-ce tant qu'il y a de la vie ? Et comment étais-je sûre que c'était bien de l'amour qu'il y avait eu entre Ganaël et moi ? Avait-on pu s'aimer tout en étant tous les deux égoïstes à ce point ?

Grégory a fredonné un air triste, quelque chose qui ressemblait à du Brel. Je suis restée là, dans son odeur, sa force et sa douceur, à laisser aller les jours qui avaient porté mon amour.

Je l'ai revu une semaine plus tard. J'avais enfilé une robe en flanelle bleue et des bas que j'avais achetés spécialement pour lui. Je savais qu'il s'attristait toujours de voir une femme vêtue d'un pantalon, or je voulais lui faire plaisir. J'ai pris le métro. Il y avait quatre rues à traverser de la sortie à chez lui. J'ai marché d'un pas assuré mais, rapidement, je n'ai plus entendu que le froissement de mes bas l'un contre l'autre à chacun de mes pas. Mon imagination s'est embrasée. J'étais une noble à la cour de Louis XIV, vêtue d'une robe pourpre magnifique qui dénudait ma gorge et laissait voir la naissance de mes seins. J'étais Julia Roberts dans *Coup de foudre à Nothing Hill*, quand Hugh Grant vient la voir sur le tournage du film adapté du roman de Henry James. J'étais une nymphe en plein club échangiste, une demoiselle aux mœurs légères payée pour divertir les chefs politiques français au beau milieu de la cour de l'Élysée. J'étais la sensualité incarnée. Tant et si bien que j'en ai trempé ma culotte. À peine m'en suis-je aperçue que j'ai éclaté de rire et me suis réfugiée dans la première ruelle que j'ai trouvée. Là, j'ai retiré mes escarpins puis mes bas et j'ai fait une boule de ces derniers avec laquelle je me suis essuyé l'entrejambe avant de la jeter à la poubelle.

Je suis entrée chez Grégory rouge de confusion et morte de rire. Il s'est étonné. Je me suis affalée sur son canapé et ai laissé éclater mon rire. Il avait raison, j'étais trop jeune pour renoncer. Je devais dire adieu à mon mari.

28

Mathis voulait tout le temps « baiser ». De lui, je n'ai retenu que ça : ses incessantes envies de sexe, monotones, répétitives et inorgasmiques au possible.

J'avais hésité à m'inscrire sur un site de rencontres après cette dernière soirée passée chez Grégory. Je devais cesser de me détruire et tourner définitivement la page. Avancer, seule pour le moment. Quelques jours plus tard, Florent est passé prendre de mes nouvelles. Sûre de moi, je lui ai affirmé que Ganaël était de l'histoire ancienne. Il a haussé un sourcil sans ajouter un mot. Il ne m'a pas crue. Tant pis. Ganaël ne reviendrait pas, moi non plus. Mon mari ne me toucherait plus jamais.

Je suis partie sur la côte basque pour le week-end. Je m'étais offert un séjour détente de quatre jours dans un hôtel luxueux en formule *all inclusive* avec spa, sauna, hammam et jacuzzi à volonté. Le samedi après-midi, un homme a posé sa serviette sur la chaise longue voisine de la mienne, au bord de la piscine. Il a scruté la couverture du livre que je lisais et m'a poliment questionnée sur mon goût pour les romans historiques. Lui aimait les romans de science-fiction, l'évasion non contrôlée qu'ils permettaient. Nous avons parlé littérature jusqu'à l'heure du dîner.

Mathis était agent immobilier et passait le week-end à l'hôtel où je séjournais, après avoir vendu un bien à Biarritz. Bien avant minuit, je lui ai souhaité une bonne nuit et j'ai regagné ma chambre d'hôtel. Ni lui ni moi n'avions proféré le moindre sous-entendu. Quelque chose, toutefois, m'attirait en lui. Quelque chose dans son regard, une lueur impétueuse et douce.

Le lendemain, je suis allée me faire masser au centre de soins de l'hôtel. Comment l'a-t-il su ? Soudain, au beau milieu du massage, les mains de ma masseuse sont devenues plus larges et bien plus calleuses. Je me suis retournée, surprise, et j'ai découvert Mathis penché au-dessus de moi.

Il a quitté l'hôtel dans l'après-midi, mais nous nous sommes revus à Paris une dizaine de jours plus tard, chez lui, vers Montmartre, dans un deux pièces empli de bibelots et de souvenirs. Mathis était un célibataire sans enfants, quadragénaire. Mais pas dans sa tête. Dès la première fois où nous avons fait l'amour, je l'ai compris.

Mathis résidait à mi-temps à Venise, la cité des amoureux. Je n'y étais jamais retournée par manque d'envie. Contempler tous ces couples rêver devant les mêmes paysages, puis prendre les mêmes poses devant les mêmes monuments et se faire conter les mêmes histoires par les mêmes gondoliers au milieu des canaux pour les mêmes tarifs, pourboire non inclus, non merci. Si je me mariais à nouveau, je voulais passer ma lune de miel sur les plateaux kazakhes ou les terres mongoles, à cheval, avant d'aller dans le grand lit de la yourte que nous louerions, mon mari et moi. En attendant, Mathis habitait Venise et, désormais, la ville rimait avec son prénom. J'ai acheté un billet d'avion pour la cité des Doges.

***

L'ai-je aimé ou me suis-je menti à moi-même pour fuir Ganaël ? Lui annoncer que je partais vivre à Venise a sonné de façon si solennelle. Ganaël m'a traitée de traînée. À peine me proposait-on un bel appartement et du fric que j'écartais les cuisses, a-t-il fulminé. Je lui ai rappelé qu'il n'avait pas un sou en poche quand je l'avais connu et épousé. Encore plus furieux, il m'a rétorqué que le divorce n'avait pas encore été prononcé et que, théoriquement, j'étais toujours sa femme.

— Et toi, tu n'es pas avec Émeline, peut-être ?

— Encore heureux ! Elle, au moins, elle est fidèle et vertueuse.

Je lui ai raccroché au nez. Ce coup-là, il me l'avait déjà fait. J'ai achevé de faire mes valises, faussement gaie. Ce coup-ci, ce n'était plus ma petite histoire bancale avec Florent ni mon amourette passagère avec Lucas, non, c'était Venise, le *big love*. Et Ganaël se le prenait en pleine gueule ! Je suis montée dans l'avion, non pas avec le sentiment de retrouver Mathis, mais avec celui de faire un pied de nez à Ganaël. Bref, une fois de plus, mon histoire était foutue d'avance.

Un rêve. J'ai vécu un rêve éveillé et j'ai déambulé dans les rues de Venise telle une princesse face à sa cour, des souliers de vair aux pieds et une robe de satin drapée autour de mon corps. Je ne marchais pas, je volais.

Durant trois mois, j'ai rencontré des artistes, dîné dans des restaurants somptueux et visité des musées improbables.

J'ai également bu des vins savoureux sur des gondoles louées pour la soirée au milieu des canaux. J'étais devenue une fée dotée d'une carte bleue Gold MasterCard, celle de Mathis. Mais même les cartes bleues ont un plafond, quand elles coûtent notre propre asservissement. Mathis ne m'aimait pas, il m'utilisait comme un remède à sa propre solitude. Et puis il avait besoin de jouir deux à trois fois par jour.

Au début, je ne me forçais pas, au contraire. Mon corps ne se lassait pas du sien. Le déjeuner à peine achevé, Mathis me désignait la chambre d'un léger basculement de la tête et je m'y engouffrais, heureuse d'être bientôt caressée, pénétrée, comblée.

Toutefois, un dimanche matin, je lui ai dit non. Je n'avais tout simplement pas envie de faire l'amour. Pas envie d'être touchée non plus et encore moins de jouir. Mathis s'est inquiété, puis énervé, comme un gosse.

— C'est mon corps, c'est ça ? Il ne te plaît plus ?

Il allait avoir quarante-trois ans. À quel âge deviendrait-il adulte ? ai-je pensé. Je l'ai rassuré :

— Je n'ai pas envie de faire l'amour, Mat, c'est tout. Ça arrive. Tu ne veux pas plutôt aller te promener ?

— Mais moi, j'en ai envie ! s'est-il récrié furieusement. Et si tu ne veux pas, alors je vais devoir me masturber tout seul comme un con et, je te préviens, après je serai de mauvaise humeur, parce que je déteste me branler.

Je l'ai planté là, écœurée, et je suis partie seule faire un tour. À mon retour, Mathis était effectivement de très mauvaise humeur.

Le soir, je n'avais toujours pas envie d'être touchée mais je me suis forcée à agréer ses désirs pour qu'il me foute la paix. Mathis a bien senti que je ne prenais aucun plaisir à la chose, mais il avait ce qu'il voulait…

Je n'ai pas dormi cette nuit-là. C'était la quatrième fois en un an que j'imposais à mon corps une relation intime qu'il ne désirait pas. D'abord avec Vinciane et Romain, ensuite avec Ganaël, puis avec Philippe et maintenant avec Mathis. J'étais en train de perdre le respect minimum que je me devais à moi-même. Et puis, comment un homme pouvait-il éprouver du plaisir ou tout simplement être satisfait de réaliser un acte que sa partenaire ne désirait pas ? Tous les hommes étaient-ils égoïstes et immatures, ou était-ce moi, par mon comportement léger, qui attirait les salauds errants ?

J'ai vécu en *stand-by* les jours suivants. Je ne voulais pas quitter Venise, encore moins rentrer en France. À moitié consciemment, j'ai mis en place tout un tas de stratagèmes pour éviter de me retrouver seule à l'appartement aux heures où Mathis désirait faire l'amour, soit au réveil, après le déjeuner et au moment d'aller nous coucher. Une façon comme une autre de gagner du temps. J'ai également cessé de sortir nue ou en serviette de la salle de bains afin de ne pas attiser sa libido, fait semblant de dormir les mercredis et samedis matin jusqu'à ce qu'il soit l'heure pour lui d'aller rejoindre son équipe d'aviron, m'éveillant comme par hasard au moment où il enfilait ses chaussures. J'ai cuisiné des aliments peu digestes au déjeuner pour le rendre incapable du moindre effort physique et surtout, surtout, je lui ai fait croire que rien de tout cela n'était calculé. Or, dans la réalité, plus il me touchait et moins je le supportais.

Un vendredi soir, tandis que je me rendais à pied au

théâtre avec une amie, celle-ci a désiré savoir pourquoi je restais avec Mathis. Je me suis étonnée.

— Pourquoi tu me demandes ça ?

— Enfin, Estelle, t'as vu comment il te traite ? Tu n'es pas son chien !

— Mathis n'est pas méchant, Zaz, juste capricieux. Il a bon fond.

Mariza m'a attrapée par le bras et m'a stoppée net dans ma marche, furieuse.

— C'est quoi, ton problème ? T'as fait quelque chose de mal par le passé et tu crois que tu ne vaux pas mieux qu'un petit mec qui te considère comme son vide-couilles ?

Le respect. De moi-même. Ce que j'avais perdu depuis que j'avais sciemment laissé une autre femme s'approcher de mon mari…

Deux ou trois jours plus tard, lors d'un moment intime, Mathis a joui dans ma bouche sans me prévenir. J'ai grimacé, écœurée. Son sperme avait un goût immonde. Il a éclaté de rire, puis m'a dit qu'il avait lu dans un magazine que la nourriture ingurgitée avait des répercussions sur le goût de la semence. On venait de manger des huîtres.

— Tu te rends compte, a-t-il commenté, ça serait drôle d'en faire un jeu et que tu devines ce que j'ai avalé selon le goût de mon sperme. D'ailleurs, toi qui es allergique au maïs, tu crois que tu ferais une crise si j'en mangeais ?

Je l'ai dévisagé, ahurie. Comment pouvait-on être aussi con ?

Le lendemain, j'ai fait mes valises et suis rentrée en France. Dans ma boîte aux lettres, il y avait une lettre du juge aux affaires familiales de Toulouse qui me convoquait pour une audience de conciliation à la fin du mois. Ganaël avait donc accepté de divorcer à l'amiable. Nous étions le 7 août. Dans trois jours, cela ferait six ans que nous nous étions rencontrés et cinq que nous étions mariés.

29

Le rêve est au début comme il est à la fin : une constance mêlée à la réalité qu'il devient impossible d'appréhender. Quelle est la part du songe et celle du vécu ?

Mon téléphone sonnait. Je voyais le nom de Ganaël s'afficher sur l'écran. Il était passé à Paris, j'avais craqué, nous avions recouché ensemble, et puis il m'avait jetée, une fois de plus. Et ne m'appelait plus depuis. Ce n'était pas son nom qui s'affichait sur l'écran de mon téléphone en fait, c'était celui de mon père, de ma mère, d'amis, du boulot. Je développais des hallucinations visuelles, auditives, tactiles. Je pouvais presque entendre la porte d'entrée s'ouvrir et lui m'appeler pour me dire qu'il était rentré du paraclub. Je passais des heures allongée sur le tapis de ma chambre à contempler le vide, à le voir me sourire et à lui sourire en retour. J'étais devenue une ombre, un reflet dans le miroir. Il me suffisait d'entendre sa voix pour perdre ma volonté, aussitôt dissoute dans mes désirs, emprisonnée de lui. Nous allions divorcer. J'en crevais. Lui aussi. À force, je ne voyais plus d'autre solution que le suicide commun.

Un ami m'a proposé de la MDMA. Un petit parachute, m'a-t-il expliqué, juste pour moi. J'ai dit oui. Je voulais retourner sur la dune du Pyla au milieu des marguerites géantes, m'évader de ce monde et embrumer mon cerveau jusqu'à ce qu'il ne sache plus qui il était, et se laisse emporter.

La musique est devenue plus forte, comme de la vapeur d'eau. Je ne voyais plus rien, je ressentais tout en revanche, ses caresses, le bruit du vent, la force de la lumière qui envahissait mes paupières closes. Chaque interstice entre le réel et l'illusion. Mais je ne décollais pas, je ne retournais pas non plus sur la dune du Pyla. Au contraire, je restais là, sur cette terre aride où rien ne fleurissait.

Je suis repartie deux heures plus tard. Mon ami a hurlé, m'interdisant de prendre le volant dans un tel état. Je l'ai envoyé promener. Il était incapable de se lever pour m'empêcher de partir, de toute façon. Il m'a fallu un bon moment pour atteindre la porte d'entrée de son appartement. Je parlais à mes jambes comme Uma Turman à ses doigts de pied dans *Kill Bill*. Et puis, enfin, je suis arrivée à ma voiture. J'ai déverrouillé la portière, ai pris place derrière le volant, lourdement, mis le contact et enclenché la première. Tout était flou. Les pédales bougeaient. C'était épuisant de les contrôler. Quant aux lignes de la route, elles tanguaient et je devais plisser les yeux pour les maintenir droites. Et puis, depuis quand les trottoirs se tortillaient-ils sur place ?

Il y avait deux routes pour rentrer chez moi. L'une d'elles passait devant le commissariat de police du 11e arrondissement de Paris. J'ai choisi celle-là et me suis arrêtée au feu, pile devant deux flics qui bavardaient. Je les ai regardés droit dans les yeux, mais ils m'ont à peine remarquée. Quel gâchis !

Le feu est passé au vert. Je suis repartie.

30

Ganaël est arrivé au bras d'Émeline et l'a embrassée au milieu du parvis du tribunal. Je me suis enfoncé les ongles dans les paumes de mes mains pour canaliser la douleur. Émeline était brune, pas très grande, ni très jolie d'ailleurs, et habillée comme une paysanne. Mais elle avait un sourire magnifique. Même de là où je me trouvais, il se remarquait. Elle était douce, de surcroît, la bonté incarnée, cela se sentait. J'ai repensé à la pièce de théâtre de Musset, *On ne badine pas avec l'amour*, l'histoire de Camille et de Perdican qui s'aiment mais sont trop pétris d'orgueil pour se l'avouer. Ganaël était Perdican, j'étais Camille et Émeline Rosette, la sœur de lait de Camille, qui se fout en l'air à la fin de la pièce après avoir été le jouet des deux tourtereaux. On ne badinait pas avec l'amour, en effet…

J'ai allumé une cigarette. Émeline est partie, Ganaël m'a rejointe.

— Tu fumes toujours ?

— T'es perspicace.

— Tu m'en files une ?

Je lui ai tendu mon paquet ouvert. Ganaël a coincé une cigarette entre ses lèvres. J'ai fouillé dans ma poche à la recherche de mon briquet. Ses doigts ont effleuré les miens quand il l'a saisi. Je les ai dégagés vivement. Il a retenu un sourire.

— Tu restes dans la région ?

— Non, je repars ce soir. La semaine prochaine, je commence un tournage en Ile-de-France en tant que première assistante réa. Un long-métrage. Et j'ai pas mal de boulot d'ici là.

— Félicitations.

J'ai cherché l'ironie dans sa voix mais il n'y en avait pas.

— Et toi, ça va ?

— Je renquille pour les championnats du monde l'année prochaine.

— Félicitations.

Il m'a jeté un regard en biais. Nous avons achevé nos cigarettes. Il a écrasé son mégot sur les dalles du parvis.

— On y va ? Tu passes la première, puis moi, puis nous deux.

— J'ai lu. Pour ça que je me demande pourquoi t'es déjà là.

Il n'a pas répondu.

Mon entrevue avec le juge a duré moins de vingt minutes. Ganaël est entré à son tour. Je suis retournée fumer une cigarette sur le parvis. Le juge nous a ensuite reçus ensemble. Je n'ai pas prononcé un mot lors de cet entretien final, juste acquiescé à son récapitulatif de la situation. Puisque tout était clair entre nous, a-t-il conclu, le jugement serait rendu avant la fin du mois et le divorce homologué à la mi-septembre. J'ai salué le juge et suis sortie. Ganaël m'a rattrapée.

— On va boire un café ?

— Je n'aime toujours pas le café, Gan.

Il s'est arrêté net, furieux.

— Putain, Estelle, c'est une façon de parler. Arrête de toujours jouer avec les mots !

Je ne jouais pas, je fuyais. Et il le savait très bien. Je l'ai regardé droit dans les yeux.

— À peine divorcés qu'on s'engueule déjà. Tu ne crois pas qu'on ferait mieux d'en rester là ?

Il a serré les dents.

— On n'est pas encore divorcés, Estelle.

— C'est tout comme. T'es avec Émeline, à présent. C'est bien, je suis heureuse pour toi.

— Je ne l'aime pas.

J'ai retenu le tremblement qui est monté à mes lèvres tout autant que le juron. Tout mais pas ça, pas encore, s'il vous plaît ! Je n'avais plus la force d'endurer ce jeu du chat et de la souris. Il me tuait. Je voulais que notre histoire s'achève ou reprenne mais, par-dessus tout, que Ganaël cesse de me torturer. Il a saisi ma main. Je me suis reculée, paniquée. Puis me suis carrément enfuie en courant, la peau brûlée à vif à l'endroit où il l'avait touchée.

31

Faire l'amour. S'approcher du corps de l'autre, l'effleurer, le humer, découvrir son odeur, le grain de sa peau, la consistance de ses muscles, de ses doigts, de ses cheveux, puis s'ouvrir à lui.

Je ne savais même pas comment il s'appelait. Il ne me l'avait pas dit et je ne lui avais pas demandé. Il portait une chemise mauve ouverte sur trois boutons au niveau du col, avait le visage fin et les yeux clairs. Je me suis glissée face à lui, ai posé mes mains sur ses épaules et l'ai embrassé. Il s'est laissé faire. Autour, il y avait la musique, l'alcool, la transe, les basses, les corps qui tournent et le monde qui disparaît.

Il a posé sa main sur mon bassin et l'a fait glisser le long de mes fesses. J'ai fermé les yeux. Exalté, il a pressé mon corps entre ses doigts. Je me suis collée à lui. Il bandait. Je ne mouillais pas. J'étais ivre. Mais pas de lui. Je lui ai dit que j'avais besoin d'aller aux toilettes et je suis sortie du bar.

Refouler mes larmes, ne pas chercher Ganaël dans le corps d'un autre, encore une fois.

J'ai envoyé un texto à Laureen, l'amie avec laquelle j'étais sortie, une fois dehors. Elle m'a rejointe au café voisin où j'avais pris place. J'ai commandé un Coca, elle une bière, ensuite elle a sorti deux cigarettes de son paquet et en a jeté une furieusement sur la table à mon intention.

— Ça fait un an que vous n'êtes plus ensemble, Estelle, et vous êtes officiellement divorcés depuis deux jours. Il faut que t'arrêtes de penser à lui et de le désirer, autrement tu vas en crever !

Elle a allumé sa cigarette, moi la mienne, puis j'ai bu mon Coca. Je n'avais rien à ajouter.

Je ne suis pas ressortie de la semaine. Celle d'après, je suis partie en tournage. J'ai bossé d'arrache-pied les sept autres suivantes, enchaînant les heures, les discussions professionnelles ainsi que les feuilles de service. Le 29 octobre, je suis rentrée chez moi, harassée de fatigue, les yeux cernés et le corps aminci. J'ai dormi deux jours d'affilée puis enfin, le soir d'Halloween, j'ai mis fin à mon isolement social.

Astrid nous avait inscrites à une soirée « déjantée » dans les catacombes de Paris. J'ai enfilé la tenue que j'avais achetée pour l'occasion : robe noire en tulle, collants rayés noir et violet, escarpins noirs, cape noire, perruque violette, et j'ai pris le métro.

À peine ai-je eu le temps de saluer mon amie que mon téléphone a sonné. Ganaël. Je n'avais aucune nouvelle de lui depuis notre convocation chez le juge. J'ai décroché, inquiète. Un pressentiment.

— Qu'est-ce qu'il y a, Gan ?

Sa voix a retenti à l'autre bout du fil, brisée.

— C'est Mariette. Elle a eu un accident. Elle vient de sortir de l'hôpital.

Mariette était la grand-mère de Ganaël et je l'aimais comme ma propre grand-mère. Au temps où nous vivions ensemble, mon ex-mari et moi, je passais nombreux après-midi avec elle à jouer au Scrabble tout en buvant du thé tandis que Lucien, son mari, jardinait.

J'ai raccroché, blême, et me suis aussitôt excusée auprès d'Astrid car il fallait que je me rende au chevet de Mariette. Je n'avais plus le cœur à faire la fête, de toute façon. Astrid l'a compris et m'a serrée longuement dans ses bras.

— Va t'occuper d'elle mais promets-moi que tu ne craqueras pas avec ton ex. Sa peine, c'est son problème, Estelle, pas le tien. Or, tu sais qu'il va en jouer pour t'avoir.

— Ganaël n'est pas un manipulateur, Astrid.

— Non, il t'aime à sa façon et, surtout, il est possédé par toi, ce qui est pire encore, car ça l'empêche lui aussi de tourner la page.

Je n'ai rien répondu. Je n'avais pas envie d'argumenter. Je suis rentrée chez moi me changer en vitesse puis j'ai grimpé dans le premier train en partance pour Toulouse. Un train de nuit, forcément, et il n'y avait plus une seule couchette de disponible. Je me suis assise sur un siège trop étroit à mon goût et, dès la gare quittée, j'ai tourné le regard vers la fenêtre afin de me perdre dans la contemplation du noir.

Le train a filé. De temps à autre, je discernais les silhouettes des arbres, des champs, les lumières d'une ville, puis c'était le noir à nouveau.

Le train est entré en gare de Toulouse à 6 h 15. J'ai loué une voiture et roulé jusque chez les grands-parents de Ganaël.

Mariette s'était fait renverser par une mobylette. Elle avait le bras cassé, plusieurs côtes fêlées et de grosses ecchymoses. Rien de grave, même si c'était impressionnant à voir. Elle avait besoin de beaucoup de repos en revanche. J'ai passé la matinée du dimanche à ses côtés. Lucien nous a préparé un déjeuner. J'ai aidé Mariette à couper son poisson puis, le repas achevé, nous sommes allées faire la sieste toutes les deux, elle dans son lit et moi dans celui de la chambre d'amis. Avant de sombrer, j'ai consulté mon téléphone. Aucun appel en absence. Je me suis endormie.

C'est Ganaël qui m'a réveillée.

Lucien m'avait recouverte d'un plaid et avait tiré les rideaux de la chambre. J'ai ouvert les yeux sur le visage de mon ex-mari, baigné d'une lueur orangée, celle créée par le soleil à travers les tentures de la pièce. Ses traits étaient tirés et ses yeux cernés mais leur vert inondait tout l'espace, moi y compris. Je suis devenue mousse, électricité, fluide en dissolution. J'avais des fourmis dans le corps et le cœur qui hurlait de douleur, étouffé par mon propre désir. Ganaël m'a regardée, je l'ai regardé, j'ai retenu ma respiration, puis son visage s'est approché du mien et il a posé ses lèvres sur les miennes. Nos bouches se sont ouvertes à l'unisson. J'ai cherché sa langue, son odeur, son corps, ses cheveux. Sa peau surtout. Celle qui était ancrée en moi pour toujours.

Nos souffles se sont précipités, puis nos gestes ont suivi. Ganaël a ôté mes vêtements, doucement, puis moi les siens. C'était doux et romantique après tout le mal que nous nous étions fait ces mois passés. Il n'y avait plus ce désir de faire souffrir l'autre, pour le faire payer. Il n'y avait plus ni haine ni colère, ressentiment, chagrin ou douleur, juste de la tendresse, des litres de tendresse et de regrets.

Ganaël m'a pénétrée, comme un trésor perdu à nouveau découvert. J'ai retenu mes larmes. À la place, j'ai enfoncé mes ongles dans la peau de son dos et l'ai attiré à moi. Je l'ai griffé, mordu, embrassé, mordu à nouveau. Et puis mes larmes se sont mises à couler alors que je le leur avais interdit. Parce qu'il allait me quitter, pour de bon cette fois-ci. Je le savais, comment, je n'aurais pas su l'expliquer, mais je le savais, le sentais en moi. C'était la dernière fois que je tenais mon mari, mon ex-mari, serré contre moi, en moi. L'adieu final après tous nos au revoir ratés.

La douceur a laissé place à une bestialité désirée. Je me suis retournée sur le ventre et Ganaël s'est enfoncé au plus profond de mon corps, une main agrippée à mes cheveux et l'autre à mes hanches. J'ai attrapé le bord du matelas pour retenir ses coups puis j'ai mordu l'oreiller, le corps en feu et déjà en lambeaux. Il a joui, j'ai serré les mâchoires de toutes mes forces pour ne pas hurler. Essoufflé, Ganaël s'est allongé sur mon corps, son sexe toujours en moi et sa main encore dans mes cheveux. Je n'ai plus bougé, lui non plus.

La pendule du couloir égrenait les secondes. J'ai pensé qu'il n'y avait plus que les vieux pour posséder de telles pendules. Le bruit était stressant, insoutenable. « Tic-tac », me murmuraient les secondes qui restaient avant que Ganaël s'en aille à jamais.

Je ne devais pas faire ça, je le savais, j'allais en crever, mais il fallait que je sache. Lentement, j'ai dégagé mon bras gauche de sous mon corps, celui qui faisait face à son visage quand moi j'avais tourné la tête de l'autre côté, puis je l'ai remonté jusqu'à mon cou et ai pivoté sa paume vers le plafond. J'ai eu le temps d'entendre un tic-tac, les battements saccadés de mon cœur, puis la main de Ganaël a rejoint la mienne et ses doigts ont enlacé les miens. J'ai fermé les yeux et inondé l'oreiller de mes larmes.

Il est reparti sans un mot. Je n'ai pas bougé, ni même tourné la tête, tandis qu'il se rhabillait. Je ne pouvais pas. Je pleurais toujours. Quand enfin j'ai entendu la porte se refermer, je me suis retournée. Il n'y avait plus rien, aucune trace de sa présence. Juste cette absence dans la lumière orangée des rideaux qui m'anéantissait. Je me suis rhabillée et suis redescendue dans le salon. Mariette était levée et m'a proposé un thé. Elle savait, Lucien aussi. Que pensaient-ils de notre histoire ? Qu'avaient-ils connu eux-mêmes de l'amour et du désir ? Eux aussi, c'était la dernière fois que je les voyais, je le savais. Je sortais de leur vie à tous.

***

Je suis repartie par le train de nuit de 22 h 17. Au bar de la gare, j'ai acheté un sandwich que j'ai avalé, seule, face à un réverbère. Je n'étais plus en couple ni mariée ni amoureuse. Il n'y avait plus personne dans ma vie pour m'aimer et veiller sur moi.

32

Novembre, tournage ; décembre, tournage. Puis Noël est arrivé. Je n'avais pas eu de relation intime avec un homme depuis ce moment passé avec Ganaël. Je n'avais pas eu de nouvelles de lui non plus. Depuis deux mois, je me satisfaisais à admirer le soleil se lever et se coucher. J'étais sereine, étrangement apaisée et lente dans chacun de mes gestes. Le soir venu, j'allais toujours fumer une cigarette sur mon balcon mais il n'y avait plus aucune lourdeur en moi, juste l'immensité du vide et des jours qui s'écoulaient, nonchalamment.

Je suis partie passer les fêtes de fin d'année chez mes parents en compagnie de mon frère et de ma sœur. Cette dernière s'était inscrite dans un nouveau centre équestre. Je n'étais pas montée à cheval depuis des lustres. Le 22 décembre au matin, je l'ai accompagnée à son cours d'équitation.

Il y avait peu d'adultes présents, la majorité des cavaliers ayant l'âge de ma cadette, voire moins. Je me suis approchée des boxes, ai humé l'odeur de la paille fraîche, celle des chevaux, puis j'ai flatté leurs encolures. J'étais heureuse. L'odeur des chevaux, c'était l'odeur du galop, de la liberté, de la vie.

Un bai brun me faisait de l'œil. Je l'ai embrassé sur le bout du nez puis j'ai caressé son chanfrein. Le moniteur m'a aperçue et s'est avancé à ma rencontre. Grand, blond, allemand d'après son accent. Il m'a proposé de partir en promenade avec son groupe le lendemain après-midi. Trente euros les deux heures. J'ai accepté.

Sauf que, le lendemain, j'ai eu la désagréable surprise de constater que son « groupe » se composait en réalité de trois adolescentes de moins de quinze ans. Florian m'a désigné un Quarter horse du regard puis m'a montré où se trouvaient brosses, cure-pieds, tapis, selles et filets. J'ai fait connaissance avec mon cheval puis, après l'avoir préparé, je suis montée sur son dos.

Nous sommes partis à travers champs. Je ne connaissais pas cette partie de la région. Il faisait un froid sec et clair, et le soleil était à peine voilé de quelques nuages effilés. Un temps d'hiver idéal pour monter. Mon cheval s'appelait Honkey. Il réagissait vivement à la moindre de mes demandes. Jeune, un peu capricieux, je devais tenir ses épaules pour l'empêcher de prendre la main. Bien vite, Florian et moi nous sommes retrouvés côte à côte, à bavarder de tout et de rien, tandis que les trois filles gloussaient derrière nous.

Je n'ai même pas réalisé que nous franchissions une rivière. J'étais heureuse, adolescente à nouveau, et j'avais la beauté des paysages dans le regard. J'ai engagé ma monture dans l'eau. Au beau milieu des flots, un serpent a surgi d'un rocher et s'est glissé furtivement entre ses pattes. Honkey s'est cabré, affolé, puis il a bondi sur l'autre rive. J'avais ôté mes étriers et relâché mon attention, tout entière captée par les paroles de Florian. Je suis tombée dans l'eau.

La suite est comme un rêve, une photo en noir et blanc dont les bords, jaunis par les années, laissent entrevoir un flou imaginatif. Tétanisée, je me suis hissée comme j'ai pu jusqu'à la berge. Mes doigts viraient déjà au bleu. Florian m'a tirée par la manche et m'a aussitôt déshabillée. Écharpe, manteau, pull-over, T-shirt, soutien-gorge. Je me sentais partir. Il a ôté sa propre écharpe, m'a frictionné le corps avec, puis il a retiré sa veste et son pull-over et me les a enfilés. Les trois filles nous contemplaient, bouche bée. Florian a tendu les rênes d'Honkey à l'une d'elles, après quoi il m'a fait monter en selle devant lui et leur a ordonné de le suivre.

Je ne pensais pas. J'avais froid mais sans m'en rendre compte. Mon corps était engourdi, mes paupières lourdes et quelque chose fourmillait dans mes pieds, me procurant une sensation désagréable et entêtante.

C'est devant le feu brûlant dans la cheminée du club house, enveloppée dans une couverture épaisse, un bonnet sur la tête et une tasse de thé entre les mains, que j'ai recouvré mes esprits. Assise dans un fauteuil face à moi, la gérante du club avait les yeux rivés sur mon visage tandis que les trois adolescentes qui avaient fait la promenade se coupaient la parole afin de lui raconter ce qui s'était passé. Florian est entré dans la pièce. Mon regard a rencontré le sien et c'est là que j'ai compris qu'il m'avait vue nue. À présent que j'allais bien, la même pensée devait traverser son esprit. Mal à l'aise, j'ai rougi, mais j'étais encore si pâle que la directrice du centre et les trois filles ne se sont aperçues de rien. Quant à Florian, il s'est recomposé une expression neutre et s'est avancé placidement vers moi.

Une heure après, il m'a raccompagnée à ma voiture et m'a recommandé de rester au chaud le reste de la soirée. Ma sœur avait été prévenue. Ses yeux passaient de Florian à moi avec appréhension, curiosité et interrogation. Les trois filles aussi nous dévisageaient avec des sourires en coin. Le mot était passé : Florian avait vu mes seins. À quinze ans, il n'en fallait pas plus pour créer un scandale.

Je suis rentrée chez moi et j'ai passé la soirée assise à la fenêtre de ma chambre, à contempler le vent se mouvoir dans les branches du chêne dressé au milieu du jardin de mes parents.

Le lendemain après-midi, jour de Noël, je suis retournée au centre équestre. Il n'y avait personne, seulement les chevaux qui ruminaient dans leurs boxes. Je suis allée voir Honkey. Il achevait d'avaler sa part de foin. Je l'ai appelé. Il s'est tourné vers moi, a reniflé mes mains vides et, déçu, est aussitôt reparti vers son tas de foin. Florian est sorti d'un box du fond de l'écurie au même instant. Il avait reconnu ma voix.

Il a refermé la porte du box derrière lui, a poussé la brouette de foin dans l'allée et m'a rejointe.

Ni l'un ni l'autre n'avons parlé. Florian a tourné la tête à droite — personne —, puis à gauche — personne non plus —, m'a prise par la main et m'a entraînée à l'écart dans un box inutilisé du club.

Il était marié. La phrase tournait en boucle dans ma tête. Il était marié. J'avais été trompée. Je savais ce que ça faisait, j'en connaissais la douleur, insurmontable, et je n'avais pas le droit de l'infliger à une autre. Je valais mieux que ça. Mais Florian a posé sa main sur ma gorge, sa paume ouverte en contact avec la naissance de mon cou, et j'ai cessé de penser à sa femme.

Je me suis rhabillée sans un mot, Florian a fait de même. Sans doute aurait-il fallu qu'on parle, mais de quoi ? Avais-je le droit de gâcher la vie des autres parce que j'avais gâché la mienne ? Florian m'a embrassée une dernière fois, puis il m'a laissée partir. Je ne me suis pas retournée.

33

Le soleil achevait de disparaître derrière les toits de Paris. Je scrutais le morceau qui restait et diminuait rapidement, emportant toute la coloration du ciel avec lui. Plus que quelques secondes et ce ne serait déjà plus qu'un souvenir. Je l'ai accompagné dans son exil. Et puis c'était la nuit. J'ai achevé ma cigarette, attendu que les passants cessent de passer et ai jeté le mégot depuis mon balcon. J'ai visé le trottoir, il est tombé sur l'auvent du restaurant d'à côté. J'ai toujours été très douée au basket-ball. Je suis retournée à l'intérieur de mon appartement et ai refermé la porte-fenêtre du salon derrière moi.

Des feuilles noircies s'étalaient sur le parquet. Les notes que j'avais prises durant mon entretien avec Pascal.

Cet homme m'avait contactée à la fin du mois de janvier afin que j'écrive son histoire. Pascal était échangiste et son ex-femme utilisait l'argument de sa vie sexuelle « dépravée » afin d'obtenir la garde de leur fille. Écœurée, cette dernière refusait de parler à son père depuis qu'elle savait qu'il « couchait avec n'importe qui ». Pascal désirait que j'écrive l'histoire de son couple pour la remettre à sa fille une fois qu'elle serait en âge de comprendre.

J'étais pigiste en plus d'être assistante réalisatrice,

pas biographe. Mais son histoire m'avait touchée. La veille, je m'étais rendue chez lui l'écouter me raconter ses aventures et pourquoi il était devenu libertin. Pascal ne voulait pas tromper sa femme, mais il aimait trop en découvrir d'autres pour s'enfermer dans une monogamie qui l'anéantissait, m'avait-il expliqué.

— Je me serais appauvri à ne faire l'amour qu'avec elle, tu comprends ?

Oui, non, je ne savais plus. Ce qui était sûr, c'est que je n'adhérais pas à sa vision de l'amour. Partager la personne qu'on a choisie pour la vie, avec une autre, même pour un jeu sexuel ? S'enivrer d'autres odeurs, d'autres corps devant le regard épiant de l'être aimé ? Si j'avais imaginé le faire un jour, je savais à présent que j'en étais incapable. Pire, que cela me rebutait. J'étais une romantique, une jalouse, une possessive, certes une Marie-couche-toi-là depuis un an, mais ce n'était pas moi. Juste une transition qui me semblait nécessaire pour me retrouver.

J'ai rouvert ma porte-fenêtre et suis retournée fumer une cigarette au-dehors. C'était n'importe quoi, cette biographie. Jamais je n'aurais dû l'accepter. Parler d'échangisme, c'était poser la question de la tromperie. C'était bien trop proche de mon histoire. À présent, les images revenaient, celles que je refoulais depuis deux ans.

Y avait-il une bonne façon d'aimer ? Tous ceux et celles qui avaient menti, triché ou s'étaient forcés, par amour pour l'autre, y avaient perdu une partie de leur être. C'était la seule constance que j'observais : la beauté s'en allait dès que l'on se trahissait.

J'ai tiré sur ma cigarette. Il fallait que je pense à Pascal, pas à Ganaël, ni à Brice ou à Florian. Et surtout pas à Émilie.

Mais évidemment, j'ai pensé à elle.

Émilie avait trois ans de moins que moi. Je l'avais rencontrée deux mois plus tôt, après être revenue des vacances de Noël chez mes parents. À peine quittée, j'avais aussitôt chassé son souvenir de ma mémoire.

Émilie avait une poitrine magnifique et un regard de biche effarouchée qui m'envoûtait. Je n'étais pas lesbienne, mais elle avait mal et, en sa présence, je me sentais mâle. Mariée depuis huit ans à Victor, elle était cocue depuis trois. Elle ne le quittait pas pour autant, elle n'y arrivait pas. Un soir, elle est venue chez moi et m'a raconté son histoire. Je n'ai pas voulu savoir, encore moins entendre les mots qui me ramenaient à ce que j'avais vécu avec Ganaël, mais elle avait tant besoin d'extérioriser sa douleur qu'il m'était impossible d'endiguer le flot ininterrompu de ses confessions.

Sa dernière phrase achevée, elle s'est jetée sur moi et m'a déshabillée puis léchée avec zèle, sa langue opérant de furtifs va-et-vient autour de mon clitoris. Je me suis forcée à jouir. Je sentais que c'était important pour elle. Victor la handicapait d'un rôle qu'elle avait besoin de jouer. Je me suis cambrée, j'ai crié, un peu, puis je me suis calmée. Soulagée, elle a marché jusqu'à ma poitrine et y a posé sa tête. Elle savait encore faire jouir. Le petit chat a fait place à un chien quémandant une récompense pour s'être bien comporté. J'ai caressé ses cheveux. Elle avait tellement besoin d'amour. Son monde s'écroulait, comme le mien s'était écroulé.

Où en étais-je moi-même ? Je m'étais agrippée à tant de peaux qui n'avaient été, en réalité, que des corps implorant le bonheur. Or on ne pouvait pas revenir en arrière, encore moins après avoir trompé l'autre.

34

Rodrigo était fou ! Des artistes comme lui, barges à ce point, entiers et déséquilibrés, je n'en connaissais pas d'autres. Il revenait de Cuba où il avait engueulé les flics pour avoir osé l'interpeller en plein excès de vitesse alors qu'il avait une idée de tableau en tête. Non seulement les flics ne l'avaient pas arrêté, mais en plus ils lui avaient présenté leurs excuses pour lui avoir fait perdre son inspiration. Rodrigo avait une voix de baryton qui vibrait longtemps après qu'il avait cessé de parler. Il pouvait dire n'importe quoi, j'étais hypnotisée par les sons qu'il émettait.

Je l'avais rencontré deux jours plus tôt lors d'un vernissage dans une galerie à Bayonne. Habillé d'une chemise blanche avec des coquelicots et d'une culotte de cheval, la tête dépassant tous les invités d'au moins dix centimètres, Rodrigo ne pouvait pas ne pas être le centre de toutes les conversations. Nous avions immédiatement sympathisé. Le lendemain du vernissage, il m'avait proposé de poser pour lui. J'avais refusé. Il avait insisté, arguant qu'il savait que j'en avais envie mais que je n'osais pas. Il avait raison et j'avais fini par accepter, à condition que je ne sois pas nue. Rodrigo avait souri malicieusement, puis m'avait baisé la main en me promettant que je serais couverte.

Quel manipulateur ! J'ai effectivement été couverte, de peinture… Rodrigo m'a exposée nue au beau milieu de son salon et a peint l'intégralité de mon corps. J'ai fermé les yeux pendant tout ce temps. Il avait mis de la musique latine, un album alliant de la bachata et du jazz manouche. Je sentais son pinceau glisser sur ma peau, puis ses mains y coller des paillettes. J'avais chaud et je frémissais à chaque fois que ses doigts frôlaient mon sexe. Je me forçais pourtant à ne rien imaginer mais les images venaient d'elles-mêmes, telles des nymphes attirantes. J'arrivais de moins en moins à demeurer indifférente à leur contact.

Rodrigo a peint mon ventre, mes bras, mes seins. Mes terminaisons nerveuses s'affolaient, déchargaient des frissons en tous sens, en redemandaient. Il est descendu jusqu'à mon sexe. Sa main droite a tressé des courbes sur mon mont de Vénus tandis que sa gauche s'agrippait à la chair de mes cuisses pour mieux prendre appui. A-t-il vu que je luisais ? Deviné ? Senti ? Ses doigts ont effleuré mes lèvres et j'ai réalisé à quel point j'étais trempée. Je me suis liquéfiée un peu plus, mais je n'ai pas ouvert les yeux. J'étais trop abandonnée pour affronter le regard de mon peintre. Sa langue a lapé ce que mon corps avait créé. Je n'ai pas bougé. Mon sexe s'est gonflé, mon bourgeon a éclaté entre ses lèvres puis Rodrigo a repris sa peinture.

Deux semaines plus tard, j'ai reçu un cadre contenant un portrait de moi signé de lui. Aucun mot ne l'accompagnait.

Fin mars, Brice m'a contactée. Il rentrait d'un séjour de huit mois au Kenya et était de passage à Paris. Il m'a envoyé un texto pour me demander si j'étais disponible. Je lui ai répondu que je me trouvais au beau milieu des champs sur un quad qu'un ami m'avait prêté pour la journée.

Brice

Qu'as-tu fait pour qu'il te prête son quad ?

Moi

A. Je lui ai montré mes seins.
B. Je lui ai souri.
C. Je lui ai fait un strip intégral.
D. J'ai fait sa vaisselle.

Brice

J'ai le droit au 50/50 ?

Moi

Retire A et B.

Brice

Hum, sachant qu'il a un lave-vaisselle…

Heureusement qu'il restait l'humour.

35

La dépendance, l'appréhension, la perte de qui l'on est. Les hommes de passage m'offraient du merveilleux, du splendide, de l'éphémère. Ils m'emmenaient plus haut que mon imagination. Et le gouffre qui s'ensuivait était plus profond encore. C'était quoi déjà la tendresse ? J'étais une princesse un soir sur dix. Les neuf autres, j'étais seule. Je voulais qu'un homme me dise qu'il m'aimait. Mais y croirais-je ? Que valait l'amour si l'on pouvait piétiner ses promesses comme j'avais piétiné celle d'aimer Ganaël jusqu'à ce que la mort nous sépare ?

Les hommes de passage ont continué de défiler dans ma vie, mais à peine leur disais-je oui que déjà je n'avais plus rien à donner. Le meilleur était passé : la séduction. Ne restait que mon corps, passif, qui avait trop donné et ne désirait plus rien. Désormais, je fuyais les corps, les cœurs, les promesses et les espoirs. Je laissais derrière moi des hommes déçus, frustrés et blessés, qui avaient cru, qui auraient voulu et qui regrettaient.

Mon corps a cessé de m'appartenir. À force de le

trahir, il s'est détaché de mon âme, et je l'ai donné, sans amour. La peau des hommes a pris un goût amer.

« Vivre vite, mourir jeune et faire un beau cadavre », disait James Dean. J'y songeais.

36

Réflexion sur une feuille volante : Ganaël a préféré me garder comme fantasme que dans sa vie. Et moi ? *Elle passe ses nuits sans dormir, à gâcher son bel avenir, la groupie du pianiste.* J'ai été la groupie du parachutiste, amoureuse d'un égoïste. Je n'ai pas gagné contre sa lâcheté, comme je n'ai pas gagné contre son parachute. Quelle lâcheté ? Toutes les fois où Ganaël ne m'a pas soutenue alors qu'il aurait dû. Toutes les fois également où il m'a abandonnée sans se battre, comme sur le quai de la gare, ce soir-là, tandis que j'entendais les paroles de *The Story of the Impossible* de Peter Von Poehl dans ma tête :

Nous avions cette histoire impossible,
Un conte mieux raconté doucement.
Une de ces imaginations,
Peut-être impossible à réaliser,
Mais semblant si réelle.

37

Il paraît que les rêves seraient en fait une mise à jour cérébrale de nos données internes. Un peu comme un disque dur qui supprime les *data* inutiles et comble les espaces vides. Je rêvais encore de Ganaël et, dans mes songes, il me demandait pardon et se battait pour me récupérer.

Il y avait les bruits de la rue au-dehors, les ombres de la ville qui jouaient dans les rideaux. Surtout, il y avait cette torpeur qui illusionnait les sens, ainsi que son odeur et ma main sur ses pectoraux, là où elle s'était endormie mille huit cent vingt-huit fois. Je retenais ma peine. Je ne voulais pas que Ganaël sache. Mais il ne dormait pas plus que moi. Il souffrait et cherchait chaque centimètre carré de ma peau, ses doigts écartelés au centre de mon dos, n'osant pas aller plus bas, crevant de ne pas aller plus bas. Moi, je ne bougeais plus. Je voulais être crucifiée en ce lieu, enterrée au milieu du corps de l'homme à qui j'avais dit oui pour la vie. Et puis je me réveillais.

Juin est arrivé. L'un des journaux féminins pour lesquels je travaillais m'a commandé un article sur les nouveaux sites de rencontres. J'ai accepté et suis partie à la découverte de ce *love & sexe shopping on line*. Meetic, Attractive World, Adopte un mec, Badoo, Net Échangisme, Gleeden, je me suis inscrite sur tous et ai dialogué avec minimum cinq hommes par site pendant un mois.

J'ai fait une overdose avant d'avoir fini mon article. De la souffrance, de l'espoir maladif, de la solitude, voilà tout ce que je rencontrais. Des âmes qui suppliaient le ciel de leur envoyer l'amour de leur vie, celui qu'elles attendaient désespérément depuis des années, quand ce n'était pas du sexe pour du sexe, bestial, égoïste et creux. J'ai achevé mon article, me suis désabonnée de tous ces sites et suis restée seule.

Je n'ai pas réalisé tout de suite que je tombais. J'avais déjà trébuché en laissant des hommes que je ne désirais pas avoir accès à mon corps. Je ne vibrais plus en communion mais en désunion, mon imagination contre mon âme.

Fin juin, je me suis cassé la gueule.

Se sent-on s'effondrer ? Y a-t-il un mot, un acte, un regard qui nous fait atteindre le point de non-retour ? Perd-on le contrôle à la seconde où l'on accepte le premier cacheton d'ecsta ou à celle où l'on dit oui au serrement de son cou jusqu'à l'asphyxie ?

Je ne savais plus aimer, je ne savais plus toucher un homme non plus. Je m'étais perdue dans la masse des peaux qui continuaient de hanter la mienne bien après l'acte achevé. Je comprenais enfin le roman de Pascal Bruckner, *L'Amour du prochain*. On ne pouvait pas aimer tous les hommes impunément, le corps n'était pas fait pour ça, l'esprit non plus. J'avais voulu leur donner à tous l'amour qui ruisselait en moi ; en réalité, je n'avais fait que leur saupoudrer des ersatz de sentiments au nez. Je m'étais cru riche d'une eau abondante quand je n'étais qu'une rivière desséchée. Un fleuve en crue. Je ne savais plus aimer. Pire : je me haïssais.

Le SM est arrivé naturellement, comme la continuité d'un sillon déjà trop creusé.

Pour la première fois, j'avais une raison d'aimer souffrir, puisque cette souffrance me procurait une jouissance démultipliée. Pour la première fois, je pouvais m'abandonner totalement entre les mains d'un autre, sans penser ni désirer plus que la lâche délectation de l'évasion.

Et je me suis laissé emporter, manipuler, étrangler, couler. Je me suis laissé avilir pour mieux atteindre le silence du néant.

38

Les ombres de la salle emplissaient les corps dans une danse macabre. Il faisait chaud, sans doute pour mieux étourdir les esprits. J'ai descendu les marches lentement, les poignets enserrés dans des lanières en cuir qu'Axel tenait fermement dans mon dos. Ma jupe remontait à chaque pas que je faisais. Le cuir glissait sur mes bas, mon string et la blancheur de mes fesses. Je me concentrais sur mes pas pour ne penser à rien, ni à mes seins, effrontément exposés dans un bustier ouvert par des lacets, ni à ma peur, muselée au fin fond de mon être. J'avais dit oui, j'irais jusqu'au bout.

Des talons aiguilles de douze centimètres de haut alourdissaient ma marche. Je me focalisais sur eux, ainsi que sur les ordres d'Axel. J'étais devenue sa chose, son esclave, payée très cher : neuf dîners, autant de bouteilles de vin et de champagne, un ensemble de lingerie neuf et l'entrée dans ce club. Axel me protégeait. On n'abîme pas un objet de valeur.

L'escalier descendu, il m'a poussée vers la pièce du fond. J'ai croisé d'autres femmes, vêtues/dévêtues de tenues similaires à la mienne, certaines avec les mains attachées, d'autres tenues en laisse. J'ai détourné les yeux, révulsée.

Je ne voulais pas qu'on me rappelle ce que j'avais moi-même accepté de vivre : cette soumission. Pourtant, je ruisselais. Pire, je sentais monter en moi des désirs obscurs d'avilissement et de souillure. Le désir de faire du mal aussi. Je voyais ces filles et j'avais envie de labourer leurs corps de mes ongles. Je les haïssais d'ouvrir effrontément leurs bouches, leurs cuisses, leurs orifices les plus sacrés.

Axel m'a poussée en avant. J'ai relevé la tête, plus hautaine encore. Mon âme devait pleurer, quelque part là-haut. Je m'en fichais. Je désirais cette maltraitance, savoir jusqu'où j'irais et connaître le fin fond de mes limites, celles de ma peur autant que celles de ma résistance à la douleur et à l'humiliation. Il me semblait que plus je me soumettais, droite et fière, plus j'étais grande. Alors je voulais être maltraitée, et en redemander.

J'ai pénétré dans la salle. Un lit rond, immense, trônait en son centre. Une femme y était attachée sur le ventre, les poings liés dans le dos, les cuisses écartées et la culotte arrachée. À l'instant même où je l'ai aperçue, un homme s'est approché d'elle et l'a fouettée. La chair de ses fesses s'est ourlée de vagues en même temps que le cri qu'elle a poussé. Puis des marques rouges sont apparues sur sa peau, là où le fouet l'avait touchée. Mais un autre coup les a aussitôt effacées pour les faire renaître plus vives encore.

Je me suis sentie tétanisée. La réalité avait rejoint mon imagination et je n'étais plus certaine d'être si forte.

Mes muscles ont profité de cette entente inespérée entre ma volonté et ma déraison pour réveiller mon corps et le mettre en branle. Mais à peine ai-je esquissé un mouvement de fuite qu'Axel m'a attrapée par les cheveux et a tiré violemment dessus. Je suis tombée à genoux sur le sol froid de la pièce, à genoux. Il a tourné ma tête vers le lit et m'a obligée à regarder la fille se faire sodomiser. Mes larmes se sont mises à couler. Je ne voulais plus être là, ça allait trop loin.

Je n'ai pas contrôlé la suite. Soudain, ses mains ont enserré mon cou. Les miennes étaient toujours attachées dans mon dos, je ne pouvais pas lutter. J'ai essayé de me relever pour lui assener un coup mais, déjà, je n'avais plus de force. Mes pensées s'étaient échappées avec mon désir, ma colère et ma peine. Mon crâne me faisait horriblement mal et il me semblait que mes yeux allaient éclater tant je les écarquillais de terreur.

Axel a serré plus fort. Je me suis sentie partir. J'ai essayé de penser mais je n'y arrivais pas. Je ne voulais pas mourir, c'était la seule phrase qui tournait en boucle dans mon esprit. J'avais peur et je ne voulais pas mourir.

Soudain, une douce lumière est apparue et j'ai cessé de lutter. Au contraire, je me suis abandonnée à elle, bienheureuse. Une luminosité chaude et protectrice caressait mon visage. J'étais dans un paysage de lait, rond, clair et frais comme une bergère dans sa campagne. Je n'entendais plus rien que le silence et le bourdonnement de l'éternité, tel un chant imprononcé. J'étais en paix.

J'ai fixé la lumière. Tout le reste avait disparu. Moi aussi j'avais disparu. Le rouge ambré a envahi mon regard, puis le blanc autour, effaçant le moelleux des couleurs.

Combien de temps a passé ? Je n'en ai aucune idée. Les contours sont revenus en premier, confus. Petit à petit, j'ai distingué Axel comme une possibilité visuelle. Ses yeux d'abord, son nez ensuite et les mèches de ses cheveux qui descendaient sur son front enfin. Puis les couleurs se sont précisées et j'ai discerné le décor autour de son visage, la pièce où je me trouvais. Les sons sont revenus juste après.

Je n'avais plus aucune volonté. Je souriais bêtement à l'homme qui me tenait attachée, sans comprendre ce qui m'était arrivé ni où j'étais allée. Il me semblait que je l'aimais et que je n'étais plus qu'amour.

J'ai esquissé un geste mais Axel a de nouveau serré ses mains autour de mon cou. Je n'ai pas compris, pas bougé non plus. Mon corps, lui, avait saisi et il en redemandait. Il voulait retourner là-bas. J'ai attendu, mes yeux ancrés dans les siens le suppliant, fiers mais soumis.

Lentement, Axel a déployé son index le long de mon cou, puis il l'a redressé sous ma mâchoire et a poussé dessus, à peine. Ma tête s'est pourtant relevée. Il a poussé un peu plus. Elle a basculé en arrière. Les larmes me sont montées aux yeux. J'avais quitté mon corps, un autre le possédait, il était entré en lui et le contrôlait comme jamais aucun homme ne l'avait fait auparavant. Moi, j'étais prisonnière de mon cerveau et de mes neurones qui semblaient se volatiliser un peu plus à chacun de ses ordres.

Axel s'est accroupi et a considéré mes cuisses fermées. Amusé, il a poussé sur mon genou droit — qui s'est ouvert —, puis sur le gauche — qui a fait de même —, offrant mon sexe à sa vue. Je me suis affolée. Tous des fourbes, ces morceaux de moi qui me trahissaient en plein cœur de l'assaut. Marc Aurèle aurait perdu Rome si ses troupes avaient été aussi faibles. Comme en territoire conquis, Axel a écarté le tissu de mon string, a passé un doigt à l'intérieur de mes lèvres puis l'a retiré, trempé, et me l'a fait lécher. Je n'osais même plus regarder ailleurs que dans le fond de son regard, de peur de me faire corriger.

Il m'a relevée en me tirant par les poignets et m'a poussée de force sur le lit. La femme fouettée avait été détachée. Je me suis retournée vers mon tortionnaire, le regard agrandi de terreur. Il a tiré sur mes cheveux pour me forcer à cambrer les reins puis m'a pressée sur le ventre. J'ai entendu sa ceinture se défaire, son pantalon se baisser, puis un préservatif être enfilé. Je n'ai pas eu le temps de m'enfuir. Il m'a pénétrée d'un coup sec. Je ruisselais. Son sexe a glissé en moi, m'arrachant un cri de douleur.

Les autres nous regardaient, s'approchaient. Je ne voulais pas. Je me suis débattue et j'ai crié. Axel a alors attrapé ma gorge et l'a serrée. Le rouge est revenu, le soleil, le blanc, la torpeur, et je suis repartie là-bas, dans ce monde où les pensées n'existaient plus. Seule demeurait la sérénité du vide.

39

Je ne souffrais pas. Je scrutais les marques sur mon corps et ne ressentais rien, ni fierté ni douleur. J'étais comme anesthésiée. Les mots défilaient devant mes yeux : avilissement, mort, suicide, mais je ne les comprenais pas. Ils n'étaient que des lettres accolées les unes aux autres pour former des graphismes étranges. Je crois même que je riais intérieurement de me sentir si forte. J'étais devenue invincible. Mon cou était couvert de marques rouges, mes poignets de bleus, et mes côtes et cuisses de griffures, mais j'étais vivante. Et il me semblait que plus je me soumettais, plus j'acquérais du pouvoir. J'étais certes l'esclave d'Axel, mais il était tout autant le mien, l'esclave de ma soumission, de ma volonté à le suivre, à revenir et à me laisser menotter, étrangler, fouetter, nuit après nuit. Axel jouissait de la souffrance qu'il m'infligeait, par identification.

Les jours se sont écoulés. Petit à petit, la raison m'est revenue et je suis sortie de mon état anesthésique. Les regards de défi que j'adressais aux gens dans la rue quand ils observaient les marques sur mon corps se sont transformés en regards de défiance. Quatre lettres de plus qui changeaient tout. Je n'allais pas dans la bonne direction, je le comprenais enfin. Les matins post-SM me laissaient un goût nauséeux dans la bouche que je m'empressais de camoufler derrière un thé chaud et du pain frais. Mais je n'étais plus dupe de moi-même. Les mensonges que je m'adressais ne me convainquaient plus.

J'ai débouché une bouteille de vin et m'en suis servi un verre que je suis allée boire sur mon balcon. Mon réfrigérateur était vide. Mes placards aussi. Un paquet de riz se disputait avec des sardines en conserve, une boîte de thé et une bouteille de lait. Il fallait que j'aille faire des courses mais je n'avais plus d'énergie le jour, plus de volonté non plus. Je donnais tout la nuit.

Je me suis assise sur la dalle de la porte-fenêtre et j'ai allumé une cigarette. Lasse, j'ai contemplé les nuages. Le vin, le tabac, le ciel. Un tableau idéal. J'ai pensé à Ganaël et à tous les hommes qui m'avaient touchée. Eue. Je n'étais pas libertine, je le savais, ni sadomasochiste. Je n'étais pas non plus l'une de ces peoples débauchées qui consumaient la vie jusqu'à l'overdose avec l'absolution du peuple en couverture. Les légendes sur les dieux de l'Olympe parlaient toutes de trahisons, d'infidélités, de jalousie, de vengeance et de meurtres, mais je n'étais pas non plus une déesse. Je n'en avais pas l'étoffe. J'étais une mortelle dont les égarements allaient lui coûter la vie, le cœur éclaté d'un trop-plein d'actes non désirés accomplis. Sauf que j'étais incapable de retourner sur le bon chemin, celui de la vie, de l'amour et du respect.

Les visages ont défilé devant mes yeux, ceux des acteurs, actrices, journalistes, politiciens, hommes et femmes d'affaires qui avaient accepté l'inacceptable pour accéder au pouvoir. Voulais-je devenir comme eux, à me noyer chaque soir un peu plus dans mon verre d'alcool tout en affichant un sourire impeccable et une repartie acerbe, le ventre toujours plus gras et le teint plus lourd ?

J'ai délaissé mon verre et ma cigarette, enfilé une veste, une paire de baskets et suis partie marcher. En chemin, j'ai scruté les corps, les peaux, les cernes ainsi que les marques de souffrance dessinées sur la physionomie des gens que je croisais. Les fumeurs avaient le visage fade et desséché, les lèvres craquelées, surtout celle inférieure, et les dents noircies. Les buveurs portaient de lourdes poches sous les yeux et un teint rouge et bouffi, comme si leur peau appelait à l'aide, surchargée d'une eau retenue dans ses cellules par manque de capacités drainantes. Les *work-addicts* marchaient trop vite, leurs membres longilignes accentuaient leurs mouvements rêches et saccadés, mécaniques. Ils souffraient probablement des articulations. Mais les pires étaient incontestablement les drogués. Tout se consumait en eux, et leur cercueil se dessinait déjà dans leurs regards éteints.

Était-il si difficile de s'aimer ? J'ai marché quelques mètres encore, avisé une impasse déserte et m'y suis engouffrée. Mes poings ont frappé le mur sans que je les maîtrise. J'ai hurlé de douleur, hurlé ma haine de moi-même, avant de m'affaler sur le sol, tout en pleurs et en cris.

Je n'avais pas la force de me sortir de là toute seule. Je n'avais pas non plus le courage d'appeler à l'aide. De toute façon, Brice était reparti en Afrique, Astrid était en séminaire à Lyon, Rachel et Laureen trop prudes pour entendre mes confessions, Lucas trop parfait pour que je supporte ses sermons et Olivier n'avait plus de temps à me consacrer depuis qu'il suivait servilement son candidat chéri dans sa campagne présidentielle. Restait Benoît qui comme à l'accoutumée n'entendait ni mes mots ni ma détresse, surtout pas à travers l'insolence qui émanait de moi depuis que mon corps luttait avec la mort. Benoît n'a rien remarqué quand je me suis rendue chez lui, pas même les marques sur mon cou.

Son appartement était plongé dans le noir, son lit défait et une cafetière à moitié vidée trônait sinistrement sur la table de sa cuisine. Une publicité vivante pour la dépression. Je n'osais pas scruter sa peau, de peur d'y constater des cratères de délabrement. Benoît m'a prise dans ses bras et m'a serrée de toutes ses forces contre lui, comme s'il n'avait pas vu un être humain depuis des semaines. Ses mains ont glissé le long de mon corps. Je me suis laissée faire. Et affolée de constater à quel point je ne ressentais rien. Benoît m'a fait l'amour. J'ai attendu que mon corps s'anime, désire une caresse, un baiser, un regard mais rien n'est venu. Mon corps n'a rien désiré et, moi, j'ai pâli un peu plus. J'étais devenue dépendante à la souffrance. Je ne savais plus jouir autrement qu'en étant étranglée.

40

Les cocktails s'enchaînaient, les regards, les tenues, les mains, les visages. Axel s'était rendu au premier étage avec une femme. Il m'avait proposé de l'accompagner mais j'avais refusé. Je voulais fumer, seule et retrouver les chevaux. Je voulais me coucher à 20 heures et me lever aux aurores pour aller galoper face au jour naissant. Enfiler un jogging, une paire de baskets et courir le long des plages bretonnes, le visage rougi par le froid et la pluie.

Le jeune homme que j'avais aperçu la veille a pris place au bar à côté de moi et a observé les deux filles qui se déhanchaient sans pudeur sur les barres de *pole dance*. Je me suis tournée vers lui.

Il n'était pas comme les autres, il n'était pas là pour le sexe, ça se voyait. Son regard luisait d'une attente contenue. Laquelle ? Je lui ai offert un verre. Puis un autre. Nous avons à peine parlé. Ses yeux disaient tout : la vie, immense, la mort, tout aussi forte. Il était grand et musclé, vraiment beau, bâti comme une cathédrale romane, le corps ciselé, fin et dur à la fois. Ses pectoraux saillaient sous son T-shirt. Sa carapace physique était infranchissable.

Nos verres vidés, j'ai enfermé sa main dans la mienne

et l'ai entraîné dans une pièce à l'écart. Il m'a suivie docilement. J'ai refermé la porte derrière nous. Il a attendu, toujours sans prononcer un mot.

Je me suis approchée de lui, puis j'ai posé mes mains sur son T-shirt et caressé son corps à travers lui. Je ne savais pas qu'on pouvait avoir un torse aussi musclé. J'avais l'impression de toucher un corset en métal. Il m'a fixée sans ciller. J'ai attrapé les bords de son vêtement et l'ai fait passer par-dessus sa tête. Sa peau est apparue, couverte de tatouages : têtes de mort, poignards, crucifix. Je les ai parcourus un à un, imaginant ce qu'il avait vécu à travers les images qu'il avait choisies. Je ne savais pas quelle souffrance le sous-tendait mais elles luisaient, béantes, sur ses chairs. Une lutte avec la mort, donc avec la vie aussi.

Mes doigts ont frôlé l'un de ses tétons. Il n'a rien dit. J'ai relevé les yeux vers lui et l'ai pincé. Il n'a pas bougé. J'ai pincé plus fort. Il a eu mal, je l'ai lu dans ses yeux, mais il n'a pas esquissé un seul geste. J'ai déplacé ma main de quelques centimètres vers ses côtes et ai lacéré violemment sa peau. Il est resté de marbre. Mes sens se sont affolés. J'étais face à un bloc de béton, un guerrier avec lequel je jouais dangereusement. Car mon corps à moi était sensible et délicat, bleuissant au moindre choc.

Pourtant, j'ai continué. J'ai lacéré son corps, griffé son ventre, appuyé sur sa glotte. Il ne bougeait pas. La peur grandissait dans mes yeux mais je ne m'arrêtais pas. Je voulais savoir jusqu'où il irait. Et pourquoi. Quelle était cette peur qu'il cachait sous la maîtrise totale de sa souffrance ?

Au bout d'un moment, harassée, j'ai cessé de le maltraiter. Il m'a dévisagée froidement.

— Tu as fini ?

J'ai su que j'allais payer. Que c'était à mon tour. J'ai attendu une seconde, puis deux. À la troisième, j'étais par terre, le bras droit tordu et le corps immobilisé sous le sien.

Jamais encore je n'avais eu aussi mal. Même Axel, au cœur du jeu, retenait ses coups, ses griffures, ses morsures. Benjamin a fait de mon corps une plaie béante, tout en le couvrant de baisers.

Soudain, au beau milieu de notre corps à corps, il m'a plaquée contre le mur et mon épaule a émis un crac dangereux. La frayeur a instantanément empli son regard et j'ai enfin compris pourquoi il était là. Il avait peur de lui-même, de sa force, de ne pas réussir à se maîtriser et de véritablement blesser sa partenaire.

Mon épaule allait bien, j'avais juste besoin de quelques minutes pour que la douleur s'en aille. Je lui ai demandé s'il avait déjà violenté une femme. Il m'a avoué qu'il arrivait à la sienne de s'enfermer dans leur salle de bains par peur de lui. Alors il devenait fou, se maudissait, allait boire dans un bar et ne revenait qu'à la nuit tombée. Sa femme et lui voulaient faire un enfant. Mais comment en faire un alors qu'il pouvait les tuer tous les deux dans un accès de violence ? me murmurait son regard. Il ne se connaissait pas, ne s'aimait pas, ne savait pas non plus se contrôler.

Mon épaule ne me faisait plus mal. Je me suis redressée face à lui et je lui ai ordonné de laisser éclater sa colère, d'aller jusqu'au bout de sa force, de tout sortir. Il m'a repoussée.

— Tu es folle. Je vais te tuer.

— Non, je te ramènerai. Et tu cesseras enfin de jouer à *Dr Jekyll et M Hyde*.

Benjamin m'a dévisagée, médusé et empli d'un espoir fou à la fois. J'étais la promesse qu'il espérait tant, le vœu qu'il formulait tous les soirs en secret. J'allais le ramener avec mes mots, ma douceur et ma force intérieure. J'allais le forcer à s'aimer au-delà de la honte liée à ses pulsions. Mais aussitôt après, Benjamin a hoché négativement la tête, arguant que ça ne marcherait pas et qu'il allait me tuer. C'était une possibilité, pourtant une voix me soufflait que ça ne se produirait pas. J'avais confiance en moi. Surtout, je ne voulais pas qu'il perde l'amour de sa vie comme j'avais perdu le mien.

Je ne peux pas raconter la suite. Ou plutôt je ne le veux pas. Parce qu'elle n'appartient qu'à nous deux et que personne ne pourrait comprendre qu'aux frontières de la mort, de l'absolu et de la torture nous nous sommes aidés, véritablement, et que c'est mon regard débordant de tendresse dans le sien qui l'a fait revenir.

Quand Benjamin s'emportait, sa femme le dévisageait avec terreur et désamour, ce qui avait pour effet d'augmenter sa haine de lui-même et de le rendre plus incontrôlable encore, enclenchant un cercle vicieux. Durant les heures que nous avons passées ensemble, jamais je n'ai cessé de regarder Benjamin avec douceur, même quand mes larmes ont ruisselé de douleur le long de mes joues. Je l'ai aimé pour lui, pour l'intégralité de sa personne et, par mon amour, je lui ai permis de s'aimer en retour. Il n'était plus ce monstre. Il pouvait enfin vivre.

Nous nous sommes endormis au petit matin dans un hôtel de la rue d'Amsterdam. Mon corps était en lambeaux et mon esprit heureux.

J'ai revu Benjamin six mois plus tard, en janvier. Sa

femme était enceinte. Nous avons cheminé côte à côte jusqu'à Montmartre. Arrivés en haut de la butte, il m'a enlacée tendrement puis m'a murmuré « merci » à l'oreille. Il n'était pas guéri, ne le serait sans doute jamais mais, désormais, il arrivait à se maîtriser, seul, au lieu de se fuir et s'enfuir.

Personne ne m'avait touchée depuis la nuit que nous avions passée ensemble. Et je n'étais pas certaine d'être tout à fait réparée de ce que nous avions vécu. Les bleus au corps s'étaient effacés plus vite que ceux à l'âme, si tant est qu'ils puissent s'effacer un jour. Il y a des voyages dont on ne revient pas. Sans doute avais-je eu besoin de cette noirceur pour trouver la beauté. Je pensais souvent à Frida Kahlo et à cette phrase la caractérisant : « C'est en puisant dans son enfer personnel que Frida a trouvé son paradis. »

Axel était sorti de ma vie. Le SM aussi, ainsi que le silence de là-haut. Telle une droguée, je réapprenais chaque jour à vivre dans la lumière, sans artifices ni béquilles pour me tenir.

Benjamin me tenait toujours dans ses bras et, soudain, j'ai compris que tous les hommes que j'avais connus, toutes ces peaux, ces histoires et ces moments partagés, m'avaient menée à moi. En me poussant dans mes retranchements, jusqu'aux limites de la haine, à m'obliger à me regarder en face et à affirmer mon identité, les hommes m'avaient appris à m'aimer.

À présent, j'étais libre d'être.

DEUXIÈME PARTIE

41

Je portais des baskets. Je porte toujours les chaussures qu'il ne faut pas au moment des grandes rencontres. Ou alors je suis mal habillée ou pas maquillée. Mais était-ce une grande rencontre ? Il avait trente-cinq ans, était ingénieur aéronautique, grand, brun, avec les yeux sombres et le teint hâlé. L'archétype du physique à la mode.

Je portais des baskets car je revenais d'un déménagement. Astrid venait de déplacer son 40 m^2 de la porte d'Italie à Wagram. Sept années de souvenirs de vie parisienne à transporter d'un bout à l'autre de Paris.

Mes épaules me faisaient atrocement souffrir, la droite surtout, qui ne se remettait pas de la descente du piano dans la cage d'escalier suivie de sa montée dans une autre cage d'escalier. Je me suis arrêtée au bord du canal Saint-Martin pour les masser et j'en ai profité pour admirer la péniche qui s'avançait.

Je ne l'ai pas remarqué tout de suite. Absorbée que j'étais dans la contemplation du passage d'écluse, c'est le frémissement du vent qui m'a fait tourner la tête vers les arbres et l'apercevoir. Il lisait un livre, seul, à l'ombre. Je sentais encore la transpiration et mes cheveux étaient collés en une masse informe sur mon crâne ; néanmoins, il a relevé les yeux vers moi et m'a souri. Je lui ai rendu son sourire avant de me perdre à nouveau dans l'observation de ma péniche.

Il s'est levé et m'a rejointe.

— Excusez-moi, mais peut-être pourriez-vous m'aider ?

Je rougissais à la plus insignifiante occasion, alors forcément j'ai rougi. Ses lèvres se sont étirées subtilement. Les hommes tombaient amoureux de cette réaction défensive de mon corps, croyant qu'elle leur était adressée ou, tout au moins, qu'ils en étaient responsables. En vérité, je rougissais quand j'avais chaud, froid, quand j'étais intimidée, le centre d'attention, quand je racontais une blague, quand je travaillais trop, quand je téléphonais pendant des heures ou quand j'éprouvais du désir. Mais les hommes ne retenaient que la dernière possibilité.

Il s'est assis à côté de moi et a refermé son livre sur ses genoux. J'ai lu le titre : *Aeronautics Aircraft Spotters' Handbook*. Ça avait l'air sérieux.

— Voilà, a-t-il expliqué, pourrais-je vous emprunter vos mains pendant trente secondes ?

Je l'ai dévisagé, ahurie.

— Vous êtes sérieux ?

— Tout à fait ! C'est pour faire un exercice de résistance et vérifier cette donnée physique exprimée dans le livre. S'il vous plaît, ça m'aiderait beaucoup.

Je suis restée stupéfaite. Mais pourquoi pas, après tout ? J'ai acquiescé. Il m'a remerciée, s'est agenouillé face à moi et m'a détaillé l'opération. Il allait appuyer fortement sur ma paume, bras tendu, et je devrais résister pendant trente secondes. Après quoi, il lâcherait mon bras. J'ai tendu la main et me suis concentrée. Il a appuyé dessus. J'ai lutté pour garder mon bras à l'horizontal. Les trente secondes m'ont paru durer une éternité. Discrètement, j'ai dérivé mon regard jusqu'à son visage, mais mon inconnu fixait nos mains. J'ai fait de même, de peur qu'il me surprenne en train de le dévisager.

Trente. Il a relâché sa pression. Mon bras n'a pas bougé. Il a semblé déçu.

— Ce n'est pas ce que vous espériez ?

— Non.

— Peut-être est-ce ma faute ? Vous devriez essayer avec quelqu'un d'autre.

— Pourquoi ? Vous avez un corps différent de celui des autres ?

J'ai rougi de plus belle. Il a jeté un bref regard à ma poitrine puis a détourné les yeux.

— Pardon, je voulais dire un bras.

J'ai sorti une bouteille d'eau de mon sac et en ai bu une gorgée. Comment pouvais-je être à ce point écarlate et intimidée, moi, la faucheuse d'hommes qui s'était dandinée en sous-vêtements en club échangiste ?

— Ça vous arrive souvent de vous livrer à de telles expériences avec des inconnues ? me suis-je enquise. À moins que ce ne soit votre technique de drague ?

Il a éclaté de rire.

— Non, pardon, j'avais vraiment la tête dans ce bouquin et je n'étais pas d'accord avec ce qui y était dit.

— Si vous m'expliquez la donne, on se tutoie ? Je n'ai pas fait Polytechnique mais ça m'intéresse.

Arnaud m'a raconté. Je l'ai écouté, transportée, non pas par la matière de ses recherches mais par sa passion pour elle. Rien n'est plus beau que d'entendre un individu parler de ce qui l'emplit, que ce soit du sport, de l'art, de la science ou un enfant. J'aime les gens passionnés. Ils sont ma nourriture, l'écho de mes propres batailles.

Son cours achevé, nous sommes allés boire un verre. Arnaud habitait de l'autre côté de la Seine. Parisien d'origine, il passait son temps à voyager pour sortir de cette « facilité de vie qui le désenchantait », comme il me l'a expliqué. Ses parents lui avaient légué un gros capital qu'il dépensait en expériences spirituelles. Ce qu'il entendait par là, je n'en étais pas certaine, mais ça avait l'air insolite et plutôt drôle. À trente-cinq ans, il était toujours étudiant. Une tête, qui n'en avait jamais assez d'apprendre. Moi, je voulais une famille, des enfants. Je n'avais pas d'avenir avec un tel homme. Mais Arnaud avait des yeux de Peter Pan, et ces yeux-là m'ont toujours fait craquer.

Nous nous sommes embrassés au bord du canal, après avoir discuté pendant plusieurs heures à la terrasse d'un café. Arnaud était grand, presque trop pour mon corps non rallongé de talons.

Il m'a raccompagnée jusqu'à la porte de mon immeuble qu'il n'a pas franchie. Je voulais prendre une douche, être seule surtout. Je n'avais pas partagé de moments intimes avec un homme depuis Benjamin et n'étais plus sûre de le vouloir. Pas dans l'immédiat en tout cas, ni comme ça. J'avais tellement de choses à réapprendre.

J'ai ouvert le robinet d'eau chaude à fond, comme chaque jour depuis six mois. Il me semblait encore sentir la peau des hommes sur la mienne. J'ai attrapé le gant de crin et frotté chaque centimètre carré de mon corps.

Une fois décapée, je suis sortie de la douche et me suis

enduite de crème. La douceur après la maltraitance. Un reste de SM…

Je me suis endormie en pensant à Arnaud.

Nous nous sommes vus régulièrement le mois suivant. Arnaud voulait tout savoir sur moi, lisait tous les articles que j'avais écrits et regardait tous les films sur lesquels j'avais travaillé. Suite à quoi il me posait des tas de questions. Pourquoi ci, pourquoi ça, est-ce que je pensais réellement que la passion était immuable ? Et cet acteur, comment était-il dans la vraie vie ? J'avais du temps et étais également très curieuse. Je me suis intéressée à ses recherches, puis j'ai rencontré sa famille.

Arnaud avait un grain de peau doux et fin, mais je n'aimais pas son odeur au réveil. Trop forte et trop épicée. Ça aurait dû m'alerter. Mon corps me disait qu'il ne vibrait pas en harmonie avec le sien. Mais je n'étais pas tombée amoureuse depuis des lustres, or ça faisait tellement de bien. Car je suis tombée amoureuse d'Arnaud, un soir où il m'a raccompagnée chez moi en voiture. Je m'étais endormie sur son épaule, j'étais *stone*. Arnaud a freiné et a immédiatement posé sa main sur ma joue pour retenir ma tête. J'ai senti son geste dans mon sommeil et tout s'est mis à couler en moi. La tendresse existait ailleurs que dans les bras de Ganaël. D'autres pouvaient également être attentionnés envers moi. Arnaud l'était en tout cas. Arnaud faisait attention à mes goûts, à mes envies et à mes désirs, il m'emmenait dans les restaurants que j'aimais et en week-end dans les capitales dont je lui vantais la beauté. Certes, il me parlait souvent de réincarnation et faisait un peu trop attention aux « signes » que lui adressait l'univers. Mais, moi-même, j'étais instinctive et je prenais ça pour une marque d'écoute intérieure. Une sagesse spirituelle faite de conscience existentielle. Ça ne m'inquiétait donc pas.

Au début, tout du moins.

Tout a changé après mon accident.

42

J'étais au téléphone avec Olivier. Il me faisait rire en me racontant les tics de notre potentiel futur président de la République. Est-ce qu'il était heureux depuis qu'il avait été licencié ? C'était surtout ça que je désirais savoir. Plus ou moins, me répondait-il en insistant autant sur le plus que sur le moins. J'aurais voulu que ce soit un grand oui mais c'était déjà mieux qu'un non. Olivier voulait me faire goûter les lassis à la rose, une boisson indienne qu'un restaurant du 8e arrondissement de Paris préparait à merveille. Nous nous sommes donné rendez-vous le lendemain à 17 heures. J'ai raccroché, le sourire aux lèvres. Je n'avais pas revu Olivier depuis près de six mois et il me manquait comme un petit frère de cœur, un camarade de jeu lointain avec lequel on partage des souvenirs indélébiles. J'ai traversé entre deux voitures, sans remarquer le scooter qui arrivait.

J'ai rouvert les yeux dans une chambre blanche, aseptisée, une perfusion dans un bras et un bracelet portant mon prénom sur l'autre. J'avais deux côtes cassées, la jambe gauche en charpie et le coccyx fêlé. Respirer était un combat douloureux. Mes parents se tenaient à mon chevet. À peine ai-je ouvert les yeux qu'ils m'ont couverte de baisers, puis engueulée. Je me suis retenue de rire. Ça faisait trop mal.

Arnaud est arrivé quelques heures plus tard. Je me suis tendue dès que j'ai aperçu son regard, distant et anxieux. Il s'est approché de moi et m'a embrassée froidement, comme si c'était une corvée qu'il s'infligeait. Je l'ai repoussé brutalement.

— Je suis si moche que ça ? Ne m'embrasse pas si je te dégoûte !

— Ne dis pas de bêtises, m'a-t-il rabrouée.

Il a rapproché de mon lit l'une des deux chaises que contenait la chambre et a pris place dessus.

— Tu en as pour combien de temps ?

— Je sors dans trois jours. Ensuite, repos chez moi sans bouger pendant quinze jours, puis je devrai y aller mollo pendant encore un mois. Et pas de sport ni d'efforts physiques intenses pendant cinq ou six mois.

Il a hoché la tête. J'ai plaisanté :

— Tu crois que ça inclut le sexe ?

Ma blague est tombée à plat. Arnaud était ailleurs, visiblement tourmenté. J'avais expulsé toute la force que je possédais dans les quelques phrases prononcées. Mon souffle n'était plus qu'un mince filet d'air. Toutefois, son air coincé m'inquiétait trop. J'ai pris sur moi pour poursuivre la conversation :

— Qu'est-ce qu'il y a, Arnaud ?

Il a soupiré.

— Rien. Je note la coïncidence, c'est tout.

— Quelle coïncidence ?

— Au moment où on évoque la possibilité de vivre

ensemble, t'as un accident. C'est un signe, Estelle, l'univers qui nous dit qu'on se trompe de chemin. Pire, qu'on ne doit peut-être pas être ensemble.

What the fuck ? ? ? Si j'avais pu crier, je l'aurais fait. Mais ma cage thoracique était trop douloureuse pour m'offrir la possibilité de m'emporter.

La veille de mon accident, Arnaud lisait un énième livre sur la synchronicité. Curieuse, j'avais parcouru la quatrième de couverture qui m'avait donné à penser que le livre était plus un traité métaphysique qu'un charabia de charlatan. Je me posais la question à présent. Jusqu'où Arnaud allait-il aller dans ses conversations subliminales avec Dieu ?

J'ai rétorqué doucement, parce que je n'avais pas le choix :

— Je me suis fait renverser par un scooter, Arnaud, je n'ai pas eu une apparition divine.

Il s'est emporté sur-le-champ :

— Mais putain, Estelle, comment crois-tu que Dieu nous parle ? Tu devrais le savoir depuis le temps que je t'explique que les coïncidences n'en sont pas !

— Et si je m'étais cassé une dent, j'aurais dû changer de métier ?

Il m'a jeté un regard noir. J'ai fermé le mien, fatiguée. J'en avais marre de ses articles sur la médiumnité, les dons de guérison et l'existence des anges. En fait, j'en avais marre de tout ce qui touchait de près ou de loin à la spiritualité. Depuis des semaines, Arnaud me décortiquait le phénomène de synchronicité qui, selon lui, était une manifestation du divin. Puisque Dieu ne pouvait pas nous exprimer directement les choses, il nous témoignait sa volonté par l'intermédiaire de signes, de rencontres ou de rêves. J'étais la première à ne pas croire aux coïncidences, sauf que, pour moi, cela ne relevait pas d'un dessin céleste mais de notre faculté mentale à percevoir ce que nous désirions percevoir. Et, puisque nos connexions neuronales étaient magnétiques, il était logique que nous attirions par nos pensées le positif ou le négatif qu'elles véhiculaient, à la manière d'aimants. Mais Arnaud n'en démordait pas. La réincarnation, les anges, les expériences de mort imminente, tout cela était très sérieux pour lui. Et j'étais trop faible pour argumenter. J'avais eu un accident, cela ne devait pas remettre en question notre emménagement. Mais pour Arnaud, si.

— Rien n'arrive jamais par hasard dans cette vie, a-t-il conclu.

Je n'ai pas répondu. Arnaud m'a parlé de cette voyante qu'il comptait aller voir, après quoi il est reparti, le regard encore plus froid qu'à son arrivée.

Je suis restée allongée sur mon lit, dans l'obscurité de la pièce, l'esprit autant embrouillé par les médicaments que par ses propos.

43

J'ai cru devenir folle les jours suivants. Arnaud m'a expliqué qu'il était allé voir sa voyante et avait discuté de mon « cas » avec elle, puis avec d'autres « individus branchés » sur les forums spirituels, et que la réponse n'était pas ce que je croyais. Je prenais des antidouleurs matin, midi et soir. L'après-midi, je faisais la sieste et, le reste de la journée, j'étais à moitié dans les vapes. Je l'ai écouté sans broncher, me remettant de plus en plus souvent et longtemps en question. L'avais-je réellement mis en danger par mon comportement irréfléchi ? L'univers me parlait-il ?

Je suis sortie de l'hôpital le matin du troisième jour. Ma mère m'a ramenée chez moi en taxi. Elle a rempli mes placards, mon réfrigérateur ainsi que mon congélateur d'aliments faciles à avaler — mâcher me faisait souffrir —, a fait installer une poignée à ma baignoire et un tapis antidérapant sur le carrelage de ma salle de bains, m'a cuisiné cinq litres de soupe maison et, enfin, a demandé à la gardienne de l'immeuble de passer me voir tous les matins afin de s'enquérir de mon état. Depuis trois jours, ma mère, mon père, ma sœur, mon frère et Astrid se relayaient à mon chevet. Je les remerciais tous sincèrement pour leurs attentions, mais à présent j'avais besoin d'être seule. J'ai adjuré ma mère de retourner auprès de mon père, lui promettant que j'allais bien et que je n'étais pas devenue manchote, même avec deux côtes cassées et un coccyx fêlé. Et puis, j'avais des tonnes d'amis pour prendre soin de moi, sans compter Arnaud. Après un centième baiser et une ultime recommandation, elle est repartie.

Je suis restée seule dans mon salon, assise sur le canapé, le fessier enveloppé dans un nid d'écharpes afin d'apaiser la douleur de mon coccyx, à contempler la vie au-dehors. Y avait-il un Dieu responsable de ce qui m'était arrivé ?

Arnaud est arrivé à 19 heures, une baguette de pain frais sous le bras. Ne lui manquait que le béret... Il a fait réchauffer un peu de soupe maison pour moi et a cuisiné des tagliatelles au saumon pour lui. Je nous ai servi deux verres de vin. Ce n'était pas recommandé avec les médicaments, mais j'en avais marre de ne boire que de l'eau et des tisanes. Arnaud m'a rejointe dans le salon. À peine a-t-il aperçu les deux verres de vin que sa mâchoire s'est crispée. J'ai cru qu'il allait m'engueuler, au lieu de quoi il a vidé son verre dans l'évier. J'étais stupéfiée.

— Tu ne bois plus ?

— L'alcool est un divertissement, Estelle. Je suis au-delà.

Et merde ! Mon mal de crâne est instantanément revenu.

— Au-delà de quoi, Arnaud ? Du plaisir ? Tu vas te transformer en moine bouddhiste ?

— Je dois purifier mon corps.

— Pourquoi ? C'est écrit dans *La Réincarnation pour les nuls* ?

Il m'a fusillé du regard, s'est servi un verre d'eau puis a pris place sur le pouf face à moi.

— Je pars au Pérou lundi prochain.

Je me suis étouffée en avalant de travers. Arnaud m'a regardée placidement tandis que je me débattais avec mes bronches. Enfin, j'ai retrouvé mon souffle.

— Ah bon ? ai-je baragouiné.

— Il y a un stage chamanique organisé par un maître que l'on m'a recommandé. J'ai discuté avec lui et il m'a confirmé que j'étais assez éveillé pour y participer.

Je n'ai pas relevé la partie « éveillé » et me suis concentrée sur le reste.

— Et ça consiste en quoi un stage chamanique ?

— D'abord en une purification du corps et de l'esprit grâce à des jeûnes et de longues heures de méditation. Ensuite tu bois l'ayahuasca, la boisson des chamanes, faite à base d'une plante très puissante qui te permet de partir dans l'autre monde et de comprendre ta mission de vie. Enfin non, s'est-il corrigé, d'abord tu rencontres ton animal totem, celui que tu as choisi dans cette incarnation et qui va te permettre de ne pas te perdre. Parce que c'est assez dangereux d'aller là-bas, en fait, tu peux ne pas revenir.

Je l'ai dévisagé, ahurie. Arnaud partait dans l'autre hémisphère en pleine forêt amazonienne, au milieu des moustiques, des serpents et des mygales, boire une sorte de drogue afin de se taper un mégatrip qui pouvait dégénérer en *bad trip* mortel. La routine, quoi.

J'ai écarquillé les yeux.

— Pourquoi tu fais ça ?

Il m'a considérée avec attention.

— J'ai longuement discuté avec la voyante, Estelle. Certes, tous les signes correspondaient au début : ton âge, ton apparence physique, ton ouverture spirituelle ainsi que le lieu de notre rencontre, mais peut-être me suis-je trompé ? Peut-être n'es-tu pas la personne qui doit m'accompagner dans cette vie ? Et c'est pour ça que tu as eu cet accident, parce que nous ne devons pas emménager ensemble, j'en suis persuadé à présent.

Ma soupe était froide. Je n'avais plus faim, de toute façon. Je voulais une cigarette et un verre de vodka. Ou de gin. De n'importe quoi en fait, dès l'instant que c'était assez alcoolisé pour m'enivrer.

— Ah, ai-je répondu.

Que pouvais-je dire d'autre ? Arnaud était devenu fou. Et moi, j'avais besoin de dormir.

— Tu pars ce lundi ?

— Oui. J'ai un avion à 11 h 15.

— Et tu rentres quand ?

— Dans trois semaines.

J'ai serré les dents.

— C'est gentil d'être là pour ma convalescence…

Son regard s'est adouci. Touché, il a saisi ma main et l'a serrée dans la sienne.

— Je fais ça pour nous, ma puce. Tu te rends compte de l'impact existentiel si je ne suis pas celui qui t'est destiné ? Demain, tu pourrais passer à côté de l'homme de ta vie et le rater à cause de moi !

J'avais déjà raté l'homme de ma vie. Rien de pire ne pouvait plus m'arriver désormais.

— Donc, si j'ai bien tout compris, ai-je récapitulé, ton totem va t'expliquer ta mission sur terre et te confirmer si je suis ou non la femme de ta vie, c'est ça ?

— Dans le meilleur des cas, oui. Mais le chemin

est long et compliqué. Tout le monde n'y arrive pas du premier coup.

— Et si tu fais une overdose, il est compétent, ton chamane, pour te ramener dans notre monde ?

— L'univers me protégera.

Évidemment.

Cette nuit-là, j'ai dormi loin d'Arnaud. Je n'avais pas envie qu'il me touche. Nous étions samedi. Le lendemain, il est rentré chez lui faire son sac. Je lui ai dit que ce n'était pas la peine de me rejoindre le soir, qu'il reviendrait seulement si son chamane lui en avait donné l'autorisation. J'étais ironique, bien sûr. Arnaud m'a remerciée d'être si compréhensive.

Il est parti le lendemain. J'ai passé la journée assise sur mon canapé, les fesses enveloppées dans le nid d'écharpes que j'avais confectionné pour soulager ma douleur, à contempler les nuages par la fenêtre. Je pensais à Ganaël. Je voulais retrouver l'époque où la simplicité de son sourire suffisait à me témoigner son amour.

44

Arnaud avait laissé une pile de livres sur la spiritualité chez moi. *Conversations avec Dieu, Dialogue avec l'ange, Les Familles d'âmes, Développer ses pouvoirs supra-naturels.* Je les ai lus un à un, avide de réponses aux questions qui se pressaient toujours plus nombreuses dans ma tête. Quand je l'avais rencontré, Arnaud faisait régulièrement la fermeture des bars. Quatre mois plus tard, il ne buvait même plus une gorgée de bière afin de purifier son corps. Étais-je passée à côté de l'essentiel ? Le médecin m'avait arrêtée trois semaines, je n'avais aucun tournage à préparer ni d'articles en cours. J'ai lu.

Six jours plus tard, j'étais fixée : la réincarnation existait. Plus encore, d'après ces livres, j'étais une passeuse, une âme faite pour aider celles de cette vie à rejoindre le monde d'en haut. Cela expliquait ces situations étranges que j'avais vécues sans pouvoir les comprendre. Mes rêves prenaient également du sens. J'étais protégée, j'avais une mission, et surtout j'avais choisi mon incarnation, ma famille. Je n'étais pas le fruit du hasard. Et je devais faire vite car mon nouveau cycle de vie avait commencé l'été passé. Il fallait que je parte méditer dans une grotte et que je me connecte aux annales akaschiques (sorte de mémoire cosmique, de nature éthérique, qui, telle une pellicule sensible, enregistre les événements du monde) afin de récupérer l'enseignement perdu.

J'ai lu sans m'arrêter les quatre jours suivants, m'interrompant uniquement pour boire un bol de soupe aux heures des repas suivi d'une Danette au chocolat. Le soir, déboussolée, je m'asseyais sur mon balcon, un verre de vin dans une main et une cigarette dans l'autre, et je fumais tout en contemplant les toits de Paris. Les concepts ésotériques dansaient dans ma tête tout en tentant de s'y ancrer tels des phares éclairant l'obscurité. Arnaud avait raison. Il me suffisait de suivre les signes pour comprendre le but de mon incarnation terrestre et mener à bien ma mission de vie.

J'ai cessé de sortir. Mes amis se sont inquiétés ; pas de ma nouvelle attitude hibernatrice, compréhensible étant donné ma difficulté à respirer et l'état de ma jambe, mais de mon refus de les voir. Ils m'avaient connue blonde, brune, rousse et les cheveux bleus méchés de rose, ils m'avaient vue nue, déguisée en cigogne, avec des palmes peintes en orange aux pieds, couverte de boue et puant la vase lors de la Mud Day puis habillée de collants vert fluo et d'un string jaune lors de la Gay Pride, vraiment, ils pouvaient me voir amochée. La raison de mon isolement était tout autre. Je ne savais plus qui j'étais et, du coup, je ne voulais plus avancer. Avancer vers où ? Vers qui ? Vers quoi ? Plus je lisais et plus je m'égarais face à la masse de ces témoignages sur l'au-delà et notre raison d'être. C'était si facile de douter, de perdre pied, puis de trouver la voie pour combler le vide existentiel que nous ressentions tous.

Ma mère m'appelait tous les soirs, mon frère et ma sœur régulièrement et je leur mentais à tous avec une perfection qui m'inquiétait moi-même. Quant à Arnaud, il était parti depuis dix jours et je n'avais aucune nouvelle.

J'ai commencé à demander des signes à Dieu, à m'imaginer lui parler, à tenter de communiquer avec les anges aussi. Un matin, à peine levée, j'ai décidé de passer la journée allongée sur la moquette de ma chambre à essayer de sortir de mon corps. Il me restait quatre jours à tuer avant de reprendre le boulot et j'étais à court d'occupation. Pourquoi ne pas perdre douze heures à expérimenter le voyage astral ? Je me rappelais Christopher Reeve dans le film *Somewhere in Time* faisant le vide dans sa chambre d'hôtel et répétant comme un mantra « je suis en (j'ai oublié l'année), blablabla » afin de tenter de retourner dans le passé auprès de la femme qu'il aimait. Et si c'était possible, après tout ? J'ai fermé les rideaux, coupé la sonnerie de mon téléphone et me suis allongée à même le sol, la tête posée sur un coussin. Ensuite, j'ai croisé les bras sur ma poitrine et je me suis concentrée sur ma respiration. Partir. Avec un peu de volonté, je pouvais y arriver.

Rapidement, chaque ombre de la pièce est devenue un fantôme surgi de l'autre monde pour me parler. Est-ce que je m'éveillais enfin ou devenais-je folle ? Un peu des deux, sans doute.

J'ai attendu, chassé les pensées annexes qui me venaient sans cesse, ordonné à mon ventre d'arrêter de gargouiller, bâillé à m'en décrocher la mâchoire et me suis concentrée de plus belle. À 15 heures, j'ai perdu patience. Je crevais de faim et, surtout, j'avais la désagréable impression d'avoir pris racine dans le sol. J'ai pianoté du bout des doigts sur la moquette, tenté de me concentrer encore, mais j'en avais marre de fixer le vide et d'imaginer une âme s'agiter dans chaque envol de poussière. Lasse, j'ai cessé mes conneries et je suis allée me cuisiner des œufs au plat accompagnés de purée de pommes de terre. La soupe, c'était fini. Les expériences astrales aussi.

J'ai rêvé de Ganaël les nuits suivantes, à croire que plus je cherchais à m'élever spirituellement, plus mon corps s'ancrait dans des désirs charnels. J'ai rêvé de son corps, de son sexe en moi, de ses doigts agrippés à ma chevelure et de sa bouche couvrant la mienne. J'ai rêvé de tout ce que je n'avais plus depuis deux ans et neuf mois.

Je me suis réveillée au beau milieu de la nuit, en sueur, encore mouillée de désir et le regard de Ganaël ancré au-dessus du mien me murmurant : « Je t'aime. »

45

Antoine a hurlé au téléphone.

— Tu ne peux pas ne pas venir, Estelle, c'est tout. Et il n'y a rien à ajouter.

— Je suis convalescente.

— Tu es surtout une emmerdeuse. Alors arrête tes simagrées, va te laver, enfile une belle robe ou un pantalon chic pour cacher ta jambe estropiée, je m'en fous, et rapplique ! La soirée débute à 20 heures. Si à 20 h 30, tu n'es pas là, je viens te chercher et je te ramène par la peau du cul.

— Du cou.

— Non, du cul, crois-moi.

J'ai raccroché, furieuse. Jamais je n'aurais dû accepter de travailler sur ce film. Adrian, le réalisateur, était un Italien plus-macho-tu-meurs que j'avais dû remettre à sa place tous les lundis matin parce que les filles qu'il s'était envoyées durant le week-end — en plus de la farine dans le nez — lui avaient fait prendre le melon. Mais Antoine avait raison : en tant que première assistante réalisatrice, je ne pouvais pas ne pas être présente à la projection équipe.

J'ai rampé plus que marché jusqu'à mon placard, fouillé dans mes robes à la recherche d'une qui couvrirait l'intégralité de mes jambes, attrapé une paire de ballerines plates, une ceinture, une veste et je suis allée me doucher.

À 20 heures, le taxi que j'avais appelé s'est arrêté en bas de chez moi. J'ai descendu l'escalier lentement, le souffle coupé dès le deuxième palier franchi. J'avais pourtant avalé deux comprimés d'antalgique et glissé un troisième dans mon sac, au cas où. La soirée allait être un pur moment de bonheur !

Le secret d'une projection réussie, c'est un verre de mojito accompagné d'un joint fumé discrètement sur la terrasse extérieure de l'espace cinéma avec les techniciens. Grégory, Vincent, Mourad et Rachel parlaient de leurs prochains tournages. Je me suis jointe à eux. Antoine m'a saluée depuis le bar, un sourire satisfait aux lèvres. Il discutait avec Adrian. Un homme de la soixantaine devancé d'une femme ciselée dans un tailleur rouge les a rejoints. Les mains se sont serrées et les sourires agrandis. La femme, la secrétaire dudit homme visiblement, portait un lourd dossier qu'elle a commenté professionnellement, la main posée à plat sur lui, comme si elle avait peur qu'il lui échappe. Je n'entendais pas ce qui se disait mais j'imaginais les propos échangés : parts de marché, recettes nettes producteur, agrément du CNC et autres considérations financières et commerciales. Antoine m'a fait signe de les rejoindre. J'ai tendu le joint à Vincent, ai soupiré d'un air entendu aux uns et aux autres, et me suis glissée à l'intérieur.

— Ah, Estelle ! s'est exclamé lourdement Antoine.

Il a mis de l'emphase dans les présentations. J'ai esquissé mon sourire le plus faux-cul.

— Yann, je te présente Estelle Lautrec, la première assistante réalisatrice du film. Estelle, Yann Quermeur, le producteur d'Ahimsa Productions.

— Une parente du peintre ? m'a demandé ce dernier.

— Donnez-moi un pinceau, vous verrez bien.

Ses lèvres se sont étirées. Je me suis noyée dans mon mojito.

— Estelle a eu un accident il y a trois semaines, a expliqué Antoine. Côtes cassées, coccyx fêlé et jambe gauche pas belle à voir. Mais elle n'aurait manqué la projection pour rien au monde, pas vrai, Estelle ?

Je me suis tournée vers Quermeur, aussi fausse qu'ironique.

— Prendre Adrian comme réalisateur était un pari audacieux. Je suis ravie de constater qu'il y a encore des producteurs qui font passer l'humain et la création artistique avant la rentabilité financière.

— Ne sois pas naïve, ma p'tite, a répliqué le producteur du tac au tac, ou alors c'est la parente de Toulouse Lautrec qui parle en toi. Si les spectateurs ne sont pas au rendez-vous, Adrian ira pointer au chômage.

Je l'ai dévisagé, médusée. Adrian a éclaté de rire.

— Bien sûr que les spectateurs seront au rendez-vous ! Il est génial, mon film.

— Notre film, a souligné Quermeur.

— Votre film, tout à fait, ai-je corrigé à mon tour pour signifier que je ne m'incluais pas dans ce nous.

Antoine s'est raclé la gorge et Adrian m'a jeté un regard noir. Quermeur, quant à lui, m'a considérée avec intérêt.

— Je croyais qu'un film était le fruit d'un travail collectif...

— Une maison aussi. Pour autant, ça ne donne pas au maçon un droit de propriété sur elle. Nous avons tous été au service d'Adrian et avons fait de notre mieux pour concrétiser au plus juste ce qu'il avait imaginé. Et, tout comme vous, je suis impatiente de voir le résultat.

Le producteur a acquiescé. Mal à l'aise, Antoine a consulté l'heure à sa montre et nous a poussés gentiment vers la salle de projection. Je me suis assise au dernier rang, attendant que l'équipe technique me rejoigne. J'avais envie de poser ma tête sur l'épaule de Vincent, de Mourad, de Rachel ou de Grégory, de n'importe qui en fait, et de fermer les yeux. Mes côtes me faisaient atrocement souffrir.

— Je peux ?

J'ai relevé les yeux. Yann Quermeur me dévisageait, attendant ma réponse. N'importe qui sauf lui, aurais-je dû préciser.

— Vous savez bien que non. Votre place est au premier rang, à côté d'Adrian.

— Rassure-toi, j'en ai pour une minute.

Il s'est assis dans le fauteuil voisin du mien et m'a fait face. Je n'arrivais pas à y croire !

— Que penses-tu du film, Estelle ? Sincèrement.

Là, j'ai carrément écarquillé les yeux. Mais non, il était sérieux et désirait réellement mon avis. Allait-il le répéter à Adrian ? Quermeur semblait être un homme de parole. Et quand bien même, qu'en avais-je à faire ?

J'ai hésité. En fin de compte, et après avoir vérifié qu'aucune oreille indiscrète ne nous écoutait, j'ai répondu :

— Adrian est un excellent directeur de la photo. Sa

lumière est magnifique. Il ne sait pas cadrer en revanche et encore moins diriger les comédiens. Or, ce sont deux qualités primordiales pour être réalisateur, tout comme il faut avoir un minimum d'autorité. Un réal qui se fait marcher sur les pieds perd vite son équipe.

— Tu ne me parles pas du film, là.

— Si, justement.

Il m'a considérée avec intérêt puis s'est levé et a rejoint Adrian. J'avais chaud tout d'un coup, soif aussi. Vincent et Mourad se sont assis à côté de moi. J'ai discuté avec eux tout en jetant des coups d'œil discrets à Quermeur.

La tradition voulait que le réalisateur et le producteur discourent avant la projection équipe d'un film. Adrian a pris place sur l'estrade. Son discours a été fidèle à sa personnalité : touchant, parce qu'Adrian était véritablement touchant, mais candide et à côté de la plaque. Yann Quermeur a ensuite pris sa place. Je me suis tendue sans même le réaliser.

Le cinéma était un monde de l'ego. Les réalisateurs rêvaient tous d'être le prochain Tarantino, les acteurs le prochain George Clooney et les producteurs pleins aux as. C'était surtout pour ces raisons que j'aimais passer mon temps avec les techniciens. Eux faisaient leur boulot. Eux avaient la passion du cadrage, de la lumière et des décors. Et ils me faisaient rire. Mais Quermeur a fait rire l'intégralité de la salle. Et pas d'un faux rire de convention, non, d'un vrai, d'un de ceux qui partent de l'intérieur du ventre, remontent le long de la gorge et résonnent jusqu'à la pointe du crâne. Après quoi il a remercié chaleureusement toute l'équipe du film et s'est rassis. Je suis restée sans voix.

Le film a commencé mais j'ai continué de fixer la nuque de Quermeur.

Au final, ce n'était pas une catastrophe, mais ce n'était pas un grand film non plus. Au moins, la rentabilité financière de la production serait-elle assurée. Adrian n'irait pas pointer au chômage, mais il pouvait oublier ses rêves de Cannes.

La projection achevée, les uns et les autres ont applaudi, puis les mains se sont serrées et les piques ont fusé. Qui avait choisi le raccord des plans 23 et 24 ? Et quel était le technicien qui avait remplacé un figurant malade à la dernière minute, et qui se trémoussait comme un con en arrière-plan de la scène du concert ?

Antoine m'a raccompagnée à l'entrée du bâtiment. J'avais commandé un taxi. L'application de mon téléphone me le promettait pour dans moins de dix minutes.

Il a frotté le bout de son talon contre le trottoir.

— Alors, t'en as pensé quoi ?

— À ton avis ?

Il a posé une main bienveillante sur mon épaule.

— C'est bien que tu sois venue, Estelle, même si t'apprécies pas Adrian. Ton absence aurait été irrespectueuse.

— Je sais.

J'ai repensé aux livres sur la spiritualité qui attendaient sur ma table de nuit.

— Antoine, c'est quoi ton but ? Ta mission ?

Il a éclaté de rire.

— Être sûr que tu rentres chez toi saine et sauve !

— Je veux dire dans la vie, gros malin.

Il a réfléchi.

— Vivre, m'éclater, être heureux, gagner de l'argent

et le dépenser à faire du surf et de la bécane. C'est quoi, cette question ?

J'ai hoché la tête songeusement. Antoine a levé les yeux au ciel puis m'a serrée affectueusement dans ses bras.

— Arrête les mojitos avec les antalgiques, Estelle, ça ne te réussit pas.

Le taxi est arrivé. Quermeur aussi.

— Je peux monter avec toi ? Je paie la course.

Évidemment ! J'ai jeté un regard agacé à Antoine qui m'a souri malicieusement en retour. Quermeur m'a tenu la portière arrière ouverte. Je me suis engouffrée dans le taxi.

46

Je regardais par la fenêtre, Quermeur me regardait. J'avais conscience d'être impolie, mais j'en avais marre de tout : de ma jambe, de mes côtes, d'Arnaud et de son Pérou, des hommes en général et de mes souvenirs avec Ganaël qui refusaient de s'en aller. Pourquoi n'allais-je pas ouvrir un bar à Bali ? Il y faisait chaud toute l'année, on pouvait plonger et les touristes affluaient toujours plus nombreux. L'achat d'un terrain ne devait pas être trop élevé en plus, en tout cas moins cher qu'un appart à Paris. Je pourrais même faire venir un chef français. Ou organiser des expositions. Ou simplement un bar.

— C'est la première fois qu'une assistante réalisatrice me vouvoie. Ou que quelqu'un du milieu me vouvoie, d'ailleurs.

Je me suis tournée vers Quermeur, irritée.

— J'ai beaucoup de mal à tutoyer les personnes plus âgées que moi.

À peine ai-je prononcé ces mots que j'ai pris conscience de leur grossièreté, et suis devenue cramoisie. Quermeur s'est amusé de ma gêne.

— Pardon, ai-je bafouillé. Je n'insinuais absolument pas que vous étiez vieux.

— Directe, en revanche, tu l'es. Ambitieuse aussi.

Je me suis renfrognée.

— Non, je fais mon job, c'est tout.

— Si tu ne l'étais pas, tu n'aurais pas autant pris à cœur l'incapacité d'Adrian à faire de ce film autre chose qu'un petit film d'auteur.

— Pourquoi vous avez signé avec lui ?

— Un pari, je te l'ai dit. J'aime les gens qui n'ont pas froid aux yeux. Il y a trois ans, Adrian s'est pointé dans mon bureau et m'a dit qu'il allait faire de moi un homme riche si je lui accordais sa chance. Ce que j'ai fait.

— Raté. Vous n'allez pas devenir riche.

— Je le suis déjà.

Je lui ai jeté un regard en coin, de plus en plus intriguée.

— Pourquoi vous me racontez tout ça ?

— Pourquoi tu ne me tutoies pas ?

Quel emmerdeur ! Mais j'avais envie de savoir. J'ai ravalé ma fierté.

— Pourquoi tu me racontes tout ça ?

Quermeur a planté son regard dans le mien.

— Tu juges Adrian, n'est-ce pas ? Tu dénigres son travail mais au moins lui a osé. Lui a pris un risque. Toi, tu es bien trop orgueilleuse pour te mettre en danger. C'est pour ça que tu ne voulais pas me tutoyer. Par orgueil.

Je suis restée bête, stupide même, la bouche à moitié ouverte, sans savoir quoi répondre. Quermeur a ajouté :

— Tu es mariée ? Tu as des enfants ?

J'ai fait non de la tête.

— Divorcée.

— Et depuis, tu collectionnes les hommes ?

Là, je n'ai pas répondu.

— Bien sûr que tu les collectionnes, a-t-il soupiré. Tu ne crois plus en l'amour, tu n'avances plus et tu ne construis plus rien non plus. Classique. Quel âge as-tu ?

— Trente-deux ans.

— Il serait temps de tourner la page et de te mettre au travail, tu ne crois pas ?

Mais quel salaud ! Et de quel droit se permettait-il de me dire ça ?

Je suis sortie de mes gonds :

— Parce que vous croyez que je me tourne les pouces, peut-être ? J'ai eu un accident alors, oui, je suis temporairement au repos. Mais vous voulez voir mon CV ? Il fait trois pages !

Quermeur a éclaté de rire.

— Tu me vouvoies à nouveau ? Garde ton CV, va. Colles-y autant de lignes que tu veux, ajoute même des cœurs et des paillettes si ça te chante. Mais avance. La vie est à toi, Estelle, à toi ! Tu as raison, moi, je suis un vieillard. C'est toi l'avenir.

Pourquoi me disait-il tout ça ? Et pourquoi maintenant, au moment où les lectures d'Arnaud me suggéraient de renoncer à ma carrière et aux futilités de l'existence pour me concentrer sur ma mission de vie ? Et puis quelle mission, d'abord ? Si on s'incarnait, c'était bien pour ressentir, non ? Donc expérimenter.

Le taxi était non-fumeur. J'aurais bien voulu en griller une pourtant. Quermeur s'est tourné vers moi.

— Tu as faim ? Tu as dîné ?

J'ai hésité à lui répondre oui, ce qui aurait été faux. En fin de compte, j'ai avoué que non, et aussi que je mourrais de faim. Quermeur a hélé le chauffeur et lui a demandé de nous déposer à Saint-Germain.

— T'aimes les huîtres ?

J'ai acquiescé. Dix minutes plus tard, j'étais assise face à lui, un coussin sous les fesses, dans une brasserie de la rue de Rennes.

Quermeur m'a posé des questions sur ma vie, mais c'était comme s'il connaissait déjà les réponses. À peine commençais-je une phrase qu'il m'interrompait pour me dire ce que je devrais faire. Après quoi il se critiquait lui-même, arguant qu'il n'en savait rien, après tout, et que j'avais sans doute raison. J'étais désemparée. À mon tour, je l'ai interrogé sur sa vie. Il m'a répondu qu'il avait deux fils un peu plus âgés que moi, dont l'un était musicien et actuellement en tournée au Brésil, et l'autre avocat à Paris.

Le serveur a apporté nos thé et café. Quermeur a croqué dans le carré de chocolat qui accompagnait sa boisson chaude tout en suivant des yeux le garçon qui repartait en cuisine.

— Tu vois, c'est avec quelqu'un comme lui que tu devrais être.

Je me suis retournée vers ledit serveur afin de voir à quoi il ressemblait. Je l'avais à peine remarqué.

— Pourquoi ?

— Ça se voit tout de suite qu'il a un cœur immense. Et toi, tu as besoin d'un gentil, d'un mec qui prenne soin de toi et t'offre des cadeaux.

— Comme toutes les femmes, non ?

— Non, justement. Toi, t'en as vraiment besoin. Tu crois que tu es volage et indépendante, mais tu es une douce, une romantique totalement fidèle. C'est pour ça que tu n'arrives pas à tourner la page. Tu as donné ton cœur à un homme, il y a longtemps, et tu n'arrives pas à t'en remettre.

J'étais estomaquée, le souffle coupé.

— Co... Comment tu le sais ?

Il a avalé son café d'un trait, puis l'a reposé sèchement sur la table.

— Tu ne vois pas que je te parle de moi depuis tout à l'heure ? Que c'est moi que je vois à travers toi ?

Ma tasse de thé est restée en suspens entre la table et mes lèvres. En fin de compte, je l'ai reposée.

— C'est pour ça que tu m'as invitée à dîner ? Parce que je te rappelle celui que tu étais ?

Il a repoussé sa tasse.

— Je n'en sais rien. Je suis fatigué. Je vais rentrer.

Il a hélé le serveur et lui a demandé l'addition qu'il a payée avec sa carte bleue sans même regarder son montant. Puis il a posé un billet de vingt euros sur la table à mon intention.

— Rentre en taxi. Le métro, ça craint à cette heure-ci.

J'ai ramassé son billet et le lui ai tendu. Il a soupiré.

— Arrête tes conneries. Et réfléchis à ce que je t'ai dit.

Sur ce, il est parti. Je suis restée seule à la table, les yeux agrandis d'effarement, sans être tout à fait certaine de comprendre ce que je venais de vivre.

47

Arnaud est rentré le lundi suivant. J'ai compris que je l'avais perdu à l'instant même où il a posé ses yeux sur moi, sur mes boucles d'oreilles plus précisément. Le mois passé, lassée de mes créoles, je m'étais acheté des triangles de six ou sept centimètres qui pendaient à mes lobes. Arnaud les a considérés, impassible, m'a saluée, puis m'a demandé pourquoi j'affichais si fièrement le symbole des Illuminati.

— Ce sont des triangles, Arnaud. C'est le symbole de que dalle ! J'en avais marre des ronds, il y avait des triangles, j'ai acheté des triangles.

Il a hoché dubitativement la tête. J'ai pris sur moi.

— Tu as vu ton animal totem ?

Il s'est aussitôt détendu et m'a raconté ses expériences mystiques aux frontières du réel, les serpents qu'il avait vus, les couleurs tendues dans l'air comme des fils d'araignées, puis les sous-bois dans lesquels il avait dû se glisser. Les deux premières fois qu'il avait bu l'ayahuasca, il avait vomi dans la foulée et avait été malade pendant les quarante-huit heures suivantes. Mais la troisième fois, il avait tenu le coup et avait pu aller de l'autre côté, comme il me l'a expliqué. Je l'ai écouté sans broncher. Plus il me parlait, plus je lui disais au revoir dans ma tête. Son récit achevé, il m'a enfin demandé comment j'allais. Mieux, c'est tout ce que j'ai trouvé à lui répondre. J'étais sèche. J'avais envie de pleurer. Comment pouvait-on changer aussi vite ?

— Tu as réfléchi pour l'appartement ?

Son regard s'est assombri.

— Je t'ai vue Estelle, tu sais. Dans l'autre monde. J'ai vu ton aura. Elle était blanche.

— Et ?

— Les esprits sataniques l'ont noire. Je ne serais pas revenu te voir si tu m'étais apparue en noir.

— Je suis blanche, donc tout va bien et on peut emménager ensemble ?

Je ne sais même pas pourquoi je lui ai posé la question car je n'en avais réellement plus envie. Il a poursuivi :

— J'aurais pu demander au chamane si tu étais la femme qui m'etait destinée, mais je ne l'ai pas fait. Je n'ai pas voulu savoir. Je te propose donc de poursuivre cette voie, toi et moi ensemble, mais habitant chacun de notre côté, et de faire un état des lieux en décembre. Ainsi, nous pourrons nous épauler dans notre quête réciproque sans nous ralentir ni polluer nos énergies.

Quel romantisme !

— Si j'avais porté des carrés ou des losanges aux oreilles, tu aurais emménagé avec moi ?

Il m'a fusillée du regard.

— Tu fais ce que tu veux, Estelle. Tu traînes avec des francs-maçons si ça te chante, mais ne compte pas sur moi pour venir te secourir après. En revanche, sache que, dorénavant, je te demanderai de prendre une douche et de te laver les cheveux avant de me rejoindre. Je ne veux pas de leur sale énergie sur moi.

Je n'ai même pas eu la force d'argumenter. Qu'y avait-il à répondre à cela ?

Nous avons dîné puis avons fait l'amour (après nous être lavés). J'ai fait semblant de jouir. Généralement, quand je faisais semblant d'éprouver du plaisir, la relation ne passait pas la semaine.

Le lendemain matin, Arnaud m'a demandé si j'avais repris le boulot. Je lui ai parlé de cet article que j'avais commencé à écrire — encore un divertissement futile, m'a-t-il sermonné — puis, je ne sais pas pourquoi, je lui ai relaté la projection équipe du film d'Adrian. Le visage de Quermeur m'est apparu. Je me suis tue. Arnaud a froncé les sourcils.

— Qu'est-ce qu'il y a ?

— Rien, je repensais à quelqu'un.

— À qui ?

— Au producteur du film. Je m'attendais à un businessman insensible ; or j'ai découvert un homme riche. Riche du cœur, tu comprends ? C'est tellement rare de rencontrer quelqu'un de véritablement attentionné vis-à-vis des autres, conscient et direct aussi. Car il ne mâche pas ses mots, le bougre ! Mais il énonce les choses avec intelligence, comme s'il savait exactement ce qu'il fallait dire à chacun pour le pousser dans la bonne direction.

Arnaud m'a observée, contrarié.

— Tes yeux s'illuminent quand tu parles de lui.

Je les ai baissés, confuse.

— Oui, c'est normal, il... m'a troublée. Ce mec est un financier avec un cœur de Bisounours. Ça m'a véritablement touchée.

Il a hoché la tête. Mais j'ai bien vu que ça ne passait pas.

— Et que t'a-t-il dit à toi pour te toucher ?

— Qu'il fallait que je lâche mon orgueil et que je construise.

Que je me trouve un homme gentil aussi, mais j'ai gardé cette information pour moi.

Arnaud est parti à la fac. Il avait trois semaines de cours à rattraper et ne rentrerait pas avant le soir. Je me suis assise face à mon ordinateur et j'ai ouvert le document Word contenant le brouillon de l'article que j'étais en train de rédiger. Mais j'étais incapable de me concentrer et encore plus incapable d'écrire la moindre ligne. Le visage de Yann Quermeur demeurait devant mes yeux, énigmatique et rassurant.

Dix minutes plus tard, j'ai fermé le document, ouvert la bible du film que l'assistante de production m'avait envoyée et qui contenait les contacts de toute l'équipe, trouvé le courriel de Quermeur et lui ai écrit. Un simple mot de remerciement qui m'a pris plus d'une heure à rédiger. Je ne voulais pas qu'il ait l'impression que sa rencontre m'avait chamboulée, mais je voulais tout de même qu'il sache que ses mots ne m'avaient pas laissée indifférente.

J'ai envoyé l'e-mail, me suis servi un thé puis me suis enfin mise à bosser. Quermeur m'a répondu en début d'après-midi :

Ma chère Estelle,

Je n'ai rien fait d'autre que te renvoyer à ton propre potentiel. Tu as la jeunesse, mais pour combien de temps ? Ne perds pas tes années à dormir. Réveille-toi, vis, construis et aime !

Arnaud cherchait à m'éveiller spirituellement, Quermeur à me réveiller professionnellement et sentimentalement. Là, c'était certain, l'univers m'envoyait un signe.

Deux jours plus tard, j'ai invité Quermeur à déjeuner. Il a accepté. J'ai paniqué.

48

Quermeur m'attendait à une table au fond du restaurant, un dossier ouvert devant lui. Je me suis avancée à sa rencontre.

— Bonjour.

Il a levé les yeux vers moi, accueillant.

— Tu es très belle.

J'ai piqué un fard.

— Tu es toujours aussi direct ?

— La beauté est un cadeau. J'espère que tu as remercié tes parents pour celui qu'ils t'ont fait.

Non, je n'y avais jamais pensé. J'ai pris place face à lui.

— Tu vas bien ? s'est-il enquis.

— Nous ne sommes pas là pour parler de moi.

— Ni de moi.

C'était maladif ?

— Je ne suis pas venue pour me faire psychanalyser, Quer… Yann. J'avais envie de te voir et…

Il a levé les yeux au ciel.

— Arrête tes conneries, ma grande ! Tu es venue pour que je te botte le cul et te dise ce que tu as besoin d'entendre. Et tu le sais très bien.

Non mais quel… ! J'ai soupiré :

— Très bien : qu'est-ce que j'ai besoin d'entendre ?

— Enfin, Estelle, j'ai soixante-trois ans. Tu ne vas pas me faire croire que tu as eu le béguin pour moi. Et si ça avait été uniquement professionnel, tu m'aurais envoyé un synopsis détaillé accompagné d'un CV, comme tout le monde. Ou alors tu aurais eu le culot d'Adrian et tu te serais pointée en chair et en os dans mon bureau. Mais bon, pour ça, il aurait fallu que tu t'assoies sur ton orgueil.

J'ai retenu un juron.

— Ça ne peut pas être un rendez-vous amical ?

Son regard a dérivé vers la fenêtre avant de me faire face à nouveau.

— Amical ? Dis-moi, Miss Lautrec, as-tu seulement un ami homme que tu n'as pas désiré ? Je parle d'un véritable ami, un avec lequel tu passerais des journées entières sans te lasser.

— Oui, il y en a un. Et il n'est pas homo.

— Moi pas, a-t-il tranché fermement. Les femmes que j'aime, je les ai toutes désirées.

— Tu es marié ?

— Divorcé, comme toi. Maintenant, arrête de tourner autour du pot et réponds-moi : qu'est-ce que tu veux ? Et qu'est-ce que tu fais là à perdre ton temps avec moi ?

C'était le comble ! C'était lui le producteur richissime et moi la petite assistante, mais c'était lui qui me faisait perdre mon temps ! Le serveur est passé prendre nos commandes. Je n'avais même pas regardé la carte. J'ai choisi le premier poisson de la liste accompagné d'un verre de blanc. Yann a annulé mon verre pour demander une bouteille à la place, a choisi les noix de Saint-Jacques puis a reporté son attention sur moi.

— Pourquoi tu ne passes pas réal ?

— Tous les premiers assistants ne rêvent pas de devenir réals.

— Toi, si. Autrement, tu n'aurais pas été aussi furieuse contre Adrian. Tu avais ta vision du film, c'était évident.

— Si tu le dis.

Il a éclaté de rire.

— Quelle tête de mule ! Tu es bretonne ?

— Non, Bélier.

— C'est sans doute pire.

Le serveur est revenu avec la bouteille de blanc qu'il a présentée à Yann avant de nous servir. Yann a trinqué avec moi mais n'a pas changé de ton pour autant.

— C'est quoi, ces articles que tu écris ?

— Ma mère était journaliste pour différents magazines féminins. Très jeune, j'ai pris l'habitude de l'assister dans ses reportages, puis j'ai rédigé mes propres articles qu'elle a présentés aux directrices de rédaction. Ma plume leur a plu, j'ai été publiée. Petit à petit, j'ai pris sa place, pour son plus grand bonheur, rassure-toi. Ma mère voulait passer plus de temps dans son jardin, mais désirait tout de même continuer à écrire. Du coup, on a fait équipe. Quand je suis en tournage, c'est elle qui investigue et qui rédige pour moi.

— Bref, vous comblez le vide toutes les deux.

Je l'ai fusillé du regard.

— T'es toujours aussi dur avec les gens ?

— Seulement quand je les vois gâcher leur talent.

— Qu'est-ce que t'en sais que j'ai du talent ?

Il a tapé sur la table.

— Hé oh, Estelle, je suis producteur, rappelle-toi !

J'ai baissé les yeux, confuse.

La conversation a dérivé sur Arnaud. Je n'ai pas dit grand-chose au début, je ne voulais pas parler de ma vie privée. Mais le temps allant, la bouteille se vidant et le sourire de Yann se décontractant, j'ai vidé mon sac : notre rencontre, la magie des premières semaines, notre complicité, notre désir d'emménager ensemble, puis mon accident, sa signification spirituelle selon Arnaud et enfin son voyage au Pérou.

Yann m'a écoutée, impassible. Toutefois, mon discours à peine achevé, il s'est animé furieusement.

— Mais qu'est-ce que tu fous avec un type pareil ? Tu cherches à te flageller ou quoi ?

— Non, mais…

— Mais rien du tout ! Il était peut-être tout mignon, tout doux au début, ton bonhomme, mais là, il va droit dans le mur ! C'est bien de réfléchir à la vie après la mort, mais déjà faudrait tâcher de vivre avant de mourir ! Tu comptes te suicider socialement avec lui ? Parce que c'est ce qu'il est en train de faire, ton gars ! Et si tu le suis, dans trois mois, tu te retrouveras enfermée dans une grotte, seule, à bouffer des racines et à lancer des « Ohms » pour communier avec le ciel.

— Je…

… n'ai pas répondu. Il avait raison, je le savais.

Je me souviens qu'un soir j'avais fait remarquer à Arnaud qu'il me faisait rarement des cunnilingus. Au lieu de se remettre en question, Arnaud m'avait demandé si mes précédentes relations m'en avaient fait davantage.

J'avais répondu par l'affirmative, ajoutant que certains aimaient tellement me voir prendre du plaisir que cela suffisait à les combler. Arnaud avait conclu l'affaire en m'expliquant que j'avais eu de la chance de rencontrer de tels hommes car ils étaient rares. Pas une seule fois il ne m'avait proposé de m'en faire davantage puisque j'en avais envie.

Arnaud avait ce regard dur parfois, vis-à-vis de moi, des autres ou de ses parents. Ce regard qui me faisait comprendre que nos futilités l'atterraient. Il savait jouer pourtant, comme tout le monde, rire et faire le pitre aussi. Mais ça, c'était avant le Pérou. Depuis, il se considérait comme une forteresse qu'il devait protéger de l'énergie des autres, la mienne incluse. Tant que je m'étais enfermée avec lui, tout était bien allé. Mais, depuis que j'avais créé une brèche dans la citadelle par mon insoumission, c'était à moi de faire pénitence pour la combler, puisque je l'avais mis en danger.

L'an passé, un ami m'avait expliqué que dans le taoïsme l'homme prenait mais ne donnait pas. L'énergie n'était pas partagée mais conquise ou perdue. Plus particulièrement, la femme était considérée comme une source asphyxiante qu'il fallait contrôler. J'avais l'impression qu'Arnaud pensait ainsi. Et ses théories existentialistes me faisaient de plus en plus peur. La veille, Arnaud m'avait expliqué que Mark Zuckerberg, le créateur de Facebook, possédait des tatouages sataniques sur le corps et qu'il utilisait les réseaux sociaux pour véhiculer la magie noire. Les jours précédents, il m'avait également confessé que des reptiliens vivaient sous terre, que les événements du 11 septembre avaient été mis en scène par des humains venus du futur et que, quand nous mourrions, notre âme partait dans les pléiades avant de rejoindre la source créatrice originelle.

Que s'était-il donc passé au Pérou ? Arnaud était-il tombé dans une secte ? Ou était-ce le breuvage qu'il avait ingurgité qui l'avait laissé perché ? J'avais perdu l'homme dont j'étais tombée amoureuse, je devais l'accepter. C'était comme ma grand-mère atteinte de la maladie d'Alzheimer : ce n'était plus elle mais une personne aliénée.

Je suis rentrée chez moi et j'ai jeté tous les livres sur la spiritualité qui s'entassaient encore sur ma table de nuit. Yann avait raison : avant de mourir, il fallait vivre.

49

Avril. Jeudi. Une heure du matin. Je n'avais pas l'intention de tromper Arnaud, même si je n'étais déjà plus avec lui dans ma tête. Je ne suis d'ailleurs toujours pas certaine de penser l'avoir fait. Je ne l'aimais plus, ne le désirais plus et ne lui faisais plus non plus confiance. Dire oui à Kélian était une façon — lâche — de sceller ma séparation avec Arnaud. À partir du moment où Kélian m'a touchée, et même avant, à partir de la seconde où il m'a confié le pourquoi de cette soirée, j'étais célibataire. Kélian était mon meilleur ami, mon âme sœur et mon frère de cœur. Seul un homme que j'aimais profondément et sincèrement pouvait passer avant lui.

Lui et moi nous étions rencontrés seize ans auparavant, au cours vidéo organisé par le foyer socio-éducatif de notre lycée. À l'époque, Kélian voulait déjà être chef opérateur et moi réalisatrice. Nous avions réalisé un court-métrage ensemble, notre tout premier, et Kélian avait eu énormément de mal à obéir à mes demandes et moi à déléguer. Mais nous avions appris l'un de l'autre. À la sortie du lycée, Kélian était parti dans une école d'audiovisuel et moi dans une autre ; néanmoins, nous n'avions jamais perdu le contact. Au contraire, durant les années qui avaient suivi, nous nous étions mutuellement renvoyé la balle pour des embauches et des tuyaux concernant telle ou telle production.

Kélian était l'homme raté de ma vie, depuis le premier jour. Beau comme un dieu, il était surtout gay comme un pinson. Et son orientation sexuelle était indiscutable.

Ce jeudi-là, Kélian est monté à la capitale. Il partait tourner un long-métrage au Vietnam le mois suivant et devait refaire son passeport.

Je l'ai attendu à la sortie de la mairie du 5e, dans un bar de la rue Mouffetard. Il est apparu vêtu d'un jean noir moulant, d'un T-shirt blanc Hugo Boss et d'un chapeau noir et blanc à carreaux. *Sexy as hell* et homo jusqu'au bout des ongles. Quelques regards ont fusé vers lui. Cela faisait des années que je le tannais pour qu'il s'inscrive dans une agence de mannequinat. Mais Kélian me répondait toujours qu'il était trop pudique pour exposer son corps. Et puis il n'avait pas besoin d'argent. Le monde de la mode perdait une grande vedette.

Nous avons commandé deux bières qui sont devenues deux autres, puis sommes allés dîner dans un restaurant voisin de notre bar. Kélian avait quatre mois de potins sudistes à me raconter et moi tout autant en version parisienne.

À minuit passé, je l'ai accompagné à son hôtel et suis montée boire un dernier verre dans sa chambre design, composée d'un grand bureau, d'un écran plat et d'un lit *king size*. Je me suis affalée sur ce dernier, un sourire taquin aux lèvres.

— Tu as un rendez-vous galant dont tu ne m'as pas parlé ? Un si beau lit… Quel gâchis autrement !

Kélian a pris place à côté de moi et a passé son bras autour de mes épaules.

— Je l'avais réservé pour nous deux, ma belle. Et, comme il n'y a plus de métro, tu ne peux pas refuser.

— Bien joué, don Juan. Mais j'adore les taxis et tu n'as pas assez bu pour oublier que tu es homo.

— Et si ce soir, j'avais envie d'être hétéro ?

Je l'ai fixé, étonnée. Était-il sérieux ? Il en avait l'air.

— À quoi tu joues, Kélian ?

Il a baissé les yeux tout en se tortillant sur place.

— En fait, ça fait quelque temps qu'on en parle avec Jonathan. Lui l'a déjà fait avec une fille. Moi pas. Or, il m'a dit que je le regretterais si je n'essayais pas au moins une fois.

— …

— Tu sais que je t'aime, Estelle ? S'il doit y en avoir une, ça ne peut être que toi. C'est pour ça que je suis monté à Paris. Mon passeport, j'aurais pu me le faire envoyer par la poste.

J'ai fait semblant de le gifler. Il a éclaté de rire.

— Et l'alcool, c'était pour m'inciter à dire oui ?

— Eh, ce n'est pas moi qui ai commandé la bouteille !

Un point pour lui.

Je l'ai dévisagé, mal à l'aise. Je ne partageais absolument pas le point de vue de Jonathan. En quoi le fait de ne jamais le faire avec une fille serait-il un handicap pour un homosexuel ? Kélian n'avait jamais eu de doute quant à son orientation sexuelle, alors pourquoi Jonathan lui avait-il sorti ça ? Je l'aurais compris, sans l'approuver, si

Jonathan avait été bi, par une espèce de souci d'égalité. Mais, à ma connaissance, lui aussi était 100 % hétéro.

Kélian attendait ma réponse, inquiet. Le seul sexe de femme qu'il avait vu de toute sa vie, hormis sûrement celui de sa mère quand il était tout petit, était le mien vers nos dix-neuf ou vingt ans. Un soir, tandis que nous étions seuls sur la plage, Kélian m'avait confié son désir d'en voir un en vrai. Amusée, je m'étais levée et avais déboutonné mon pantalon puis baissé mon tanga. Kélian avait éclaté de rire mais il avait tout de même observé « la chose », intrigué.

— Et y'a de la place pour mettre une queue, là-dedans ?

— Bah oui, idiot, ça s'ouvre, comme des rideaux de théâtre.

Kélian me dévisageait, je le dévisageais, et son cœur devait battre aussi vite que le mien. Je n'avais jamais eu de rapport sexuel avec un homo, et pour cause. Et je n'étais pas non plus du genre cougar à aimer dépuceler les hommes.

J'ai balbutié :

— Pourquoi Jonathan t'a sorti ça ? Dis-moi la vérité.

Il a regardé ses mains tout en me répondant :

— On voudrait se marier mais Jonathan a peur que je cherche un jour à connaître ce que je n'ai jamais vécu. Alors il m'a proposé de le faire avec une femme avant notre mariage parce qu'il ne supporterait pas que je le trompe, même avec une femme, une fois qu'on sera mariés.

Ma mâchoire inférieure est restée béante, d'incrédulité. Mais qui étais-je pour juger des valeurs et règles sentimentales de chacun ? Je ne comprenais en rien cette réflexion. En revanche, je voyais bien, à la gêne de Kélian, que cette histoire lui tenait très à cœur. Émue, j'ai posé ma main sur la sienne.

— Et toi, t'en penses quoi ?

— Je crois que Jonathan a raison. Si je ne le fais pas au moins une fois avant de me marier, je le regretterai. Parce que je ne saurai jamais.

Sa réponse m'a désolée. J'aurais tellement voulu qu'il me rétorque qu'il n'avait pas besoin d'essayer ce qu'il était sûr de ne pas aimer. Mais Kélian était mon âme sœur. Comme j'étais allée en club échangiste tout en sachant pertinemment que je n'étais pas libertine, sans doute avait-il besoin de coucher avec une femme pour ne plus jamais se poser la question.

Je me suis levée à la recherche du minibar mais évidemment la chambre d'hôtel n'en possédait pas.

— Tu as la trouille de ne pas être à la hauteur ? a ironisé Kélian.

— Je ne t'ai pas dit oui…

Il a souri, aussi empêtré que moi dans cette situation et gauche. J'ai pris appui sur le bureau que contenait la pièce et me suis tournée vers lui.

— Rien ne changera entre nous ?

— Rien.

— Et tu ne me demanderas plus jamais un truc comme ça ?

Ses doigts ont serré le tissu du drap.

— On n'est pas obligés de le faire si tu ne le veux pas.

Il était tellement touchant. Si j'avais été un homme, je l'aurais couvert d'amour et protégé comme un enfant.

— Tu sais, ai-je avoué, j'ai cru ma vie foutue quand j'ai découvert que tu étais homo. J'étais tellement amoureuse de toi au lycée.

Il a ri.

— Moi, je ne t'aimais pas du tout. Tu étais une peste qui voulait toujours avoir raison. Ce qui était d'autant plus agaçant que tu avais généralement raison !

J'ai souri, tout en me remémorant combien la vie me semblait aller tellement lentement à l'époque.

Puis le silence est retombé. J'ai avisé la fenêtre dont les rideaux étaient défaits. Il ne faisait jamais noir à Paris. J'ai tiré ces derniers. Kélian en a profité pour ôter son T-shirt. Était-ce ainsi que les homos faisaient ? Chacun se déshabillait-il de son côté ? J'ai fixé ses pectoraux, imberbes et dorés comme du miel, le renflement assez prononcé pour y marquer le relief mais pas trop non plus pour ne pas choquer le regard.

La peur me nouait les entrailles. Je croyais avoir tout testé après mes folies sexuelles destructrices. Ce n'était pas le cas, en fin de compte. Sauf que, là, il ne s'agissait pas de moi mais de mon meilleur ami. Et je voulais sincèrement lui faire ce cadeau.

J'ai pris place sur le lit, à côté de lui, et ai fermé les yeux. Kélian a caressé mon bras puis ses doigts sont remontés le long de ma peau. Quand ils ont frôlé ma clavicule, j'ai rouvert les yeux et les ai plongés dans les siens. Une seconde est passée, puis deux. À la troisième, Kélian a saisi mes mains, m'a plaquée sur le lit, mes bras écartés à l'équerre, et m'a embrassée. Je lui ai rendu son baiser, aussi fougueux que le sien. Machinalement, sa main libre est descendue sur ma poitrine et a rencontré l'un de mes seins. Kélian s'est aussitôt figé, comme rattrapé par la réalité. Il était redevenu un homo et moi une femme.

— Kélian ?

Je chuchotais. Il a fait de même.

— Oui ?

— Tu me fais confiance ?

Un temps, puis :

— Oui.

La pièce a étouffé sa réponse. La clameur de la vie parisienne bruissait au-dehors. Je me suis relevée puis, lentement, j'ai retiré mes vêtements. Kélian a contemplé ma poitrine sans trop savoir quoi faire. Douce, j'ai saisi ses mains et les ai posées sur mes seins. Il les a caressés maladroitement, se raccrochant à la seule chose qu'il connaissait : mes tétons. Il a joué avec un long moment. J'ai attendu qu'il se rassure, puis j'ai défait sa ceinture et déboutonné son pantalon. Kélian l'a retiré d'un coup sec avec ses pieds, sans même se baisser. Mi-homme, mi-femme.

— Viens, ai-je murmuré.

Je l'ai pris par la main et l'ai allongé sur le lit, face à moi. Je l'entendais à peine respirer, pourtant sa poitrine se soulevait bien plus vite qu'à l'accoutumée. Sereine, je me suis offerte à son regard. Kélian a caressé mon ventre puis l'intérieur de mes cuisses. Mon sexe l'intriguait, l'effrayait aussi.

— Tu veux qu'on éteigne la lumière ?

Il a acquiescé, soulagé, et s'est aussitôt tourné vers l'interrupteur, plongeant la pièce dans le noir.

Kélian a repris sa position initiale tout en cherchant

mon corps à tâtons. J'ai saisi sa main et l'ai posée sur mon sexe. Il n'a plus bougé.

J'ai lâché ses doigts.

Lentement, ceux-ci se sont décollés les uns des autres, s'étirant comme des bras d'étoile de mer, caressant mon mont de Vénus, sa surface, puis l'os pubien en dessous. Les secondes se sont égrenées. Kélian appréhendait de découvrir ce qu'il ne connaissait pas. J'ai laissé mon corps apprivoiser le sien, le rassurer. Au bout d'un moment, il a descendu son index et son majeur vers mes lèvres. J'ai senti son souffle sur ma nuque ainsi que sa peur puis son étonnement teinté d'un désir inconnu. Il a écarté mes lèvres. J'ai fermé les yeux, pénétrée comme une fleur par un rayon de soleil naissant. Kélian avait des doigts de pianiste, longs et fins, qui prenaient si peu de place. Surtout, il était vierge de toute vie hétérosexuelle et, en cet instant précis, avait l'expérience d'un garçon de quinze ans.

Il a poursuivi sa découverte de mon sexe, parcourant ses parois, ses muqueuses puis sa cavité, émerveillé. Après, il est revenu vers mon clitoris et a entrepris de le caresser mais sa maladresse était plus douloureuse que jouissive. J'ai serré ses doigts dans les miens pour les faire cesser leur geste. Il l'a compris, s'est tourné vers son sac posé à côté du lit et en a sorti un préservatif qu'il a aussitôt enfilé.

Je n'ai rien dit. Il a pris place au-dessus de moi mais s'est figé, son membre tendu à quelques centimètres de ma peau.

Il tremblait.

— Tu as peur ?

— Oui. Mais j'en ai envie aussi.

Sa voix semblait si blanche. J'ai relevé le buste et l'ai embrassé sur le front.

— Alors tout va bien, Kélian. Tu ne peux pas me faire de mal. Quoi que tu fasses.

C'étaient les mots qu'il attendait. Il a pressé sa bouche sur la mienne. J'ai écarté mes lèvres et sa langue s'est enfoncée en moi en même temps que son sexe.

C'était le moment que je préférais, la seconde d'éternité que j'aurais désiré figer. Cet instant incroyable, tendre et complice, où le sexe de mon partenaire me pénétrait. Que ressentait un homme lorsqu'il s'immisçait aussi doucement et fébrilement dans l'intimité d'une femme ?

Kélian a haleté et j'ai su qu'il avait trouvé ce qu'il était venu chercher. Je l'ai accueilli comme un animal abandonné. Il a enfoui sa tête dans mon cou et n'a plus bougé pendant un long moment.

Allongés côte à côte, épuisés et heureux, nous nous tenions par la main.

Le temps a passé. Kélian m'a embrassée sur la joue, tendrement.

— Merci…

Ses pupilles luisaient. Il avait rallumé la lampe de chevet et son visage se reflétait par ombres mouvantes sur l'oreiller.

— Tu as aimé ?

— Je pensais que c'était bien plus grand, votre truc. Mais en fait, ça ressemble à un anus, en plus chaud et en plus humide.

J'ai ri.

— C'est un espace potentiel, Kélian. Quand il n'y a pas de bébé ni de sexe, c'est fermé.

— J'ai vu.

Il a porté ma paume à sa bouche et l'a baisée.

— Je t'aime, Estelle.

— Moi aussi, je t'aime, petit padawan des femmes.

Je me suis endormie dans ses bras.

Le lendemain matin, j'ai accompagné Kélian sur le quai.

— Tu m'enverras des photos du Vietnam ?

— Promis.

— Un sarong, aussi. Le mien est déchiré.

— Et puis quoi d'autre !

Il m'a serrée dans ses bras avant de monter dans le train.

Arnaud m'attendait chez lui pour déjeuner. Je savais quoi lui dire à présent pour qu'il me quitte.

50

En fin de compte, je n'ai même pas eu le temps de lui annoncer quoi que ce soit. Arnaud m'attendait chez lui, assis dans l'un des fauteuils de son salon, un magazine sur les genoux et mes affaires rangées dans deux sacs de voyage à ses pieds. Je me suis figée, les clés de son appartement à la main. Il a baissé les yeux. J'ai écarquillé les miens.

Je n'ai même pas eu mal. Mon amour pour lui était parti en même temps que son désir de vivre.

Calme, j'ai pris place dans le fauteuil en face du sien et l'ai considéré tristement.

— Tu es en train de te perdre, Arnaud. À vouloir chercher une cause à chaque événement, tu ne vis plus. Au contraire, tu nies le présent ainsi que sa créativité. Regarde-toi enfin ! Depuis quand tu n'as pas éclaté de rire ?

Il a serré les dents.

— Il y a un temps pour tout, Estelle. Tu as eu un grave accident. J'aurais aimé que tu prennes conscience de cette opportunité que t'offre l'univers de rectifier ta route mais, non, tu ne vois pas. Et moi, je ne peux pas rester à côté d'une aveugle.

— Pourquoi ? Sa lumière t'éblouit ?

Mon ton était glacial mais Arnaud n'a pas semblé s'en offusquer. J'ai adouci ma voix :

— Écoute, je ne sais toujours pas si je crois aux médiums, au tarot ou au pendule. Je suis ouverte, j'entends, j'émets des hypothèses et je ne juge aucune croyance. Parce que, oui, je sais que je ne sais pas et que je ne saurai jamais, à moins que Dieu, Jésus ou Marie en personne viennent de tout là-haut me taper la conversation. Et crois-moi, j'en serais la première heureuse car j'ai des tonnes de questions à leur poser ! En attendant, je vis. Parce que, peu importe qu'on soit missionné ou non, on est là pour vivre !

— Vivre ne veut pas dire faire n'importe quoi.

— Mais écoute-toi, bordel ! me suis-je emportée. Tu veux donner du sens à tout ce qui t'arrive, mais ce sens ne t'appartient pas toujours, Arnaud. Et quand bien même, ce serait une erreur. Le réel est vivant, v-i-v-a-n-t ! Et le monde est, tout simplement. À vouloir le disséquer, tu fuis ta propre vie.

— J'écoute les signes, Estelle. Je me suis incarné pour une mission précise. Enfin, merde, tu n'as rien retenu de tout ce que je t'ai appris ? !

J'ai fermé les yeux, le temps de rassembler mes pensées. Quand je les ai rouverts, Arnaud me regardait toujours, visiblement atterré par ma stupidité. J'ai tenté une sortie :

— Je ne suis plus l'âme qui s'est incarnée, Arnaud. Parce que j'ai vécu. C'est comme les experts qui font des pronostics. Ce sont des pronostics justement, pas des vérités. Il y a toujours des facteurs inhérents à la vie. Des imprévus.

— Faux. Tu as choisi ces imprévus en t'incarnant.

— Mais alors pourquoi je me serais fait chier à m'incarner si je savais déjà tout ce que j'allais vivre ? !

Il n'a pas répondu. Je n'ai rien ajouté. J'étais fatiguée de lutter. À la place, j'ai contemplé les deux sacs qui contenaient mes affaires. Une histoire d'amour de plus de ratée. J'ai refréné mes larmes et ai déposé les clés de son appartement sur la table.

— Tu vas repartir au Pérou ?

— Je ne sais pas. Je travaille avec Damien pour l'instant, l'une des trois personnes qui ont fait le stage avec moi. Il habite à Lyon, je vais descendre le voir. Le maître chamane nous guide.

— Vers la vie ou la mort ?

Il n'a pas relevé. J'ai répondu toute seule à cette question. Arnaud ne sortait plus, ne buvait plus, même plus de café ni de bière, mangeait uniquement des aliments sains, ne s'accordait plus aucun écart, portait des vêtements en coton naturel et passait ses soirées à lire des livres spirituels. J'ai repensé aux paroles de Yann. Il avait la jeunesse mais la vie n'était pas à lui, encore moins en lui.

Je me suis levée et lui ai fait mes adieux. Arnaud n'a pas exprimé une seule émotion. Seuls les grands moines bouddhistes faisaient preuve d'un tel détachement. Ou les gens assujettis à un gourou.

La porte de son appartement s'est refermée derrière moi, suivie de celle de son immeuble. Je me suis retrouvée dehors, seule, avec mes affaires à la main. J'ai hélé un taxi.

51

Florent ne s'arrêtait plus. Je ne l'avais encore jamais vu ainsi. Il me vantait sa beauté, son sourire, son regard ainsi que sa personnalité. Tout l'émerveillait chez Malika, et elle, en retour, disait oui à tout : randonnées, rafting, escalade, visite de musée, événements culturels, cinéma, gala de charité. Malika passait d'une tenue de sport à une robe de cocktail avec une aisance qui laissait Florent béat d'admiration. Et d'amour. Je l'écoutais et lui demandais pardon dans ma tête. Pardon pour avoir jugé son repassage diurne et ses chemises roses alors que c'était mon cœur à moi qui avait été fermé. Je me prenais claque sur claque depuis des semaines. Florent était en couple et amoureux. J'étais heureuse pour lui. Et jalouse.

Mes pas m'ont portée chez Yann. Il était un peu plus de 22 heures. Je savais où il habitait, j'avais noté son adresse après avoir consulté la bible du film. Arrivée en bas de chez lui, je lui ai envoyé un texto. C'était stupide et surtout ça ne menait nulle part. Yann avait soixante-trois ans. Qu'est-ce que je foutais là ? Il m'a appelée dans la foulée. J'ai bredouillé :

— Je suis en bas de chez toi.

Un silence a suivi à l'autre bout du fil, suivi de ces mots :

— Je t'ouvre.

Je me suis engouffrée dans l'immeuble.

Yann habitait au dernier étage d'un bâtiment moderne. Je suis sortie de l'ascenseur. Il m'attendait devant sa porte et me l'a tenue ouverte sans sourire. Je suis entrée chez lui.

Il n'avait pas menti, il était véritablement riche pour posséder un tel appartement. La hauteur des murs était impressionnante et ces derniers emplis de toiles avant-gardistes. J'étais insensible à cette forme d'art. Mais là, face à cette profusion de couleurs exposées sur des tableaux immenses, j'ai frissonné. Le temps semblait s'être arrêté en ce lieu. Quant au plafond, il était fait d'une unique verrerie offerte au soleil — à la lune, à cette heure-ci.

— Tu veux boire quelque chose ? Un café ? Un verre de vin ?

— Un thé, ce serait parfait.

Il s'est rendu dans la cuisine. J'ai détaillé les toiles une à une. Les murs ne contenaient rien d'autre, ni étagères ni miroirs ou objets décoratifs. Sa table basse, en revanche, était jonchée de livres et de scénarios. J'ai lu le titre du premier d'entre eux : *Le Troisième Soleil*, une histoire d'amour, d'après ce que je comprenais des premières lignes du synopsis.

— Les personnages sont mal caractérisés, on ne s'identifie pas assez à eux, a déclaré Yann tout en me tendant une tasse de thé.

Je l'ai saisie et me suis assise sur le canapé. Yann s'est enfoncé dans le fauteuil face à moi, avant de demander :

— C'est un film romantique que tu voudrais faire ?

— Je ne t'ai jamais dit que je voulais faire un film !

— Estelle…

J'ai baissé les yeux. Il a bu son café. J'ai soufflé sur mon thé.

— Pas une histoire d'amour, non. Enfin, pas au sens classique du terme.

— C'est-à-dire ? Qui y a-t-il en toi ? Quelle histoire ?

Là était la question, même si je pensais en connaître la réponse.

— Les retrouvailles d'un homme et d'une femme qui ont divorcé et sont allés voir ailleurs avant de se rendre compte qu'ils étaient faits l'un pour l'autre.

Yann m'a considérée un instant, puis il a déclaré :

— La vie a toujours raison, Estelle.

— Ce qui signifie ?

— Quand on se sépare, c'est pour une raison. Si tu passes ton temps à regarder en arrière, tu n'avances pas. Tu ne vis pas non plus.

— On peut s'être séparé parce qu'on avait temporairement des choses à expérimenter qui ne collaient pas avec la vie de couple.

Il a éclaté de rire.

— Enfin ma grande, tu ne crois pas toi-même à tes paroles !

J'ai rougi. Yann a posé sa tasse vidée sur la table.

— Je suis comme toi, tu sais. Amoureux de l'amour et nostalgique des instants vécus. Ce n'est plus mon ex-femme que j'aime, mais ce que nous avons vécu ensemble, les matins à nous éveiller côte à côte, nos rires complices, nos mains enlacées, nos baisers. J'aimais être amoureux et je suis nostalgique de ce sentiment. Mais pas d'elle.

Je l'ai dévisagé longuement. Étais-je toujours amoureuse de Ganaël ou nostalgique de notre amour ? Yann a semblé suivre le cheminement de mes pensées car il a rétorqué :

— Tu crois que personne ne prendra jamais sa place, n'est-ce pas ? Que l'homme de ta vie est unique. Mais t'a-t-il couru après quand tu es partie ?

Je me suis levée du canapé et ai récupéré mon paquet de cigarettes dans mon sac à main. Yann a sorti un cendrier de sous la table.

— Je m'autorise un cigare si tu fumes ta clope. Un Roméo et Juliette. Mon péché mignon depuis que je suis allé à Cuba en 76.

1976. Je n'étais même pas née.

— Tu as beaucoup voyagé ?

— Oui, mais ne change pas de sujet.

Quel emmerdeur ! Lui aussi devait être Bélier, avec un caractère pareil. J'ai allumé une cigarette.

— Non, il ne m'a pas couru après quand je suis partie, ai-je répondu. Il m'a laissée monter dans le train et ne m'a même pas appelée à mon arrivée.

Yann a tiré sur son cigare. L'odeur a empli la pièce et m'a ramenée des années en arrière, à l'époque où mon père fumait le dimanche après-midi dans le sofa du jardin d'hiver.

— Tu as vu ce film avec Julia Roberts et Cameron Diaz, *Le Mariage de mon meilleur ami* ?

Je suis revenue au présent.

— J'ai passé tout un été à le regarder avec ma cousine quand on était au lycée.

— Donc tu te souviens de ce passage où Dermot court après Cameron, Julia après Dermot et personne après elle…

Je m'en souvenais parfaitement. Julia était amoureuse de Dermot mais Dermot avait choisi Cameron et allait l'épouser. Et moi, après qui courais-je qui ne courait pas après moi ? me signifiait Yann par cette allusion au film.

Yann a posé son cigare sur le rebord du cendrier.

— Tu sais, Estelle, le bonheur, ce n'est pas un homme mais toi. C'est toi-même qui te rends heureuse ou malheureuse. Le jour où tu auras compris ça, tu trouveras le bon, le père de tes enfants.

J'ai achevé mon thé.

— Et toi, c'est quoi ton histoire d'amour ratée ?

— Classique : amour, passion, vie de couple, vie de famille, erreurs, souffrances, divorce. Lily est partie il y a onze ans.

— Et tu es seul depuis tout ce temps ?

— Je n'ai jamais su baiser. Je suis un romantique. Le romantisme, c'est de se marier, pas de tirer un coup à droite à gauche. Mais bon, c'est peut-être bien aussi. Je n'en sais rien, après tout. Je ne suis qu'un vieux chnoque qui croit aux histoires d'amour.

— Non, tu es un grand homme parce que tu laisses la femme en toi s'exprimer.

Ça a été à son tour de me fixer.

Je n'ai pas vu la soirée s'avancer. Yann parlait, je lui répondais, et nos mots s'enchaînaient dans une conversation improvisée riche de curiosité, de souvenirs et de désirs. Il avait fait le tour du monde à vélo pendant quatre ans suite à un pari perdu au poker. Ça avait compté parmi les plus belles années de sa vie. À son retour, il avait rencontré Marilyn. Très vite, ils s'étaient mariés et avaient eu deux enfants. Les enfants, c'est la vie, m'expliquait-il. Tant que je ne serais pas mère, je ne comprendrais pas l'essentiel. Il me manquerait toujours le plus beau, le plus fou, le plus riche : l'amour de l'âme. Je pensais à Arnaud qui cherchait la compréhension de l'existence des choses le nez dans ses bouquins. Yann, au contraire, m'adjurait de taire mon mental.

— Vis, ressens, respire, hume, casse-toi la gueule, remets-toi debout, recommence. On s'en fout des bleus. Et même si tu y perds une jambe, au moins, tu auras essayé.

Son regard s'est brusquement voilé. Il y avait quelque chose derrière ses paroles que je ne saisissais pas, une souffrance emprisonnée. Yann a consulté l'heure à sa montre.

— Merde, il est 2 heures du matin. Rentre chez toi, Estelle. Tu bosses demain et moi aussi.

Je n'ai pas réfléchi. Mon cœur s'est emballé, puis ma poitrine compressée. Les mots sont sortis d'eux-mêmes :

— Je peux rester ici ?

Il ne l'avait pas vue venir, celle-là. Son regard s'est agrandi. Aussitôt après, il a éclaté de rire.

— N'importe quoi ! Allez, va, je t'appelle un taxi.

— Je suis sérieuse, Yann.

— Moi aussi. Mes fils ont ton âge, alors arrête tes conneries et rentre chez toi.

— Je ne t'ai pas demandé de coucher avec toi, je t'ai demandé de me laisser dormir chez toi.

— Je n'ai pas de chambre d'amis. C'est un ancien atelier, cet appart. J'ai aménagé le local du fond en une chambre et une salle de bains, c'est tout.

— Je peux dormir dans ton lit.

— Non, tu ne peux pas.

Il s'est levé, furieux, et est allé poser nos tasses dans la cuisine. Quand il est revenu, je me trouvais dans sa salle de bains à ôter mes vêtements. Yann m'a jeté un regard noir, a soupiré, m'a poussée sur le côté puis a sorti une brosse à dents neuve d'un tiroir qu'il m'a tendue.

— Tu as des serviettes propres dans le placard à côté de toi.

Je l'ai remercié. Il a grogné et a refermé la porte de la salle de bains derrière lui.

Je ne portais pas de T-shirt ni de culotte et je n'ai jamais aimé dormir en string. Enroulée dans ma serviette, je me suis allongée sous le drap et me suis dénudée une fois dessous. Yann a pris place dans la salle de bains. Dix minutes plus tard, il en est ressorti vêtu d'un pyjama à carreaux. Je me suis retenue de rire. Il a éteint la lumière.

— Tu te lèves à quelle heure demain ?

— En même temps que toi.

Il a grogné de plus belle, a réglé son réveil, ôté la veste de son pyjama et pris place dans le lit.

Il avait laissé la fenêtre ouverte. On entendait les voitures passer au-dehors. J'étais bien. Il faisait frais, mais assez chaud pour laisser ses jambes dépasser du drap. Yann ne dormait pas. Sa respiration était contrôlée. Est-ce qu'il avait envie de moi ? Est-ce qu'il désirait me toucher mais n'osait pas ? Et moi, avais-je envie de lui ? Je n'avais jamais eu de rapport sexuel avec un homme aussi âgé. J'imaginais que c'était pareil qu'avec un plus jeune, la vigueur en moins. Quoique, Belmondo avait bien fait un gosse à soixante-dix ans. Mais ça frisait le ridicule. Ça l'était, d'ailleurs. Et c'était égoïste surtout. Et moi, n'étais-je pas égoïste de l'avoir forcé à m'accepter dans son lit ? Qu'est-ce que je cherchais ?

Je me suis redressée, ai franchi les cinquante centimètres de distance qui nous séparaient, poussé son bras et calé ma tête sur son torse. Yann a retenu sa respiration. J'ai fait de même, attendant anxieusement qu'il valide mon geste. Une seconde est passée, une deuxième, une troisième puis, enfin, son bras s'est posé sur mon dos en même temps que son souffle sur mon visage. Je me suis détendue.

Il ne bougeait pas, moi non plus. J'apprivoisais son odeur, mélange de musc, de thym et de tabac froid. Puis je sentais la sécheresse de sa peau sous la finesse de ma joue. J'ai ramené ma main gauche sur son torse. Il a tressailli. Mon index effleurait son téton mais je n'osais pas bouger. Lui non plus. Je mourrais d'envie qu'il caresse mon corps pourtant, qu'il le parcoure, trace ma peau avec ses doigts, mon cou, mes reins, comme il avait éveillé mon âme avec ses mots. Qu'il me parle encore et me raconte sa vie pour me faire rêver plus haut.

J'ai dû bouger parce que la position me faisait souffrir. Mes côtes n'étaient pas tout à fait réparées. Je me suis allongée sur le dos. Sa main a glissé sur mon ventre, dans le creux de mon nombril. J'ai enlacé mes doigts dans les siens et fermé les yeux. J'étais bien. Yann veillait sur moi. Je me suis endormie.

52

Je n'arrivais pas à remonter la fermeture Éclair jusqu'en haut. J'avais beau tendre les bras de toutes mes forces, le zip ne passait pas. Et pas question de tirer sur le tissu. J'ai consulté l'heure à la pendule de la salle de bains. 15 h 30. Et merde ! J'ai couru dans le bureau de mon père à la recherche de fil de couture. Mes parents m'avaient prêté leur maison pour le week-end. Ils ne savaient pas que j'allais me marier. Personne ne le savait, hormis Astrid et Clément, nos témoins. J'ai trouvé une bobine de fil dans l'un des tiroirs de la commode. Sauvée ! J'en ai coupé une bonne longueur que j'ai doublée et passée dans le trou de ma fermeture Éclair, puis j'ai tiré sur le fil. Ma robe s'est enfin fermée. Il me restait quinze minutes pour me maquiller, me coiffer et me chausser.

15 h 50. J'étais en retard. Si je conduisais vite, je pouvais gagner cinq minutes de trajet. Ou me foutre en l'air et ne plus me marier du tout. J'ai ralenti. J'étais trop nerveuse pour dépasser les limitations de vitesse.

16 h 02. Je me suis garée sur le parking du paraclub. La voiture de Ganaël était là, ainsi que celles du maire, d'Astrid et de Clément. Je suis sortie de la mienne, ai défroissé ma robe, vérifié mon maquillage dans le rétroviseur puis me

suis avancée vers les hangars, là où Ganaël et moi nous étions embrassés pour la toute première fois.

Ganaël discutait avec le maire, le regard tourné vers la zone de pose des parachutistes. Il avait enfilé un pantalon de smoking bleu foncé et une chemise d'un bleu plus clair. À côté d'eux se tenaient Astrid et Clément. J'ai pris une grande inspiration et ai franchi la porte du grillage qui me séparait des pistes. Ganaël m'a entendue arriver et s'est retourné.

Tout a instantanément disparu. Son regard a absorbé les couleurs tandis que l'instant a enrobé nos corps, comme un moment qui ne pouvait qu'être. Les émotions avaient pris le pas sur mes sens, fusionné en une seule perception : lui.

Ganaël s'est approché de moi, un bouquet de roses rouges et blanches à la main. Le rouge pour la femme qu'il désirait, m'a-t-il expliqué, et le blanc pour celle qu'il admirait. Il a posé sa main sur mon visage, ancrant à jamais son aura dans la mienne.

— Tu es magnifique, mon ange.

Lentement, il s'est approché de moi. Ses lèvres ont effleuré les miennes avant de les écarter. J'ai humé son odeur. C'était le matin de notre amour, la promesse d'une vie ensemble. Il était mon éternel.

Ma bouche s'est ouverte, Ganaël l'a effleurée de ses lèvres.

Je me suis réveillée en sursaut. Yann dormait à côté de moi, la tête enfouie dans l'oreiller. J'ai observé son dos à la lueur de la lune, les taches brunes qui y couraient ainsi que les cicatrices et la sécheresse de sa peau. Sans un bruit, je me suis levée, ai attrapé la serviette avec laquelle je m'étais lavée et me suis enroulée dedans.

Le salon était plongé dans le noir. Je me suis assise face à la baie vitrée et j'ai contemplé la nuit. Puis j'ai compté les secondes. À la douzième, j'ai éclaté en sanglots.

53

J'avais fait griller du pain, préparé du café, sorti du beurre du réfrigérateur et ouvert un pot de confiture. Assise à la table de la salle à manger, je feuilletais un magazine. La pile de scénarios posée sur la table basse du salon me faisait de l'œil, mais Yann ne m'avait pas autorisée à la lire. J'ai poursuivi mon feuilletage.

Yann est apparu une heure plus tard, son pyjama à carreaux sur le dos, les cheveux en bataille et les yeux rougis. Il a constaté le petit déjeuner préparé et s'est rendu dans la cuisine tout en râlant.

— J'ai refait du café. La première tournée a fini dans l'évier. Refroidie.

— Mais toi non, a-t-il pesté.

Ses mots m'ont heurtée de plein fouet. J'ai fait semblant de me plonger dans la lecture de mon magazine. Yann est revenu sur ses pas et s'est excusé.

— Pas de problème, ai-je menti.

Il a attrapé une boîte en fer sur l'étagère de la cuisine et l'a ouverte tout en prenant place face à moi. À l'intérieur, il y avait un tas de pilules. Je me suis étonnée.

— Qu'est-ce que c'est ?

— Les conneries que mon fils m'oblige à prendre pour aider mes organes à mieux fonctionner.

— Pourquoi ? Tu es malade ?

— Oui. Malade de te voir alors que je t'avais dit de foutre le camp.

Yann a sélectionné trois pilules vertes dans un sachet et deux blanches dans un autre qu'il a avalées avec un verre d'eau. J'ai tourné les pages de mon magazine.

— Ça t'arracherait la bouche de me dire merci pour t'avoir préparé le petit déjeuner ?

— Je ne déjeune pas le matin.

— Si, tu bouffes des pilules. Pas étonnant que t'aies un caractère de chiotte !

Il m'a fusillée du regard. J'ai fermé le magazine et me suis beurré un toast que j'ai dégusté en le regardant droit dans les yeux, lentement. Yann a refermé la boîte.

— Ça va durer longtemps, ton petit jeu ?

— Jusqu'à ce que t'arrêtes de faire la gueule.

Il a frappé brusquement du plat de la main sur le couvercle. J'ai sursauté. Ensuite, il a fait valser la boîte à l'autre bout de la table.

— Tu sais quoi, a-t-il fulminé, je me suis trompé en fait. T'es bien plus culottée qu'Adrian. Et t'as gagné. Je te le signe, ton contrat. Le film que tu veux, rien à foutre. Il te faut quoi ? Vingt mille euros pour l'écrire ? Trente mille ?

J'ai reposé ma tartine. Yann m'a fixée durement et j'ai compris qu'il ne s'excuserait pas. Écœurée, je me suis levée d'un bond, habillée puis j'ai récupéré mon sac à main et quitté son appartement. Yann n'a pas esquissé un geste pour me retenir.

J'étais furieuse. Et déçue. J'avais cru voir en lui l'homme

le plus merveilleux du monde alors qu'il n'était qu'un connard fini doublé d'un misogyne. Je me suis engouffrée dans le métro aussi énervée qu'en sortant de son immeuble.

Dix minutes plus tard, j'ai reçu un texto de Yann disant :

Tu avais l'air d'un ange cette nuit. Je t'ai regardée dormir. Tu étais belle. Mais je ne veux pas de toi dans ma vie. Je ne veux pas t'aimer.

J'ai instantanément cessé de le haïr. C'est moi que j'ai haï à la place. De quel droit m'étais-je imposée dans son lit ? Yann m'avait pourtant dit non, sauf que je n'avais pas voulu comprendre. J'ai relu la fin de son texto.

Je ne veux pas t'aimer.

Astrid m'attendait sur le pas de ma porte, assise à même le paillasson tout en se faisant les ongles. Je me suis stupéfiée.

— Qu'est-ce que tu fais là ?

Elle s'est levée d'un bond.

— Enfin ! a-t-elle explosé. Ça fait une heure que je t'attends ! Mais, comme d'habitude, tu as oublié !

Merde oui, j'avais complètement oublié qu'on avait rendez-vous à 10 heures pour se faire relooker. Une amie à elle validait son diplôme de maquilleuse-coiffeuse et nous avait demandé de nous emprunter nos têtes pour la journée.

J'ai consulté mon téléphone. 10 h 25 et aucun appel en absence.

— Pourquoi tu ne m'as pas appelée ?

— J'ai oublié mon téléphone chez Gautier hier soir. Et toi, tu viens d'où ?

— De… chez un ami. Accorde-moi cinq minutes, je me douche, je me change et j'arrive.

— Je finis mes ongles. C'est du séchage express. Tu as deux minutes.

Je me suis précipitée dans ma salle de bains. Quinze minutes plus tard, Astrid et moi quittions mon appartement.

Sonia nous a remonté les bretelles avec un art frôlant le sadisme. Je me suis confondue en excuses et, pour me faire pardonner, lui ai accordé le droit de faire ce qu'elle désirerait avec mes cheveux. Ravie, Sonia nous a fait asseoir face aux miroirs. Astrid s'est approchée de moi discrètement.

— Fais gaffe, quand même. Je ne suis pas sûre que tes prods soient enchantés d'avoir une première assistante aux cheveux bleus.

Je n'ai pas eu les cheveux bleus en fin de compte. Sonia a éclairci ma chevelure d'un *tie and dye* ombré tirant sur le blanc aux pointes, ensuite elle m'a maquillée à l'asiatique, les yeux étirés en amande et les lèvres peintes en rouge. À Astrid, mate de peau, elle a cuivré la moitié de sa chevelure de mèches très larges et ne lui a maquillé qu'un œil. Le résultat était très… original. Mais Sonia était satisfaite. Elle nous a fait poser pour son book et enfin nous sommes allées déjeuner.

Astrid et Sonia ont parlé chiffon, soldes, bikinis, toutes ces futilités qui habituellement m'intéressaient et me laissaient aujourd'hui indifférente. Les mots de Yann ne quittaient pas mes pensées. J'ai allumé une cigarette, hoché la tête au commentaire d'Astrid sur les nouveaux maillots de bain une-pièce ouverts sur le côté et reporté mon attention sur mes propres pensées. Yann avait soixante-trois ans. Ça nous faisait trente et un ans d'écart. Quand je naissais, il avait déjà une vie d'avance sur moi. Et alors ? La différence d'âge nous empêchait-elle de nous aimer ? Mais m'imaginais-je seulement l'embrasser, ou même le présenter à mes parents ? Ma mère était plus jeune que lui ! Si ce n'était pas du désir ni de l'amour charnel, qu'est-ce qui m'attirait à ce point chez lui ?

— Hé oh, Estelle !

Astrid et Sonia me dévisageaient, amusées.

— Tu étais dans les bras d'un beau brun ?

J'ai rougi.

— On peut dire ça.

Je me suis rendue aux toilettes du bar.

« SOYEZ VULNÉRABLE À L'AMOUR » était écrit en gros sur leur porte.

54

Je parlais, Yann m'écoutait. Nous marchions côte à côte dans les rues de Paris. J'étais allée acheter des sandwichs à la boulangerie de mon quartier et avais proposé à Yann de nous rendre à pied au jardin des Tuileries afin d'y pique-niquer.

Nous étions partis depuis une quinzaine de minutes à peine mais, à bout de souffle, Yann a cessé d'avancer et s'est assis sur un banc.

— C'est loin, les Tuileries, Estelle ! a-t-il pesté. Je n'ai plus vingt ans et j'ai faim !

Déçue, j'ai pris place à côté de lui sur le banc et ai sorti les sandwichs du sac. Yann a retiré l'emballage du sien et a croqué dedans. C'est vrai qu'il semblait fatigué. Il avait de lourds cernes sous les yeux. J'ai retiré l'emballage du mien.

— Tu travailles trop, Yann. Tu dois prendre soin de toi.

— Ma vie est derrière moi, fillette. Je brasse du vent en attendant le prochain train qui m'emmènera rejoindre les copains là-haut.

— N'importe quoi !

J'ai mordu dans mon sandwich.

— Tu sais que l'espérance de vie pour les hommes en

France est passée à quatre-vingt-quatre ans ? Tu as de la marge !

Il a hoché négativement la tête.

— Je n'irai pas jusque-là. Pas envie.

— Pourquoi ? Tu ne veux pas connaître tes petits-enfants ?

Yann a cessé de mastiquer et a aussitôt détourné le regard. Avais-je dit quelque chose qu'il ne fallait pas ?

— Tu sais ce que je voudrais ? m'a-t-il demandé après un moment d'une voix chargée d'émotion. Partir naviguer avec toi. On louerait un voilier et on irait traverser le Pacifique. Puis on s'arrêterait dans les îles, on dégusterait des noix de coco et on ferait la sieste sur la plage.

J'ai imaginé un tel voyage, un rêve.

— Je m'occuperai de hisser les voiles et toi, tu tiendras la barre, ai-je renchéri. Le soir, je poserai ma tête sur ton torse et on regardera les étoiles.

Il a levé les yeux vers elles.

— Regarde comme le ciel est beau, mon cœur.

Je me suis raidie. Yann a tourné la tête vers moi, un sourire amusé sur les lèvres.

— Tu te pointes dans mon lit à poil, tu joues les grandes à me parler d'amour mais tu te tétanises quand je t'appelle *mon cœur* ? L'amour est chaud, Estelle, il coule, il ne paralyse pas. Tu es mon cœur parce que ton cœur est beau. Il n'y a rien à réfléchir.

Je n'ai pas répondu. Je ne savais plus. Mes sentiments avaient déserté mon corps. Paniqués à l'idée d'être sollicités, ils avaient jeté les canots à la mer.

Yann m'a raconté cette panne de courant qu'il y avait eue dans une région des États-Unis plusieurs années auparavant. Neuf mois plus tard, l'État avait connu un pic de naissances jamais égalé depuis. Un baby-boom local étalé sur quelques jours seulement.

— L'amour, il n'y a que ça de vrai, Estelle. Le reste, c'est du remplissage.

Il n'a pas fini son sandwich, moi non plus car mon estomac était contracté. Yann a pris ma main dans la sienne et l'a serrée.

— Tu sais ce que je crois ? Que le premier amour est la matrice du véritable amour. Le premier amour est passion, possession, feu et débordements. Le véritable amour apaise. Il est patience, tempérance, douceur et compréhension. Il est le matin du printemps après les orages d'été.

Tout n'avait été que brûlure avec Ganaël. Son absence, sa présence, ce désir qui m'avait possédée en permanence, son sexe, son odeur, son goût. Sa pensée m'avait emplie à ne plus pouvoir en respirer. Avec lui, j'avais cessé d'exister, mon moi écrasé par notre nous.

La main de Yann était chaude dans la mienne. Je l'ai pressée tendrement.

— Je t'aime, Yann. Tu n'es pas mon amoureux mais je t'aime.

Il m'a attirée contre lui et m'a embrassée dans les cheveux.

— Moi aussi, je t'aime, petite fille. Et tu le trouveras, ton véritable amour, quand tu seras prête.

Notre pique-nique achevé, je l'ai raccompagné à son appartement. La promenade l'avait fatigué. Yann m'a expliqué avoir eu une soirée la veille qui s'était achevée à 4 heures du matin. Il toussait à présent. Il est allé faire une sieste.

Je suis restée dans ses bras jusqu'à ce qu'il s'endorme.

J'avais un père que j'aimais, je ne faisais donc pas de transfert. C'était autre chose que j'éprouvais à l'égard de Yann, un amour bizarre, d'âme à âme. Yann avait son compartiment à lui dans mon cœur.

55

Victor m'avait suppliée de l'accompagner à cette réunion tantrique. Pour une raison qu'il avait refusé de m'expliquer au téléphone, il avait rompu avec Caroline, d'où sa demande de la remplacer au pied levé.

— Je te préviens, personne ne me touche, Vic.

Il a éclaté de rire.

— C'est une conférence, Estelle, pas un baisodrome ! On sera assis en cercle et un homme nous expliquera ce qu'est le tantrisme.

Ah. Dans ces conditions, j'ai accepté de venir. Victor m'a conseillé de porter des vêtements confortables. Je suis repassée chez moi me changer avant de le rejoindre au centre de yoga où se déroulait la soirée.

Il m'attendait devant l'entrée du centre, en train de fumer ce qui n'avait pas l'air d'être sa première cigarette. Je me suis postée devant lui, les mains sur les hanches.

— On a sept minutes avant le début de ta conférence, alors je t'écoute.

Il m'a regardée bêtement.

— Je vais être papa.

— Félicitations ! Où est le problème ?

— Je ne veux pas d'enfant, Estelle, je n'en ai jamais voulu.

— Tu ne me l'avais jamais dit.

— Depuis quand on parle de bébés, de famille et de trucs que font les gens normaux, toi et moi ?

Ce n'était pas faux.

— Caroline savait que tu n'en voulais pas ?

— Oui.

— Mais elle ne prenait pas la pilule ?

— Non.

— Et toi, comme un con, tu jouissais quand même en elle ?

— Oui. Non.

Il s'est emporté :

— Enfin merde, il y a la pilule du lendemain, bordel. Et au pire, l'avortement.

Je l'ai dévisagé, écœurée. Je découvrais un Victor que je ne connaissais pas et que je n'appréciais pas du tout. Caroline avait trente-sept ans et elle était enceinte. Bien sûr que non, elle n'avorterait pas ! Je lui ai piqué une cigarette.

— Tu ne veux pas aller boire un verre plutôt ?

Il m'a chopée par les épaules.

— Idiote, va ! Fume ta clope et on rentre. Je vais régler cette histoire et tout ira bien.

Traduction : Victor allait obliger Caroline à avorter et, une fois cela fait, il la quitterait. Je n'étais plus sûre d'avoir envie de passer la soirée avec lui. Mais il a posé sa main sur mon dos et m'a déclaré jovialement, comme si le sujet était déjà oublié :

— C'est Ingrid qui m'a parlé de ces soirées tantriques. Tu te souviens, la petite bombe qui faisait le cadrage pour le court-métrage d'Alex ? Et bien, elle a suivi une formation de tantrisme et depuis elle me jure qu'elle a des orgasmes qui frôlent le nirvana.

J'avais déjà l'impression que les miens le frôlaient. Qu'est-ce que ça allait être alors !

Nous avons pénétré dans la salle. Une vingtaine de personnes était assise en cercle sur des coussins tandis que d'autres prenaient place. Je portais un pantalon large en lin blanc et un haut noir. J'étais la seule à ne pas arborer de couleurs. Mal à l'aise, je me suis installée sur un coussin qui semblait moins dangereux que les autres — ni trop près de la porte, ni face au gus qui allait nous conter les joies du tantra — et j'ai éteint mon téléphone.

Le cercle s'est entièrement rempli. Une femme d'un âge avancé aux gestes gracieux et à la chevelure abondante nous a présenté le centre, le déroulement de la soirée puis notre interlocuteur, Miguel, un Français parti vivre en Inde dix-sept ans plus tôt. Celui-ci est arrivé, s'est assis face à nous et notre initiation a commencé.

J'aimais sa voix, ses mots, ainsi que la façon dont il articulait les syllabes tout en accompagnant chaque phrase d'une mélopée sensuelle. Il parlait mais c'était comme s'il chantait. Sans doute la matière de son discours participait-elle à son charme. Je plongeais dans sa voix comme dans un lac d'eau claire.

Miguel nous a conté le temps des passions amoureuses, des envolées lyriques et des rêves d'amour éternel. Le temps du meilleur avant celui du pire. Mais tant mieux, a-t-il ajouté, car que seraient nos idéaux sans grands projets ? Le visage de Ganaël dansait devant mes yeux. Le pire était-il salutaire ? Permettait-il réellement d'avancer ?

Il n'y avait jamais une personne qui en rencontrait une autre, a-t-il poursuivi, mais une foultitude d'êtres qui se cognaient à une foultitude d'autres : l'homme, la femme, l'enfant en eux, leur passé, leurs parents, les casseroles qu'ils traînaient, leurs cœurs et leurs traumas. Chaque partenaire devenait un miroir réfléchissant les blessures non guéries de l'autre. Et c'était pour cette raison que la sexualité était si sacrée, parce qu'elle unissait les âmes et fusionnait les énergies afin de libérer les tensions. Par la sexualité, l'homme et la femme se nettoyaient intérieurement, concluait Miguel, ils se régénéraient, alignaient leurs chakras et, enfin, vibraient en harmonie avec l'univers.

Victor s'est glissé vers moi.

— Tu dois être sacrément harmonisée, Estelle, m'a-t-il murmuré à l'oreille.

Je lui ai assené un coup de coude dans les côtes.

Miguel nous a ensuite parlé des Indiens huichols. Cette tribu mexicaine avait compris que les auras se mélangeaient lors des rapports sexuels et qu'il fallait donc purifier les corps après trop d'unions diversifiées. Ainsi, avant chaque grande cérémonie, un chamane invitait les membres de la tribu à déclamer un à un les prénoms des personnes avec lesquelles il ou elle avait eu une relation sexuelle depuis son dépucelage. À chaque prénom, le chamane faisait un nœud à une ficelle qu'il jetait ensuite dans le feu.

— Ce rituel leur permet de purifier leurs âmes et leurs corps, a expliqué Miguel.

Je me suis tournée vers Victor et l'ai déconseillé d'un regard glacé d'émettre le moindre commentaire Il s'est retenu de rire mais m'a tout de même déclaré :

— J'ai vu qu'il vendait des cordes de 25 mètres de long à Bricorama.

La soirée s'est agréablement poursuivie. Il n'y a eu ni démonstrations pratiques ni propos choquants. Miguel parlait de sexualité avec une beauté qui me donnait envie de prendre un pinceau et d'honorer mon nom de famille. Il avait raison, faire l'amour était tellement plus que l'union physique de deux corps. Je l'avais oublié ces trois dernières années. J'avais donné mon corps à des hommes de passage tout en barricadant mon âme dans notre lit, à Ganaël et à moi. J'avais troqué le don absolu, l'extase et l'union spirituelle la plus sacrée contre un vulgaire orgasme physique. Je voulais retrouver cette harmonie à présent. Je voulais retomber amoureuse et aimer d'un amour délivré de toute soumission et entrave. Ne plus aimer par besoin mais par désir, librement et avec respect.

Je voulais retrouver ce que je fuyais depuis deux ans et dix mois par peur de souffrir à nouveau.

56

Yann ne répondait pas au téléphone. J'ai patienté au café où nous avions rendez-vous, perdue dans mes pensées. Il avait raison, je n'y croyais pas moi-même à ma théorie des retrouvailles après un divorce. Je n'allais pas écrire le scénario d'un film auquel je ne croyais pas. Le serveur a récupéré ma tasse vide et m'a demandé si je désirais un autre thé. J'ai consulté ma montre. Une heure de retard. J'ai payé l'addition et me suis engouffrée dans le métro.

Vingt minutes plus tard, je me suis engagée dans la rue où habitait Yann. Son immeuble s'est dessiné au loin. Aucune ambulance ni voiture de police ne stationnaient devant. C'était déjà ça. J'ai accéléré le pas et pressé sur le bouton de la sonnette à peine arrivée sous le porche.

Une voix masculine que je ne connaissais pas a répondu. J'ai bredouillé :

— Bonjour, j'ai rendez-vous avec M. Quermeur.

La porte s'est ouverte. J'ai pénétré dans le hall et grimpé les marches quatre à quatre jusqu'au dernier étage. Un jeune homme m'attendait sur le seuil de l'appartement de Yann. Son fils, sans aucun doute. Il avait les mêmes yeux que son père, très ronds et fournis de longs cils. Leurs pupilles étaient plus claires en revanche, tirant sur le beige quand celles de Yann étaient marron foncé. J'ai tout de même demandé :

— Vous êtes le fils de Yann ?

L'homme a acquiescé. J'avais une chance sur deux. J'ai opté pour la solution la plus plausible :

— Celui qui est avocat ?

À nouveau, il a acquiescé, puis il m'a tendu la main.

— Erwan, et vous êtes ?

— Estelle Lautrec. Je… J'avais rendez-vous avec votre père.

— Vous êtes réalisatrice ?

La question a sonné comme une promesse révélée. J'ai menti :

— Oui, nous devions parler de mon prochain film.

Il a soupiré :

— Entrez alors, je vous en prie.

D'abord, je n'ai pas bougé. Je n'avais pas besoin d'un verre pour qu'on m'annonce qu'il était arrivé quelque chose de grave à Yann. Mais son fils semblait en avoir plus besoin que moi, alors je l'ai suivi.

— Café ? m'a-t-il demandé tout en se rendant dans la cuisine.

Pas de café, que des hommes, ai-je songé tristement. J'ai répondu :

— Thé, s'il vous plaît, noir ou vert, peu m'importe.

Il a disparu dans la cuisine. J'ai pris place sur le canapé, là où je m'étais tenue quelques jours plus tôt. Le cœur serré, j'ai imaginé Yann assis face à moi, puis je me suis rappelé ses mots. Mon regard a dérivé vers la pile de scénarios qui trônait toujours sur la table basse. *Le*

Troisième Soleil avait disparu. *Les Mains de la justice* avait pris sa place.

Erwan m'a rejointe, deux tasses à la main. Je lui ai désigné le scénario du doigt.

— C'est vous qui l'avez écrit ?

Il a souri.

— Non, vraiment, je n'y connais rien en cinéma. Et puis ça ne m'a jamais intéressé.

— Votre frère non plus ?

Erwan m'a tendu la tasse de thé puis a pris place dans le fauteuil face à moi.

— Maxence est parti très jeune de la maison. Nous n'avons plus beaucoup de nouvelles de lui. Je ne sais même pas s'il est marié ou s'il a des enfants. Probablement pas, il… n'en a jamais voulu, a-t-il conclu maladroitement.

Je l'ai sondé du regard, déconcertée par la neutralité de son ton.

— Vous ressemblez à votre père. Lui aussi a cette faculté de ne pas juger les gens.

— Mon père m'a enseigné la bienveillance. Quand j'étais petit, il me disait souvent : « Mon fils, tu trouveras toujours plus de juges que d'avocats en ce monde. » Un matin, je me suis réveillé et je lui ai annoncé que je désirais faire pencher la balance.

— C'est pour lui que vous êtes devenu avocat ?

— Non, pour moi. Mais c'est lui qui m'a appris à aimer les gens.

Les aimer même quand ils mystifiaient la réalité avec leurs rêves ? J'ai reposé ma tasse.

— Je vous ai menti, ai-je confessé, je ne suis pas réalisatrice. J'ai été la première assistante réalisatrice d'un film que votre père a produit. C'est comme ça que je l'ai rencontré. Après, on a discuté et très vite Yann m'a fait comprendre que j'étais en train de passer à côté de ma vie.

Son fils a contemplé le ciel à travers la fenêtre. La tristesse se disputait avec la tendresse sur son visage.

— Mon père a cette faculté de discerner chez son interlocuteur un potentiel que ce dernier ne voit pas.

J'ai acquiescé.

— Votre père est un grand homme.

Son regard s'est embué. Le mien s'est durci.

— Si Yann avait eu un accident, vous me l'auriez dit sans tourner autour du pot, n'est-ce pas ? Qu'est-ce que c'est, alors ? Qu'est-ce qu'il a ?

Erwan m'a fixée. C'est à ce moment-là seulement que je me suis rendu compte à quel point il était beau. Jusqu'à cet instant, j'avais cherché les traits de Yann à travers les siens. À présent, je décelais sa douceur, sa force ainsi que l'harmonie de ses traits. La peau de son corps devait être claire et fine. J'ai regardé ses mains, longues et délicates. Je les ai imaginées virevolter dans l'air tandis qu'il plaidait. Une forme d'art.

— Mon père a un cancer généralisé. Il va mourir.

Ses mots sont tombés comme un couperet. Ma bouche s'est ouverte, ahurie. Ce n'était pas possible. Yann avait… Yann avait avalé une poignée de médicaments le matin que nous avions passé ensemble en guise de petit déjeuner, me suis-je rappelé. Yann s'était assis sur un banc après avoir marché quinze minutes parce qu'il était trop fatigué pour poursuivre notre promenade. Yann m'avait chassée de chez lui parce qu'il refusait de me faire entrer dans sa vie. Yann m'avait protégée de sa mort prochaine.

Ma vue s'est brouillée, inondée de larmes. Erwan s'est étonné. J'ai bredouillé :

— Il va mourir bientôt ?

— Il a refusé de faire une chimio. Ce matin, il est tombé en sortant de son lit et a été transféré à l'hôpital. J'étais repassé ici lui prendre quelques affaires.

Je me suis rappelé son pyjama à carreaux. J'ai chassé l'image.

— Vous ne répondez pas à ma question.

Son fils m'a fixée longuement, a hésité et, en fin de compte, a répondu :

— Deux semaines, deux mois. On ne sait pas. Pas six, en tout cas. Ni quatre.

J'avais besoin de marcher, de courir, de hurler ou de frapper dans quelque chose. De taper ma tête contre un mur, peut-être.

— Pourquoi il n'a pas voulu faire une chimio ?

— Il était à un stade avancé d'un cancer généralisé quand les médecins l'ont découvert. Ils lui ont dit qu'il avait une chance sur cent de guérir, qu'au mieux la chimio lui accorderait quelques mois supplémentaires. Mon père a préféré vivre moins longtemps mais en pleine possession de son corps. Je respecte son choix. C'est... un grand homme, vous avez raison.

Parce qu'il a laissé la femme en lui s'exprimer, me suis-je rappelé. J'ai éclaté en sanglots. Erwan est allé chercher une boîte de mouchoirs dans la cuisine qu'il m'a tendue. J'en ai attrapé un et me suis mouchée dedans. Il s'est rassis face à moi.

— Vous n'êtes pas qu'une femme qui a travaillé pour lui, n'est-ce pas ?

J'ai relevé les yeux vers lui, vitreux. Puis j'ai fait non de la tête. Il n'y a eu aucun jugement dans son regard.

57

Erwan m'avait proposé d'aller nous dégourdir les jambes. Nous avons atterri au jardin du Luxembourg. Il y avait un vendeur de glaces à l'italienne à l'entrée. J'en ai acheté deux que nous avons dégustées tout en longeant la fontaine centrale. Erwan tenait la sienne avec une rigidité qui me faisait rire, sa langue léchant consciencieusement la base de la glace de droite à gauche. Moi, j'aspirais la crème glacée ici et là au gré de mes envies et m'en mettais plein les doigts.

Erwan s'est tourné vers moi, un sourire radieux aux lèvres.

— Je ne me rappelle plus la dernière fois où j'ai dégusté une glace à l'italienne !

— Tu travailles beaucoup ?

— Oui. C'est difficile de se faire une place à Paris. Même dans ma spécialité. Droit de la propriété intellectuelle, a-t-il expliqué devant mon regard interrogateur. Je représente mes clients dans les domaines des brevets, des marques, des dessins et des modèles. Je les conseille et, si besoin, j'engage des actions judiciaires pour les défendre.

J'ai léché la vanille qui coulait le long de mon cornet. Un carré d'herbe fraîche nous faisait de l'œil. Nous y avons pris place. J'avais du mal à détacher mon regard du visage d'Erwan. J'y voyais Yann autant que son contraire. Erwan était calme, timide et réservé quand son père allait vite et sans prendre de gants. Une vie les séparait. Erwan avait dû s'effacer souvent devant son père, ce géant. Ça me rappelait ce film de Claude Lelouch, *Itinéraire d'un enfant gâté*, relatant l'histoire d'un homme qui avait écrasé ses enfants à trop vivre. Ça ne devait pas être facile tous les jours d'avoir un parent dont l'aura prenait toute la place.

J'ai fini ma glace.

— Quand est-ce que Yann a appris pour son cancer ?

— Il y a trois mois. Il me l'a dit dans la foulée. Maxence n'est toujours pas au courant. On n'arrive pas à le joindre. On ne sait même pas où il est.

J'ai acquiescé sans un mot. Erwan a contemplé ses chaussures puis l'herbe puis à nouveau ses chaussures. J'ai senti sa question avant qu'il la prononce.

— Tu as eu une relation intime avec mon père ?

Il y avait une charge émotionnelle dans le ton de sa voix que je n'arrivais pas à définir. Peut-être à cause de sa mère. Je ne savais rien d'elle, après tout.

— Non, je n'ai pas couché avec ton père, Erwan. Nous ne nous sommes pas non plus embrassés. Mais nous avons dormi ensemble, oui. Une nuit. C'est moi qui ai insisté. Lui ne voulait pas. Et, enfin, ton père a gardé son bas de pyjama. Magnifique pyjama, d'ailleurs ! ai-je plaisanté.

Il n'a pas ri.

— Pourquoi ?

Pouvais-je seulement répondre à cette question alors

que je n'étais pas certaine d'en connaître moi-même la raison ? J'ai réfléchi. En fin de compte, j'ai avoué :

— Ton père a compris que j'allais droit dans le mur. Il m'a touchée avec ses mots et j'ai eu besoin de le toucher en retour, pour de vrai, pour m'assurer qu'il était bien réel.

Il a reporté son attention sur le paysage. Sa crème glacée coulait le long de son cornet.

— Ça ne me regarde pas, en fait, a-t-il déclaré au bout d'un moment. Mais merci de ta franchise.

— Tu es son fils. J'ai ton âge. Je comprends que tu désires savoir.

Il a hoché la tête.

— Ça faisait longtemps qu'il n'y avait pas eu de femme dans son lit.

— Et dans le tien ?

Il s'est tourné vers moi, surpris. J'ai piqué un fard. Qu'est-ce qui m'avait pris de dire ça ?

— Pardon, ça ne me regarde pas non plus. Je…

— Non, tu as raison, a-t-il concédé. Dans le mien aussi, ça fait longtemps qu'il n'y a pas eu de femme. Trop de boulot, j'imagine.

— Tu as déjà été amoureux ? En couple ?

— Oui, une fois avec une avocate. Mais elle ne voulait pas d'enfants. J'ai préféré rompre avant de ne plus avoir la force de le faire.

Il a fini son cornet et s'est essuyé les doigts avec la serviette qui l'entourait. Je me suis retenue de lui proposer de lui en faire un d'enfant, là, tout de suite, au milieu du parc. Il avait l'air si triste et si adorable en même temps, avec ses doigts collants de glace.

Il s'est relevé et a défroissé son pantalon.

— Je suis content de t'avoir rencontrée. Ça m'a fait du bien de te parler.

— À moi aussi.

Il m'a tendu la main.

— Tu m'accompagnes à l'hôpital ?

58

J'ai dit oui, bien sûr. Erwan conduisait. Assise derrière lui, un casque jet sur la tête, je goûtais à l'air parisien. Il n'y avait pas de poignée pour le passager sur son scooter, du coup je devais enlacer son torse pour ne pas tomber à chaque fois qu'il accélérait. C'était anodin, puéril, enfantin et sans aucune connotation sentimentale, pourtant mon cœur s'emballait un peu plus à chaque fois que mes bras se resserraient autour de lui. Yann avait raison : j'étais une romantique.

Nous sommes arrivés à l'hôpital. Erwan s'est garé devant le portail et je suis descendue de son scooter.

— Ça va ?

— J'en avais un, ado, tu sais. Ce n'était pas le baptême du feu.

— La prochaine fois, je t'emmènerai à moto alors.

J'ai retenu le « la prochaine fois ». Sa moto était au garage, m'a-t-il expliqué, suite à une mauvaise chute. En attendant de la récupérer, il avait emprunté le scooter de son cousin.

Il a ôté son casque, l'a rangé dans le coffre du deux-roues puis m'a pris le mien des mains.

— Je ne suis pas manchote, tu sais, je peux le porter.

— Mon père sera heureux d'avoir tes bras.

Je n'ai rien répondu. Erwan a attrapé le sac contenant les affaires pour Yann qu'il avait calé entre ses jambes et nous avons pénétré dans la cour intérieure de l'hôpital.

Je n'ai jamais aimé les hôpitaux. Je n'aime pas l'odeur qui y règne ni le silence pesant, étouffé et mort-né. Je n'aime pas non plus les sabots des infirmières, leurs blouses blanches et leurs sourires contrits. Et j'aime encore moins celui robotisé des médecins. Quant aux malades, la plupart me donnent envie de les secouer, car ils me renvoient à ma propre mort.

Erwan m'a entraînée au deuxième étage de l'immeuble principal. Je l'ai suivi docilement, me forçant à ne pas détailler les locataires des chambres. Nous sommes arrivés devant la porte numéro 247, fermée. Il s'est tourné vers moi.

— Ça va aller ?

Je me suis sentie mal tout à coup. Il y avait un vrai malade derrière cette porte. Ce n'était plus un problème de dents de sagesse ou d'appendicite. C'était un homme atteint d'un cancer en phase terminale. Un homme que j'aimais.

Le regard d'Erwan était doux et son sourire à peine étiré. J'ai acquiescé timidement. Je lui aurais pris la main si j'avais pu. Il a toqué à la porte et est entré dans la chambre.

Yann était allongé sur son lit, le drap remonté jusqu'au torse et le visage dirigé vers la fenêtre. Il a entendu la porte s'ouvrir et s'est tourné vers nous. D'abord il a vu son fils et j'ai lu dans son regard l'immensité de l'amour qu'il lui portait. Puis il m'a vue moi et a sursauté. Discrètement, il a questionné Erwan d'un mouvement du menton. Erwan s'est avancé dans la pièce.

— Je suis passé prendre des affaires chez toi et Estelle était en bas de l'immeuble, a-t-il expliqué. Elle s'inquiétait pour toi. Tu avais rendez-vous avec elle, apparemment.

Yann s'est rappelé. Et m'a à nouveau regardée.

C'était plus fort que moi. J'avais beau me contrôler, mes yeux s'embuaient de larmes. Il m'a observée, à la fois furieux et heureux que je sois là, puis il a sorti une main de sous le drap et me l'a tendue. Je me suis jetée sur elle.

Erwan s'était assis près de la fenêtre, moi près du lit. Yann me contemplait comme un lac oublié, une étendue calme et sauvage où poser ses yeux. Il ne savait pas ce que j'avais dit à son fils mais avait compris qu'Erwan en avait suffisamment appris pour m'amener ici.

Sa bouche s'est étirée en un sourire fragile.

— J'espère que tu y as été doucement avec mon garçon. C'est un gentil, tu sais.

Sa peau était sèche et ses lèvres gercées. J'ai souri maladroitement.

— On est allés manger une glace au jardin du Luxembourg.

— Une glace ? Vous m'en avez rapporté une, j'espère !

Erwan s'est levé, tendu.

— Je t'aiderai à ranger tes affaires après, papa. Je voudrais d'abord aller voir le médecin pour connaître tes derniers résultats.

Yann a acquiescé. Erwan m'a jeté un regard entendu avant de sortir de la chambre. La porte à peine refermée, j'ai éclaté en sanglots.

— Pourquoi tu ne m'as rien dit ? ai-je crié. Et pourquoi tu m'as fait croire que tu étais simplement fatigué ?

Yann m'a fixée, impassible, puis il a levé sa main droite et l'a posée sur mon visage. J'ai fermé les yeux. Ses doigts ont caressé mon nez, ma joue, mon menton et enfin ma bouche. Son index s'est attardé sur mes lèvres. J'ai rouvert les yeux. Ils coulaient d'un mal que je n'arrivais pas à endiguer.

— La vie est à toi, Estelle, je te l'ai dit. À toi.

Sa voix était rocailleuse. J'ai attrapé sa main et l'ai baisée.

— Mais tu vas te battre, n'est-ce pas ? Tu vas rentrer chez toi, lire la pile de scénarios qui t'attend et être là pour l'avant-première de mon film !

Son regard s'est éclairé.

— Ça y est, tu t'es enfin décidée ?

J'ai baissé les yeux, penaude.

— Tu avais raison. J'ai tellement peur d'échouer et de ne pas être à la hauteur.

— La seule hauteur qui compte, Estelle, c'est celle de ton cœur.

Mes larmes se sont remises à couler. Je ne voulais pas qu'il meure. J'avais tellement besoin de lui. Mais Yann s'en allait.

Il a pressé ses doigts autour des miens.

— Qu'as-tu dit à Erwan ?

— Que tu m'avais rappelé de vivre. Et que je t'aimais beaucoup.

Il a grogné. Sa façon d'acquiescer.

— C'est un bon garçon. C'est bien que tu prennes soin de lui.

J'ai tourné la tête. J'avais tout barricadé en moi et je refusais d'entendre le sous-entendu que contenait sa phrase.

Yann me caressait les cheveux. J'avais posé ma tête sur sa poitrine, au-dessus du drap. Je ne pensais à rien, simplement je l'écoutais respirer.

Erwan a frappé à la porte de la chambre avant d'entrer. Je me suis redressée. À l'expression de son visage, j'ai compris qu'il était réellement allé voir le médecin et que les nouvelles n'étaient pas bonnes. Mais il a fait semblant.

— Tu devrais sortir demain matin, papa. Je vais prendre quelques jours pour rester avec toi.

Yann n'a rien dit. Erwan s'est tourné vers moi afin de s'enquérir de mon état. Je lui ai adressé un sourire pitoyable. Je tenais le coup. Et puis ce n'était pas moi qui étais allongée sur le lit.

Il a ouvert le sac qu'il avait apporté et en a sorti les vêtements de son père qu'il a rangés dans la penderie.

— Le pyjama, je te le mets dans la salle de bains avec ta trousse de toilette, d'accord ? Et je t'ai acheté des magazines au kiosque. Je les pose là, à côté de ton lit.

— Merci, fils. Allez-y, maintenant. Je suis fatigué et je voudrais dormir un peu.

J'ai chassé une dernière larme qui persistait à vouloir apparaître, endigué mes émotions au fond de mon être, puis j'ai embrassé Yann sur le front. Il a serré sa main dans la mienne.

— Si tu veux passer me voir, demande à Erwan, d'accord ?

J'ai acquiescé, regardé ce dernier et lui ai murmuré que je l'attendais dehors. Erwan a hoché la tête. Je suis sortie.

Fuir la chambre, cet hôpital et la mort. J'ai croisé une vieille femme agrippée à une perche de transfusion, une immonde chemise verte à moitié ouverte sur le dos qui laissait entrevoir une culotte de grand-mère aux motifs à fleurs. J'ai accéléré le pas. Je ne voulais pas être témoin de cette déchéance. Les infirmiers et infirmières étaient peut-être des êtres merveilleux, moi pas. Je n'avais pas leur force.

Le scooter d'Erwan était en vue derrière les grilles du portail. J'ai accéléré le pas et, tout en marchant, j'ai sorti mon paquet de cigarettes de mon sac. Mais, au moment d'attraper mon briquet, je me suis figée.

Il y a des moments dans la vie où l'on sait que ce qui a été ne sera jamais plus. J'ai regardé la cigarette que je m'apprêtais à allumer et, soudain, j'ai compris que le passé était derrière moi et que je ne retournerais pas avec Ganaël. C'était fini. Je ne l'aimais plus. J'étais officiellement divorcée de lui. Et libre.

Il y avait une poubelle pas loin du scooter. J'ai jeté mon paquet de cigarettes et mon briquet dedans en même temps que mon couple, délivrée d'une dépendance qui m'oppressait depuis huit ans.

59

Erwan m'a prise longuement dans ses bras. Je crois qu'il guérissait ma peine autant que la sienne. Une heure plus tard, il m'a déposée devant chez moi. J'ai ôté mon casque et le lui ai tendu.

— Merci.

— Pas de quoi.

La question ne passait pas. J'ai regardé par terre. C'était plus facile.

— Il va vraiment rentrer demain ?

— Oui. Il a demandé à mourir chez lui.

Je me suis sentie tomber. J'avais bien fait de regarder par terre. Le gris du trottoir était parsemé de taches blanches. De vieux chewing-gums vraisemblablement. Ça faisait un drôle de patchwork. Il y manquait du rose. J'avais envie de rose tout à coup. D'orange aussi. Pourquoi les trottoirs n'étaient-ils pas orange ? J'ai relevé les yeux vers lui.

— Il va se suicider, c'est ça ?

Erwan a retiré son casque et a frotté ses paupières rougies. Depuis combien de semaines n'avait-il pas passé une vraie nuit ? Il a bredouillé :

— Il est déjà mort dans sa tête, Estelle. Il a fait ses adieux au monde il y a dix jours. Crois-moi, j'étais là.

Tu lui as offert quelques jours de sursis mais rien de plus. Mon père est déjà parti.

— Non ! ai-je hurlé. Ce n'est pas possible ! La projection équipe était le mois dernier. On ne se laisse pas mourir aussi vite ! Et puis il était en pleine forme il y a encore deux semaines et…

— Non. Il avait l'air en pleine forme, Estelle. C'est différent.

Je ne voulais pas entendre ses mots, encore moins y croire.

— Pourquoi tu le laisses mourir ? ai-je vociféré. Pourquoi tu ne l'engueules pas ? Pourquoi tu…

— Estelle !

Son regard était froid. J'ai éclaté en sanglots. Erwan a calé son scooter sur la béquille puis il m'a prise dans ses bras.

— Tu dois le laisser partir, maintenant. C'est son choix. Il a trouvé la sérénité. Ne lui gâche pas sa mort.

Ça m'a pris du temps de ne plus pleurer. Erwan a pris le sien. Ensuite, seulement, apaisée, je me suis dégagée de son étreinte.

— Passe demain pour sa sortie ? a-t-il conclu. Ça lui fera plaisir. Et je serai là.

Je l'ai remercié. Il est remonté sur son scooter et a quitté mon champ de vision.

Cuisiner. Déjeuner. Me préparer un thé. Non accompagné d'une cigarette. Il allait pleuvoir, les nuages s'amoncelaient sombrement dans le ciel. Je me suis assise face à mon ordinateur et j'ai ouvert un nouveau document. Je n'avais aucun tournage de prévu avant le mois prochain. Et rien à faire non plus côté journalisme.

J'ai placé mes doigts au-dessus du clavier, réfléchi, patienté mais aucune idée ne m'est venue. Agacée, je suis retournée dans la cuisine me préparer un autre thé.

Je regardais la bouilloire et attendais que son bruit devienne plus aigu pour l'éteindre. Je repensais à ce roman que j'aimais tant, *Les Oiseaux se cachent pour mourir*, de Colleen McCullough. Astrid m'avait fait mourir de rire à son sujet un jour.

— Je voudrais réaliser un film avec un titre qui en jette, tu vois ? lui avais-je dit. Du genre *Les Oiseaux se cachent pour mourir*. Ça, ça accroche.

Mon amie avait fait mine de réfléchir puis m'avait répondu gravement :

— Les goélands se jettent de la falaise pour crever ?

L'eau était chaude. Je l'ai versée dans ma tasse, ai laissé le sachet infuser, l'ai essoré, jeté et suis retournée devant mon ordinateur. Mais j'avais toujours aussi peu d'inspiration. Ailleurs, j'ai ouvert les pages d'actualité. La crise grecque ne passait pas, des bouches d'incendie avaient été éventrées à Pantin et une fillette était portée disparue dans le Val-de-Marne. Il y avait une publicité pour de la spiruline aussi, en haut à droite de la page. Je ne savais pas ce que c'était. J'ai cliqué sur l'affiche. « Algue bleu-vert qui a pour propriété de faire diminuer le taux de cholestérol », était-il expliqué. Merveilleux. Un truc de plus à avaler pour être en bonne santé. J'ai zappé sur les pages livres du site. Un écrivain expliquait que le cœur et l'esprit étaient liés et que l'un devait se dilater pour que l'autre puisse s'ouvrir. J'ai éteint mon ordinateur et suis allée m'asseoir sur mon balcon.

Je n'avais plus d'hommes en moi. Ils étaient tous partis. Les Brice, les Olivier, les Vincent, les Benoît, les Lucas, les Benjamin. J'avais beau penser à eux, aucun sentiment ni désir ne me pénétraient. Ils étaient redevenus des amis, des collègues, des proches et des moins proches. Des inconnus avec lesquels j'échangerais peut-être un verre pour discuter de la pluie et du beau temps, ou bien de ce film extraordinaire qui était tout juste sorti en salles, mais rien de plus. Leurs peaux ne m'intéressaient plus, ni leurs odeurs ou la forme de leurs visages. J'avais voulu les comparer comme on trie des perles dans une boîte. Comme cet homme dans le film d'Almodovar qui avait tué des tas de femmes pour recréer celle qu'il avait perdue en cousant les peaux des mortes les unes aux autres. Or la vie avait toujours raison.

Je suis allée faire des courses.

60

Lequel de nous trois riait le plus ? Moi, sans doute. J'en avais mal au ventre et je me tenais les côtes pour apaiser la douleur.

Erwan et moi étions allés acheter des ballons au magasin de farces et attrapes du quartier afin de remplir l'appartement de Yann avec et lui en faire la surprise. La vendeuse nous avait conseillé d'acheter une bonbonne d'hélium pour ne pas mourir d'asphyxie à tous les gonfler. Évidemment, à peine rentrés, nous n'avions pas pu résister à la tentation d'aspirer l'air nous-mêmes… Yann était arrivé à l'instant même où nous chantions *Akuna Matata* à tue-tête avec une voix de dessin animé, des dizaines de ballons volants autour de nous. Les ambulanciers avaient écarquillé les yeux et sérieusement hésité à nous confier leur patient. Mais Yann nous avait enguirlandés si durement qu'ils étaient repartis, rassurés. Après quoi Yann avait aussitôt saisi l'embout de la bonbonne pour aspirer l'air lui-même.

Ne me quitte pas de Brel est devenu un chef-d'œuvre comique à travers nos voix déformées. Puis Erwan a entamé un *All by Myself* que j'ai écouté, subjuguée. Mais le jeu s'est bien vite arrêté. Yann était fatigué. Il nous a remerciés pour les ballons et est allé se reposer. Erwan a rangé ses affaires dans la salle de bains et les placards de sa chambre. Je suis allée faire chauffer de l'eau dans la cuisine.

Quelques minutes plus tard, Erwan m'y a rejointe, ébranlé. Je lui ai tendu une tasse de café.

— Tu veux que je m'en aille ? Que je reste ? Je peux rester si tu dois travailler.

— C'est gentil mais mon associé s'occupe de mes dossiers en cours. J'ai pris des jours pour la première fois depuis quatre ans. Dire qu'il m'aura fallu la mort prochaine de mon père pour ça !

Mon thé était brûlant. Je l'ai touillé distraitement.

— Tu as réussi à joindre ton frère ?

— Non. Il est à Sao Paulo. Enfin, je crois.

Ses épaules se sont voûtées. Erwan était à bout, je le voyais bien.

Il a avoué :

— Je n'en sais rien, en fait. Et je…

Il n'a pas fini sa phrase. J'ai posé ma main sur son épaule.

— Tu pourrais le faire rechercher.

— Non. Mon père ne le souhaite pas. Maxence a trouvé son bonheur loin de nous. C'est mieux ainsi.

Ses yeux ont rencontré les miens. J'ai tiqué.

— Il y a quelque chose que tu ne me dis pas, n'est-ce pas ?

Erwan a secoué la tête dans un non qui voulait dire oui.

— Tu m'offres une cigarette ?

— Je ne fume plus.

— C'est con, j'allais m'y mettre.

Il a souri, moi aussi. Et puis il m'a raconté.

Yann travaillait quinze heures par jour quand ils étaient

enfants. Marilyn, leur mère, dix ou douze. Maxence, plus âgé qu'Erwan de trois ans, était vite tombé dans la drogue afin de se sentir exister. Peu après ses dix-neuf ans, il était parti à moto avec sa petite amie de l'époque rejoindre des amis à eux en Espagne. Sur le chemin, ils s'étaient arrêtés sur une aire de repos pour déjeuner et, au passage, avaient sniffé un peu de coke et avalé un comprimé d'ecstasy. Ils s'étaient plantés moins d'une heure plus tard sur l'autoroute. Maxence s'en était tiré avec une jambe en moins. Elsa était passée sous un camion.

— Elle est morte sur le coup, a achevé Erwan. Après ça, mes parents se sont battus pour redonner envie de vivre à Maxence. Ils lui ont fait faire une prothèse et Maxence a réappris à marcher. Mais ce n'était pas sa jambe, le problème, c'était lui.

Deux ans après l'accident, Maxence avait acheté un billet d'avion pour l'Argentine. La musique sud-américaine l'apaisait, disait-il. Il n'était jamais revenu. Depuis lors, Erwan recevait une carte postale de son frère à chaque Noël, parfois une lettre ou un cadeau, mais guère plus.

— À mes parents aussi, il leur écrit une fois par an. Ils ont divorcé juste après son départ. Leur couple n'a pas tenu.

— Et toi, tu as tenu ?

Erwan a fixé le vide.

— J'ai haï mon frère pendant des années, et puis je me suis rappelé que je voulais être avocat et non pas juge. J'espère que Maxence a trouvé la paix. Je la lui souhaite.

Ses yeux brillaient. Il y avait une force en lui, une lumière qui me chamboulait. Erwan vivait dans un déséquilibre harmonieux. Il ne serait jamais serein, mais heureux, sans doute. Ma main s'est levée à la rencontre de son visage.

Erwan a fermé les yeux et m'a laissée caresser sa joue. Sa peau était délicate. J'ai eu envie de me lover dans ses bras mais je me suis retenue. Il y avait trop d'émotions en moi. À la place, je me suis retournée vers l'évier et j'ai lavé nos tasses. Emplir le vide. Le torchon était mal plié. Je l'ai replié. Il fallait que je parte.

— Je vais rentrer chez moi. Je repasserai demain si tu es d'accord.

Erwan a posé sa main sur la mienne.

— Je te raccompagne.

L'enlacer me faisait mal. Je ne savais pas où m'accrocher et j'avais peur de trop le serrer.

Nous sommes arrivés en bas de chez moi. Je suis descendue du scooter et j'ai ôté mon casque. Erwan a fait de même, m'a regardée, puis il a passé son bras derrière mon dos et m'a attirée contre lui. Ma bouche s'est ouverte avant que mon cerveau comprenne qu'il m'embrassait.

Je n'ai pas allumé la lumière du couloir, lui non plus. J'étais partie en laissant les rideaux de ma chambre fermés. Seule la lueur du jour filtrait dans l'appartement à travers les fenêtres du salon. Erwan m'a suivie jusqu'à la chambre, sa main ancrée dans la mienne. Une fois à côté du lit, je me suis retournée vers lui. Il a caressé mes épaules, a embrassé mon cou, puis à nouveau ma bouche. J'ai fermé les yeux. Je ne pensais à rien. J'étais tout entière dans l'union de nos corps, dans sa gorge et dans la chaleur de son odeur. Il a retiré mon débardeur, j'ai déboutonné sa chemise. Mes doigts ont glissé le long de son torse. Sa peau était fine et son ventre musclé. J'ai embrassé son cou.

Erwan a passé sa main dans mes cheveux, m'a massé le crâne, puis a descendu ses paumes le long de mon dos. Mon soutien-gorge est tombé. Il a admiré ma poitrine. J'avais mal tellement j'avais envie de lui, mal aux seins, mal au sexe. Je brûlais de l'intérieur et, en même temps, je ne voulais pas qu'il aille plus vite. Une sensation que je n'avais pas connue depuis Ganaël m'emplissait : celle de me sentir à ma place dans les bras d'un homme. Pour la première fois depuis trois ans, mon corps et ma tête me disaient oui à l'unisson. J'ai frémi. Erwan a ôté mon pantalon et m'a allongée sur le lit. Sa bouche s'est fondue dans la mienne tandis qu'il prenait place au-dessus de moi.

C'était plus que du désir, plus que son corps pénétrant le mien. J'avais ouvert mon être au sien et lui m'avait ouvert son âme en retour dans une union amoureuse et lente, nos sens fusionnant comme deux animaux enlacés. Erwan tenait mon plaisir au creux de ses mains et je sentais le sien en moi.

J'ai joui, mes lèvres plaquées contre les siennes, sans crier. Un soupir à peine avalé. Les sons n'étaient plus nécessaires. Erwan a soupiré à son tour et j'ai su que lui aussi avait fait l'amour pour la première fois depuis longtemps.

61

Il lui restait un six à faire et il aurait gagné. J'avais encore deux chevaux dehors. Yann a lancé le dé. Et a fait un six. Évidemment ! J'ai juré furieusement.

— Tu as ensorcelé les dés, y'a pas d'autre explication !

Il a ri. Je n'avais pas joué aux petits chevaux depuis mon enfance. J'avais trouvé la boîte de jeu en parcourant sa bibliothèque.

— Une autre partie ?

Yann m'a fixée. Non, il n'y aurait pas d'autre partie. C'était la dernière. J'avais l'impression d'être un moteur dont les rouages s'étaient bloqués faute d'être graissés. J'ai rangé le jeu dans la boîte, focalisant mon esprit sur le futile afin de ne pas penser à l'essentiel, aux minutes à venir. Yann a saisi ma main.

— Tu as écrit ?

J'ai détourné le regard.

— Je n'ai pas d'idées. Mais ça va venir.

J'allais réaliser, je le savais. J'allais essayer, tomber, échouer, me relever, apprendre, grandir et recommencer. Je n'en doutais plus.

— C'est bien, a-t-il répondu.

J'ai refermé la boîte de jeu. Erwan nous avait laissés

seuls. Il avait la délicatesse de son père en lui. Mais je n'étais pas prête à dire adieu à Yann. Pas déjà. J'étais encore trop fragile.

J'ai pris place à ses côtés sur le lit.

— Tu te souviens des manchots empereurs ?

— Dans le film, hier soir ? Oui, ils étaient drôles !

— Tu as dit qu'on irait les voir ensemble. Et on doit aller naviguer tous les deux, je te rappelle.

— On ira, Estelle. Un jour.

Mes yeux me piquaient. J'avais tellement de colère en moi. Yann a caressé mon poignet, puis ma paume.

— Tu prendras soin de mon fils ?

À nouveau, j'ai détourné le regard. Je ne voulais pas qu'il voie ma douleur. Ni qu'il comprenne que j'avais parfaitement saisi son allusion. Oui, j'allais prendre soin de son fils.

Yann a entrelacé nos doigts. J'ai serré les dents afin de retenir mes larmes.

Sa voix avait changé depuis la semaine passée. Elle était devenue plus rauque. La mort s'y immisçait.

Il a embrassé l'intérieur de mon bras.

— Nous étions cette parenthèse magique à côté de ce monde, mon ange. Mais tu es en moi. Tu es mon cœur. Tu le seras toujours.

Mes lèvres se sont mises à trembler puis ma gorge à brûler. C'était tout comprimé à l'intérieur de moi et ça faisait si mal. Il a toussé.

— Je vais aller retrouver les copains, à présent. Ils m'attendent.

— Ils pourraient t'attendre encore. Pas sûr qu'ils se formalisent des horaires là-haut.

— Sait-on jamais ! J'ai au moins six ou sept parties de pétanque en retard et je n'ai pas joué depuis longtemps. Il va falloir que je reprenne le coup de main.

— Tu pourrais t'entraîner ici.

Il a toussé de plus belle. J'ai tendu le bras pour attraper le verre d'eau posé sur sa table de nuit. C'est là que j'ai aperçu les comprimés de morphine. Nombreux. J'ai saisi le verre et l'ai aidé à boire. Mais ma main tremblait. Yann l'a repoussée. Je me suis accrochée à sa peau comme un naufragé à sa bouée.

— Tu te souviens du jour où l'on s'est rencontrés ? Tu as prononcé un discours qui a fait rire toute l'équipe. Je te regardais, je n'ai pas cessé de te regarder en fait. Même quand tu t'es assis et que le film a commencé, je continuais à fixer ton dos. Je voulais tellement que tu reviennes me parler. Que tu frôles à nouveau mon corps et que tu…

— Chut.

Il a posé son index sur ma bouche. Je me suis tue.

— Tu connais cette chanson de Serge Reggiani qui parle de nous ?

Ne pas pleurer. Ne pas regretter. Il a fredonné :

— *Il suffirait de presque rien, peut-être dix années de moins, pour que je te dise « je t'aime ». Que je te prenne par la main, pour t'emmener à Saint-Germain, t'offrir un autre café crème.*

— …

— Viens là.

Je me suis jetée dans ses bras, recroquevillée en boule sur son torse comme un petit animal blessé. J'ai pleuré, je n'arrivais plus à m'arrêter. Yann a caressé mes cheveux.

Sa peau sentait toujours le thym et le musc mais plus le tabac. Or, je voulais le voir fumer à nouveau.

Les ombres dansaient au plafond. Yann caressait toujours mes cheveux. J'avais cessé de pleurer et je parcourais son avant-bras de mes doigts.

Enfin, j'ai essuyé mes yeux rougis et me suis mouchée.

— Tu es belle, mon ange, belle du cœur. N'oublie jamais que la vie est à toi.

J'ai promis de ne pas oublier. Il a lâché ma main.

— Laisse-moi à présent. Je voudrais me reposer.

Mon corps s'est éteint, mes poumons ont cessé de respirer, puis mes muscles de fonctionner. Ils ne voulaient plus. Ils faisaient grève, pour crier leur sentiment d'injustice, leur douleur à eux. Yann s'est tourné vers sa table de nuit et en a sorti une lettre qu'il m'a tendue.

— Tu la liras plus tard.

Plus tard. Quand il sera mort.

Tout s'est étranglé en moi. Yann m'a suppliée du regard de partir. J'ai voulu lui dire que je l'aimais mais il n'y avait plus de son en moi. Que du vide. Il n'y avait plus de mots non plus, plus de bruits, plus de cris, plus de rires. Il n'y avait plus que ma bouche qui refusait de s'ouvrir.

Il m'a caressé la joue une dernière fois.

— Va-t'en, Estelle, s'il te plaît. Sois mignonne.

Je ruisselais. J'étais devenue une rivière qui charriait les souvenirs déchus, ceux qui n'existeraient jamais, malgré toutes les fois où je les avais imaginés. Mes lèvres tremblaient. J'ai acquiescé.

Retirer ma main de la sienne, descendre du lit, lui jeter un dernier regard puis quitter la chambre.

M'a-t-il suivie des yeux jusqu'au bout ? Je ne sais pas. Je ne voyais plus rien. La pièce était devenue floue. Yann portait son pyjama à carreaux. Mes jambes ont marché pour moi. Moi, j'étais toujours là-bas, dans ses bras, contre sa peau. Il semblait si petit dans son lit si grand, si fragile. Minuscule même. J'ai attrapé la poignée de la porte, le froid du métal s'est répercuté dans mes chairs. Il fallait que je tourne cette poignée et que je sorte de la chambre parce que j'allais m'évanouir.

J'ai regardé Yann une dernière fois. Je crois qu'il m'a regardée aussi. Je lui ai souri et puis je suis sortie.

Erwan était assis sur le canapé du salon. Il a entendu la porte de la chambre se fermer et s'est levé d'un bond. Il m'a aperçue, s'est figé. Je l'ai fixé en retour, sans doute aussi pâle que lui, et puis je me suis écroulée.

TROISIÈME PARTIE

62

Il me semblait que les hommes étaient comme des cafés crème, une terre noire, âpre et veloutée sur laquelle le regard pouvait s'abîmer à la contemplation, pour un instant égaré, un désir intemporel d'amour, de reconnaissance et d'identité charnelle, le tout surmonté d'une nappe de crème à peine voilée, douce et érotiquement mousseuse.

Valentin avait tout perdu lors de ses deux divorces successifs : ses femmes, ses chats, ses voitures, ses économies et ses emplois. À quarante-six ans, il se retrouvait aussi démuni qu'à vingt. Plus encore, car il avait perdu sa confiance en lui ainsi que sa capacité à aimer. Les femmes s'étaient servies de lui, pensait-il. Les femmes l'avaient manipulé, trompé, abusé. Jamais plus il ne leur ouvrirait son cœur. Je l'écoutais et lui transmettais mon amour à travers mon attention bienveillante. Mais sa peau était aussi craquelée que ses sentiments. Valentin avait dû retourner vivre chez ses parents, à quarante-six ans, me répétait-il haineusement. Je percevais sa souffrance, tentais de l'aider, mais il ne voulait pas entendre mes mots qui l'assuraient que dans tout événement il y avait du positif et qu'il n'appartenait qu'à nous d'être les créateurs de nos rêves.

*
* *

Gilles l'avait compris juste à temps. Quatre ans après son mariage, il avait découvert que sa femme était une perverse narcissique. Une pathologie à la mode, avait-il ironisé. En attendant, il avait failli y laisser sa peau. Éléane était une blonde sculpturale aux lèvres charnues et aux formes généreuses. Quand elle souriait, le monde se mettait sur pause. Gilles était tombé amoureux de ses grands éclats de rire, de la délicatesse de ses traits et de ses airs boudeurs de petite fille. Il n'avait pas vu toute la manipulation qu'Éléane cachait derrière eux, faite de culpabilité, de report de responsabilité et de conversations détournées. Éléane changeait sans arrêt d'opinion, invoquait des raisons logiques qui, après réflexion, ne l'étaient absolument pas, se plaçait constamment en victime, piquait des crises de jalousie monumentales, et d'autres plus grandes encore dès qu'elle n'était plus le centre d'attention. Pire, elle dévaluait la moindre entreprise de son mari, l'assurant que de toute façon il n'arriverait jamais à rien dans la vie car il n'avait pas assez de talent, n'était pas assez compétent et n'avait pas fait assez d'études. Après quoi, habilement, elle se plaignait auprès de leurs amis de la mollesse de Gilles. Mais qu'y pouvait-elle ? Elle l'aimait tant… Les autres voyaient en elle une épouse éperdument amoureuse, dévouée corps et âme à son mari, une femme excessivement belle de surcroît, que Gilles risquait bien de perdre s'il continuait à se comporter ainsi. C'était lui qui était parti en fin de compte, grâce à Charlotte, une collègue, qui lui avait dessillé les yeux. Petit à petit, Gilles avait repris le pouvoir sur sa vie et au final avait emménagé avec Charlotte.

— Avec elle, j'ai découvert le véritable amour, sans

manipulation ni souffrance, m'a-t-il expliqué. L'amour dans le don. Je me réveille, je la vois, elle ouvre les yeux, me sourit et je suis l'homme le plus heureux du monde.

Gilles avait des mains granuleuses aux doigts larges et à la paume gonflée. À l'image des bûcherons qui travaillent le bois, lui avait travaillé le corps de sa femme. Sept années de massages, soit deux mille cinq cent cinquante soirs à prendre soin d'une épouse qui ne l'aimait pas et se servait de lui.

Quentin n'avait pas vingt-cinq ans mais était déjà marié et père de deux enfants, deux garçons de trois et un an.

— Les enfants sont le sel de la terre, m'assurait-il.

Il avait eu une jeunesse heureuse, obtenu son baccalauréat avec mention puis fait des études de commerce. Sa femme, d'origine brésilienne, avait emménagé en France dans la même ville que lui à l'âge de ses six ans. Mais Abelia et lui ne s'étaient rencontrés que dix ans plus tard, lors d'une fête d'anniversaire. Le coup de foudre avait été immédiat. Leurs parents les avaient pourtant adjurés de réfléchir et de ne surtout pas précipiter les choses.

— Mais pourquoi les aurions-nous écoutés ? m'avait assuré Quentin. Nous, nous savions. Et tu vois, neuf ans plus tard, nous nous aimons toujours aussi fort. Quant à nos enfants, ce sont de bons garçons, Estelle, équilibrés et bien dans leur peau. Il faudrait que tu passes les voir à la maison !

Oui, j'irais rencontrer sa femme et ses enfants. Comme j'irais rencontrer tous les autres.

*
* *

La semaine précédente, j'avais listé tous les hommes qui avaient eu une place dans ma vie, que ce soit pour six ans ou pour une heure. Ensuite, j'avais fait des recherches à leur sujet. Qu'étaient-ils devenus ? S'étaient-ils mariés ? Avaient-ils fait des enfants ? Escaladé l'Himalaya ? J'avais retrouvé la plupart d'entre eux.

Le vendeur de téléphonie mobile travaillait toujours dans la même boutique. Je suis passée à son magasin un après-midi. Il m'a reconnue et a aussitôt flirté avec moi. Rien n'avait changé en apparence. En partant, il m'a demandé si cette fois-ci notre relation irait plus loin. Je lui ai tendu ma carte de visite.

Brice, mon ancien compagnon de jeu libertin complexé par sa taille, s'était installé au Kenya et travaillait à temps plein pour une ONG locale. La grossesse de sa petite amie, une Africaine longue et somptueuse à la peau ébène, devait être pour beaucoup dans sa décision. Brice m'a montré fièrement son ventre arrondi à la webcam. Debout, il faisait une tête de moins que sa femme mais aucun des deux ne semblait s'en incommoder. Je leur ai envoyé une girafe Sophie par la poste. N'y avait-il pas d'endroit plus approprié que le Kenya pour une girafe ?

Benoît avait obtenu le prix littéraire qu'il convoitait tant. Depuis, j'avais lu plusieurs interviews de lui dans les journaux. Il semblait heureux et je l'étais pour lui ; néanmoins, je n'ai pas cherché à le recontacter. Il y a des îles que l'on doit laisser dériver.

Olivier, mon intime inconnu et indécrottable homme politique, avait vu son candidat perdre la campagne présidentielle. « Mais rien n'était joué, m'a-t-il expliqué au téléphone. Il y avait l'élection suivante puis les élections régionales et celles européennes. Il y avait encore des batailles à mener et des victoires à remporter. » Son chardon était toujours accroché au-dessus de mon lit. Le souvenir d'un temps où la fraîcheur de nos échanges me faisait m'envoler jusqu'au Yucatan. Olivier m'a promis de témoigner.

Alban, le scénariste, tournait une anthologie en Australie. Je lui ai donné rendez-vous à son retour, sans lui expliquer ce que j'attendais de lui. La spontanéité créait de si beaux témoignages.

Philippe, le moniteur de parapente, m'a proposé de retourner faire un stage avec lui. Ainsi, il pourrait répondre à mes questions.

Jovan, le beau gosse *sexy as hell* avec lequel il ne s'était rien passé, m'a proposé la même chose, version parachutisme.

— En plus, tu auras une caravane rien que pour toi cette fois-ci. Du grand luxe ! Et les douches ont été nettoyées.

Je lui ai promis que je passerais. Je comptais bien franchir la barre des cent cinquante sauts un jour !

Lucas, mon tendre Lucas, métrosexuel sur les bords, a dit oui. Un très grand oui. Il était tellement heureux de savoir que j'avais définitivement tourné la page de mon mariage raté.

Florent — et ses chemises roses parfaitement repassées — a également dit oui. Paul, l'étudiant en médecine, aussi. Quant à Grégory, l'architecte rencontré au théâtre, il a tout bonnement éclaté de rire.

— Est-ce que je devrai parler du cunni que je t'ai fait dans mon interview ?

Pourquoi pas, si c'était l'expérience qu'il aspirait à raconter.

J'avais rayé Florian, le moniteur d'équitation, de ma liste sans aucune hésitation. J'aurais apprécié le revoir pourtant, mais il était marié et j'avais déjà assez fait de mal comme ça. Rodrigo, le peintre, a trouvé l'idée merveilleuse et m'a assurée de son soutien. D'ailleurs, il avait déjà une idée de toile sur le sujet, a-t-il ajouté de sa grosse voix de baryton.

J'ai hésité quant au prénom suivant, celui d'Axel, mon maître SM. En fin de compte, je l'ai également rayé, tout comme celui de Romain, mon aventurier déchu de son piédestal. Je savais que la bouteille était devenue sa meilleure amie, or je préférais penser à lui au passé, à l'époque où la seule évocation de son nom faisait danser mes rêves.

A contrario, j'ai essayé de contacter Mathis, mon Vénitien *sex-addict*, en vain. Son patron m'a informée qu'il avait démissionné de l'agence immobilière où il travaillait puis déménagé. Et pas moyen d'obtenir sa nouvelle adresse. Sans doute était-ce mieux ainsi ? Mathis était le seul homme que j'avais quitté en mauvais termes.

Le prénom suivant était celui de Kélian, mon âme sœur homosexuel. À lui, je n'avais pas besoin d'expliquer mon projet pour savoir qu'il me dirait oui. Après tout, Jonathan était au courant de ce qui s'était passé entre nous et Kélian me devait bien une petite interview…

*
* *

J'ai reposé ma liste et me suis servi un verre de vin. L'air était doux. Je suis allée le boire sur mon balcon, le regard perdu dans la contemplation du ciel. J'avais occulté un prénom, le premier que j'avais pourtant inscrit sur le papier : celui de Ganaël. Était-il totalement sorti de ma vie ? De mon cœur ? Pouvais-je le revoir sans souffrir ni regretter ce qui n'était plus ? La réponse était non, je le savais. Il y avait eu trop de lui en moi pour qu'il n'y en ait jamais plus. J'ai rayé son prénom de la liste.

N'en restaient plus que deux : ceux de Benjamin et d'Arnaud.

63

Arnaud habitait toujours le même appartement. Assise sur un banc en bas de chez lui, je l'attendais. Il y avait un groupe d'enfants qui jouaient dans sa rue. Je n'étais plus habituée à un tel spectacle. Les enfants, les adolescents, les personnes âgées, j'en croisais de moins en moins dans Paris. Les familles n'avaient plus les moyens de vivre *intra-muros*. Elles déménageaient dans la banlieue proche.

La porte cochère de son immeuble s'est ouverte et Arnaud est apparu vêtu d'un pantalon en coton et d'une tunique bleue. Il avait minci et laissé pousser sa barbe. J'en ai instantanément déduit qu'il était toujours sous l'emprise de son gourou.

Il s'est avancé à ma rencontre et m'a saluée sans me tendre la main ni me faire la bise. Pas de contact physique, bien sûr. Je me suis forcée à sourire.

— Tu vas bien ?

Il a acquiescé. Il avait pourtant de lourdes poches sous les yeux.

— Il y a un café à l'angle de la rue. Ça te va ?

Je l'ai suivi.

Arnaud a commandé un citron pressé, moi un jus d'abricot. En bouteille forcément, donc pas frais.

— Tu sais qu'il n'y a plus aucune vitamine là-dedans et que c'est plein de colorants ? a-t-il remarqué.

Je n'ai pas répondu. À la place, j'ai laissé fondre le glaçon puis j'ai bu une gorgée de mon jus non vitaminé empli de colorants.

— Tu es toujours en contact avec ton chamane ?

— On s'écrit tous les soirs, et chaque matin il m'envoie le travail que j'ai à faire pour la journée. J'ai tellement de lacunes, de livres à lire et de vidéos à regarder.

J'ai avisé son teint pâle.

— Tu ne sors plus ?

— Sortir et perdre du temps dans des divertissements futiles, tu veux dire ? Non, je ne sors plus.

— Et tes études universitaires ?

— Dieu m'a accordé l'aisance financière pour que j'aie le temps d'apprendre tout ce que je dois apprendre. Autrement, il m'aurait fait pauvre.

Joli...

— Tu envoies de l'argent à ton chamane ?

— Je fais des dons pour sa communauté, ce n'est pas pareil.

Bien sûr que non ! J'ai serré les poings sous la table afin de contenir ma colère. C'était son chemin, pas le mien.

— Tu sais ce qu'a dit Nietzsche ? ai-je déclaré. « Ce n'est pas le doute qui rend fou, c'est la certitude. »

— La foi est plus grande que le doute, Estelle. Avoir la foi, c'est ne pas avoir besoin de preuves pour croire ce que l'on sait déjà.

— Alors tu sais qu'il y a des reptiliens sous la terre ? Que, quand on meurt, on part dans les pléiades et que le 11 septembre a été organisé par des hommes venus du futur ? Tu le sais pour sûr ?

Oui, il le savait pour sûr. Parce que toutes ses lectures menaient à ces vérités.

Pourquoi avais-je désiré le revoir ? Avais-je réellement espéré qu'il ait repris goût à la vie ? Juste avant de retrouver Arnaud, j'avais demandé conseil à un ami qui avait étudié le chamanisme ainsi que les plantes médicinales utilisées dans cette voie spirituelle. André m'avait expliqué que l'ayahuasca était un breuvage bien plus puissant que nos drogues européennes et que les véritables maîtres chamanes qui en buvaient se purifiaient pendant deux ans minimum avant d'en prendre afin de prévenir toute déperdition énergétique et ne pas rester « perchés ». Arnaud et moi avions fait l'amour quasiment tous les jours durant les trois mois précédant son départ. Question déperdition énergétique, c'était raté.

Il a fini son verre et m'a demandé ce que je devenais. Je l'ai informé du but de ma visite : j'avais décidé de réaliser un film kaléidoscope constitué de confessions sur l'amour. Et je ne désirais interviewer que des hommes. Je voulais filmer leurs peaux tandis qu'ils me parleraient de leurs bonheurs et échecs sentimentaux.

— Ce sera une sorte de documentaire fil rouge, tu vois, où chaque histoire appellera la suivante. J'ai passé une annonce sur la toile et j'ai reçu des centaines de réponses ! Des hommes qui veulent absolument raconter ce qu'ils ont vécu, le beau comme le douloureux. C'est magnifique !

— Que des histoires d'amour ?

J'ai confirmé. Arnaud m'a dit qu'il trouvait ça intéressant. J'ai pris mon élan :

— Tu serais d'accord pour y participer ?

Son visage s'est instantanément refermé.

— C'est pour ça que tu es venue ?

J'ai acquiescé. Ce n'était pas la réponse qu'il attendait, visiblement.

— Mathieu Ricard, ça te parle ? m'a-t-il demandé après un instant.

— C'est le moine qui a écrit un plaidoyer pour le bonheur, c'est ça ?

— Entre autres. Tu vois, lui a fait le choix d'ouvrir sa spiritualité au public et de transmettre son amour à toutes les populations. Mais quelle perte d'énergie ! Les masses sont bêtes et inattentives, Estelle.

— …

— Bref, c'est très bien que tu veuilles faire un film. Encore une fois, l'univers est parfait, tu es parfaite. C'est ton chemin de vie et tu fais ce que tu peux selon ce que tu crois être juste. Mais moi, je suis au-delà et je ne vais pas gaspiller mon énergie à raconter une histoire qu'une infime partie de la population seulement comprendra.

Quel con ! Je suis sortie de mes gonds :

— Tu te crois au-dessus de nous, c'est ça ? Nous, nous ne sommes que de simples mortels, stupides et aveugles, qui gaspillons notre unique vie à brasser du vent. Alors que toi, grand et céleste Arnaud, tu es immortel.

Il m'a fusillée du regard.

— Je t'aime, Estelle. J'ai travaillé sur tous les sentiments négatifs que j'éprouvais à ton égard et aujourd'hui je t'aime comme j'aime chaque habitant de cette planète.

— Ces mêmes habitants qui ne sont pas dignes de ton témoignage ?

Je me suis levée d'un bond et ai déposé un billet de dix euros sur la table.

— Garde la monnaie, va, j'en fais don à ton chamane. Il l'a méritée.

J'ai récupéré ma veste et suis sortie sans un regard en arrière.

L'amour illuminait et élevait. C'était la peur qui égarait.

64

Je n'ai pas recontacté Benjamin. Il y a des souvenirs qui n'appartiennent qu'à ceux qui les ont vécus. Ni les mots prononcés ni les regards face caméra ne pourraient expliquer nos étranglements, la souffrance que nous nous étions mutuellement infligée. Moi-même, je n'étais déjà plus certaine de comprendre pourquoi il m'avait fallu en passer par là pour retrouver l'amour. Benjamin était le père d'une petite fille à présent. À lui aussi, la vie lui appartenait.

Les allées étaient désertes. Je me suis avancée entre les tombes jusqu'à celle de Yann. Erwan y déposait des fleurs chaque soir après son travail. La veille, il avait aperçu sa mère quitter le cimetière. Quand il s'était approché de la tombe de son père, un bouquet frais l'ornait.

J'ai déposé le mien sur la dalle, des marguerites blanches entourant une unique rose rouge.

Il faisait beau, malgré un fond d'air frais. Je me suis assise à même le sol, face à la tombe de Yann, et j'ai arraché un brin d'herbe que j'ai mâchouillé distraitement.

— Tu as vu, je ne fume plus ! Il y a des jours où c'est dur, le soir surtout, d'autres où je n'y pense même pas.

J'aurais aimé qu'il y ait une photo de lui sur la dalle.

Au moins, j'aurais pu fixer ses yeux pour lui parler. À la place, j'ai scruté son nom inscrit froidement en lettres majuscules.

— Je t'ai dit que le tournage débutait dans deux semaines ? Ce sera une équipe réduite, étant donné les moyens financiers dont je dispose. De toute façon, il n'y a pas besoin de décors. Mais j'ai tout de même écrit six scènes pour harmoniser l'ensemble. On les filmera en studio, sauf deux, au Mont-Saint-Michel. Ça augmente sacrément le budget du film mais, crois-moi, ça vaut le coup.

Le vent a fait voler les feuilles des arbres tombées au sol. J'ai ri.

— Tu vois que je prends des risques, monsieur Je-chamboule-la-vie-des-autres !

J'ai entendu le rire de Yann en écho.

— Elle a bien changé, la petite, hein ! C'est ça que tu penses, n'est-ce pas ? C'est ton fils, aussi. Il me rend tellement heureuse ! Et puis tu avais raison, ai-je ajouté plus bas, le premier amour est la matrice du véritable amour…

J'avais dû réapprendre à aimer, à faire confiance à un homme et à dormir dans ses bras. À être heureuse aussi et à penser pour deux. Mais Erwan était un ange, l'ange que m'avait envoyé l'univers à présent que j'avais laissé partir Ganaël. Avec lui, je découvrais le véritable amour, celui fait de codépendance dans un respect total et attentif de l'autre.

Une sauterelle a bondi sur la pierre. Je l'ai observée distraitement. Yann aimait les animaux. Il avait vécu à Paris, mais aurait aimé passer plus de temps à la campagne. Et il aurait adoré apprendre à monter à cheval. Dans une autre vie, nous irons galoper ensemble, puis naviguer dans le Pacifique, comme il me l'avait promis.

La sauterelle a bondi dans l'herbe. J'ai caressé les lettres de son prénom gravées sur la dalle du bout des doigts.

— Tu me manques, tu sais. À Erwan, aussi. On parle beaucoup de toi. Et, au fait, je l'ai enfin décidé à faire rechercher Maxence. Ça serait bien que la petite connaisse son oncle paternel.

J'ai imaginé son regard étonné et empli d'espoir surtout. Mes lèvres se sont étirées en un sourire coquin.

— Je ne te l'ai pas dit ? Ah ah, sens.

Fière, j'ai relevé mon pull-over afin de dénuder mon ventre, puis j'ai posé mes mains à même ma peau et fermé les yeux. La brise me faisait frissonner mais c'était chaud en moi. Est-ce que Yann ressentait ? J'ai imaginé ses doigts entrelacer les miens puis sa tête de Breton m'ordonner de ne plus manger de poisson cru, que du cuit, et beaucoup de pommes de terre, avec du beurre. Les pommes de terre sont bonnes pour le lait.

J'ai rouvert les yeux face à l'inscription tombale.

Yann Quermeur,
1954 — 2018

J'ai baissé mon pull-over.

— Erwan ne le sait pas encore. Le médecin me l'a confirmé ce matin. C'est une fille, je le sens. Une petite fée. C'est pour ça que je voudrais qu'on retrouve Maxence. Pour qu'on soit une famille. D'ailleurs, en parlant de ça, Erwan a enfin rencontré mes parents. Quelle histoire ! Ma mère s'est empressée de lui demander s'il faisait du parachutisme puis s'il croyait en la réincarnation. C'est seulement une fois qu'il a répondu non aux deux questions qu'elle lui a servi à boire.

Yann n'a rien répondu mais j'ai bien senti qu'il riait. J'ai caressé la pierre.

— Je ne m'étais jamais rendu compte à quel point mes parents avaient souffert de mes errances sentimentales. Ça me fait penser à mon grand-père. Je ne t'ai jamais raconté mais quand ma grand-mère est morte, il est allé voir chacun de ses enfants et petits-enfants, nous a dit qu'il nous aimait puis il s'est tiré une balle dans le cœur.

Un silence.

— Oui, je sais, c'est violent, mais c'est beau aussi.

J'ai observé les tombes voisines.

— D'ailleurs, si tu t'ennuies là-haut, va le voir. Je suis sûre que vous vous entendrez bien, tous les deux. Et puis, je te connais, il y a un moment où t'en auras marre de jouer à la pétanque.

Erwan est arrivé au même instant, son cartable dans une main et un bouquet de fleurs fraîches dans l'autre. Je l'ai accueilli amoureusement. Il a déposé les fleurs sur la tombe puis m'a enlacée.

— Tu es là depuis longtemps ?

— J'avais besoin de parler à ton père.

Il a avisé mon bouquet.

— Il est de toi ?

— Oui.

— Une rose ?

J'ai rougi.

— J'avais quelque chose d'important à lui annoncer. Une rose accompagnée de marguerites me semblait appropriée.

Erwan s'est étonné. Je me suis rapprochée de lui et ai

humé sa peau. La peau de l'homme que j'aimais. Yann m'avait offert le plus beau des cadeaux : l'amour, à travers son fils.

Mes yeux se sont étirés, mutins.

— Tu veux savoir ce que je lui ai annoncé ?

— Ça dépend. C'est une bonne nouvelle ?

— Seulement si tu aimes les girafes.

Il n'a pas compris. Je l'ai entraîné dans un café.